정치와 삶의 에티카

지은이 **김상구**

충북대학교 영어영문학과를 졸업, 동 대학원에서 석사학위, 단국대학교 대학원에서 박사학위를 받았다. 1995년부터 청운대학교 영어과에 재직하면서 영문학을 강의했다. 청운대학교 인문사회과학대학장, 대학원장, 현대영어영문학회 부회장을 역임했다. 주로 블라디미르 나보코프, 제임스 조이스를 주 전공으로 하여 연구하고 가르쳤으며, 자크 라캉 등의 비평이론과 여러 편의 논문을 발표하였다. 나보코프 소설 비평서인 『신 없는 세계의 글쓰기』(동인, 2002)는 문화관광부 추천 우수학술도서로 선정되기도 하였으며, 칼럼집으로는 『환상과 유토피아』(동인, 2015)가 있다. 2012년부터 『홍주일보』, 『기호일보』에 문학, 철학, 정치, 사회에 관한 칼럼을 기고해오고 있다.

정치와 삶의 에티카 문학과 철학, 예술의 에세이

초판 1쇄 인쇄 2022년 5월 20일
초판 1쇄 발행 2022년 5월 30일

지은이 **김상구**
펴낸이 **이성모**
펴낸곳 **도서출판 동인**

주 소 서울특별시 종로구 혜화로3길 5, 118호
등록번호 제1-1599호
대표전화 (02) 765-7145 / FAX (02) 765-7165
홈페이지 www.donginbook.co.kr
이 메 일 dongin60@chol.com

I S B N 978-89-5506-857-3 (03810)

정치와 삶의 에티카

문학과 철학, 예술의 에세이

김상구 지음

도서출판 ┃동인

서문

일상을 살아간다는 것은 자신의 생명을 존속시키는 행위인 동시에 타자와의 관계성을 유지하는 일이다. 숲속에서 자연인처럼 홀로 살아간다는 것은 어쩔 수 없는 환경적 요인이 아니라면, 큰 깨달음을 얻으려는 불굴의 의지가 아니라면, 쉽지 않은 일이다. 미국의 헨리 데이비드 소로 Henry David Thoreau는 콩코드 호숫가에 오두막을 짓고 계절의 변화를 느끼며, 한적한 삶의 맛을 『월든』에 그려냈다. 하지만 그곳에서의 삶은 2년에 불과했다. 그것은 사람이 자연을 벗 삼아 한적한 삶을 꿈꾸지만, 사람과의 관계를 벗어나 일상을 지속하기란 쉽지 않은 일임을 말해준다. 사람이 사람과 더불어 살아가지 않는다는 것은 무인도에서의 삶과 다르지 않다. 아리스토텔레스가 인간을 사회적 동물이라고 규정한 것도 이러한 배경과 무관하지 않다.

사람과 사람의 만남 사이에는 욕망이 부딪힐 수 있기에, 나보다 타인을 먼저 배려하는 것이 삶을 편하게 사는 방편이 될 수 있다. 이기적인 삶보다는 타인을 헤아리는 삶이 사회를 건강하게 만든다. 스스로 정신건강에도 치유의 역할을 한다고 세계적인 선승禪僧 조안 할

리팩스Joan Halifax는 가르친다. 이러한 가르침은 동서양을 가리지 않고 일찍이 나타났다. 선진유학先秦儒學의 인·의·예·신뿐 아니라 불교의 자비, 서양의 에티카ethika, 사랑, 덕이라는 개념도 여기에서 출발했다. 인간이 어떻게 살아가야 인간답게 살아갈 수 있는지를 석가모니, 공자, 예수는 일찌감치 주변에 설파했던 셈이다. 독일의 철학자 카를 야스퍼스Karl Jaspers는 인간이 어떻게 살아가야 하는지를 이들이 이미 2천여 년 전에 말해놓았다고 하면서 그것을 기축시대axail age라고 불렀다. 역사를 돌이켜보면 과학 기술은 변해 왔지만, 이들이 말한 도덕적 가치 기준은 그때나 지금이나 크게 변하지 않았다. 그 이전에 쓰인 고대 그리스 철학이 지금도 무용하지 않은 것은 인간이 살아가며 생각하는 모습이 변하지 않았음을 말해준다.

그러나 과학의 발전은 인류가 살아가는 방식에 다양한 변화를 가져왔고 환경에 대처하는 방법도 달라지게 했다. 인류에게 페스트가 공포의 대상이었다면, 코로나19는 극복의 대상이 되고 있다. 페스트로 인하여 신의 위치가 흔들렸지만, 코로나19는 백신 개발에 박차를 가하게 했다. 인공지능의 발전은 우리의 삶을 획기적으로 바꿀 것이고, 살아가는 방식도 달라지게 할 것이다. 그러나 그중에서도 변하지 않는 것은 늘 존재한다. 사람과 사람 사이의 관계 설정이다. 타자를 먼저 배려하고 사랑해야 하는 에티카윤리, 도덕, 예의는 예나 지금이나 변함이 없다. 그것이 사람과 사람 사이에 존재하지 않을 때, 동서고금을 가리지 않고 폭력이나 전쟁으로 발전됐다. 석가와 공자, 예수가 자비와 인과 사랑으로 타자를 감싸야 한다고 설파했지만 늘 그 자리는 빈

여백으로 남았다. 개인이나 사회가 그 여백을 줄여나갈 때 행복한 삶과 건강한 사회가 조성됐다. 개인의 훌륭한 품성과 좋은 정치가 개인과 사회의 갈등을 감소시킨다. 너보다는 내가, 너희들보다 우리가 먼저라는 상常스러운 사회에서는 늘 갈등과 증오와 전쟁을 면免하기 어렵다.

지난 8년 동안 나와 우리 사회 주변에서 일어났던 일들을 주로 성현 군자나 철학가, 시인, 소설가, 비평가 등의 안경을 끼고 바라보고자 했다. 그들의 안경으로 사물이 채색되긴 했지만, 여기에 실린 글들의 근본적인 시선은 나의 눈빛이다. 8년 동안의 관찰이다 보니 바라보는 사건이나 사물이 중복되고 초점이 흐려진 면도 없지 않다. 글을 잘 쓰기 위해서 작가는 "생각하는 것 이상은 더 말하지 않는다"라고 발터 벤야민이 말한 바 있는데, 나중에 읽어보니 글 속에 군더더기가 많이 발견된다. 그의 말처럼 시원찮은 작가에게는 많은 생각이 떠오르는가 보다. 글을 발표했을 때의 생각을 지금 다시 수정하고 싶은 생각도 들었지만, 그때의 생각도 무용하지 않을 것 같기에 그대로 두기로 했다.

글을 잘 쓴다는 것은 쉽지 않은 일이다. 글은 자신의 깊은 곳에 침잠한 내면세계를 드러내야 하는 일이기 때문이다. 진솔하지 않은 글은 자신뿐만 아니라 타자에게도 울림이 없다. 좋은 글이란 가식과 불필요한 생각을 덜어내고 문장과 씨름한 글이다. 나는 글을 쓰기 위해 거의 매일같이 학교 앞 남산을 오르며, 사색을 즐기곤 했지만 좋은 글이 됐는지는 의문이 든다. 천학비재淺學菲才하기 때문이다. 그러나 주제가 떠오르면 쓸데없는 생각들은 지나치는 나무에 하나, 둘 걸쳐 놓곤 했다. 영국의 시인 워즈워스가 호숫가의 수선화를 보고, 그 감동을 마음에 두었다가 조용한 시간에 '회상recollection'해서 시로 승화해 냈듯이, 산을 오르내리며 오갔던 생각을 정선된 문장으로 옮겨보려 했다. 어느덧 정년퇴직이 다가와 이러한 행복한 산책의 시간도 이제 멈춰야 할 듯싶다. 이미 발표했던 『환상과 유토피아』도 이러한 글쓰기의 흔적이다. 그러나 사유의 폭과 글쓰기의 능력이 부족했음을 느낀다. 좋은 글을 쓰기 위해서는 좋은 책을 많이 읽고 글쓰기의 근육을 매일매일 키워나갈 수밖에 없음을 느낀다.

책을 출판하는 데 꼼꼼하게 글을 읽고 글쓰기의 허술한 부분을 메워준 도서출판 동인에 감사의 마음을 전한다.

차례

'검수완박'이라는 희·비극

　　문재인 정부는 임기 내내 검찰개혁을 하겠노라고 공언하다가 권력을 잃고, 이제는 '검수완박'으로 정권을 마무리를 짓겠다고 한다. 검찰개혁의 실패는 어찌 보면 문 정권의 시작부터 그 안에 실패의 맹아萌芽를 품고 있었는지 모른다. 문 정권은 적폐청산이라는 미명하美名下에 과거를 청산할 '전가傳家의 보도寶刀'가 필요했고, 검찰은 그 역할을 톡톡히 수행했다. 노무현 대통령의 한이 서려 있던 이명박 대통령을 구속했고, 탄핵정국을 통해 박근혜 대통령을 오랜 시간 교도소에 가뒀다. 지난 정권의 보수 세력은 붕괴했고, 진보 집권 세력은 국회의 압도적 다수당이 됐다. 이들은 국회뿐 아니라 검찰의 칼날을 믿고 무슨 일이든 할 수 있으리라 믿었다. 20년 이상 정권을 잡을 것 같은 장밋빛 꿈에 젖었다. 그러나 개혁의 주체로 내세웠던, 권력의 도구로 이용됐던 검찰이 개혁의 대상이 되어야 하는 운명이 다가왔다.

　　문재인 대통령이 "우리 총장님"이라고 불렀던 사람이 "사람에게 충성하지 않는다" 하는 사람이었으니 그를 내칠 수밖에 없었고, 막강한 힘을 검찰에 그대로 놔둬서는 안 되겠다는 생각이 들었을 것이다. 검찰 조직에 부여된 힘을 빼기 위해 문 정권은 검찰 조직에 대한 개혁을 꺼내 들지 않을 수 없었고, 검찰 조직이 이에 반발하는 과정에서 국민은 검찰총장을 대통령으로 당선시키는 희·비극을 연출했다. 문재인 대통령 지지 세력이나 진보 세력에는 이것이 비극으로 여겨졌을 것이고, 보수 세력에는 희극으로 비쳤을 것이다.

배우와 관객, 무대가 바뀌지 않았는데 보는 이에 따라 희극, 비극으로 나뉘었으니 고대 그리스의 비극작가들도, 셰익스피어도 상상하지 못했던 기막힌 극劇이 탄생한 셈이다. 연극의 주연배우가 무대에서 내려와 나라를 직접 통치하는 대통령으로 등장하니, 먼 훗날, 비극과 희극을 합쳐 놓은 희·비극으로 탄생한다면 요즘 BTS 못지않은 인기몰이를 하지 않을까 싶다. 비극이라는 장르가 고대 그리스의 발명품이었다면, 이 희·비극은 2천 년 이상의 시간을 뛰어넘어 대한민국이 탄생시킨 희대의 문학 장르가 되지 않을까?

온 나라가 시끄러운 '검수완박'은 거칠게 그 안을 들여다보면, 국가권력을 어떻게 배분하느냐의 문제로 귀결된다. 수사권을 검찰에 그대로 주느냐 아니면 경찰이나 다른 곳에 주느냐의 문제다. 검찰에 기소권과 수사권을 그대로 놔뒀다가는 과거 자신들이 사용했던 검찰의 칼날을 이번에는 내가 받을지 모른다는 불안감에 휩싸일 수 있었을 것이다. 여당이 감탄고토甘呑苦吐라는 세간의 비난을 감수하고서라도 수사권을 검찰에서 떼어내기로 했다니 검찰의 저항을 피할 수 없게 됐다. 이러한 혼란을 자초한 것은 검찰을 정치권력의 도구로 사용했던 정치권력에 있다. 국가권력은 견제와 균형이라는 형평의 틀 아래 놓여 있어야 그 역할을 충실히 할 수 있다. 우리 정치사에서 정치세력이 군부와 국가정보기관을 정치에 이용하지 않자 그들이 제자리로 돌아갔음을 보았다.

새로운 정부가 들어서려는 지금, 국가권력을 어떻게 분배하느냐의 문제보다는 우리 삶의 현실을 지배하는 민생문제에 국가의 에너지를 집중해야 한다. 천정부지로 오른 집값과 취직 문제로 젊은이들은 결혼을 포기하고, 미래를 꿈꾸지도 못하는 것이 현실이다. 서민들은 그날 벌어 그날 먹지도 못할 만큼 하루가 절박하다. 러시아가 우크라이나를 침공하고, 북한이 미사일을 펑펑 쏘아대는 것이 우리를 둘러싼 국제정세이다. 문제가 얽히고설켜 복잡해질 때는 근본으로 돌아가 생각해볼 필요가 있다. 작금의 소란한 '검수완박'의 문제는 검찰을 권력의 도구로 사용한 데서 일어났다. 곧 들어서는 새 정부는 검찰과 거리두기를 하여 검찰이 원래의 길을 갈 수 있도록 해야 한다.

정치세력이 사정기관을 권력의 도구로 삼으면 '검수완박'의 희·비극은 반복된다. 수사권이 경찰에 넘어가도 마찬가지다. 권력과 돈을 많이 가진 자가 죄를 짓고도 그것을 이용하여 버젓이 잘 살아가는 세상이 지속된다면, 돈과 권력만 좇는 부박浮薄하고 비속한 사회를 면免하기 어렵다.

2022. 4. 19.

이화에 월백하고 두견새 울 즈음이면

4월, 홍성·예산 인근에는 과수원이 많아 사과, 배를 비롯한 과실수의 꽃들을 쉽게 볼 수 있다. 꽃이 만개滿開할 때가 마침 보름과 겹치면, 과수원 달밤의 정취는 지나가던 객客들의 발길을 붙든다. "이화梨花에 월백月白하고 은한銀漢이 삼경三更인제/ 일지 춘심一枝春心을 자규子規, 두견새야 알랴마는/ 다정도 병인 양하여 잠 못 들어 하노라"라고 읊었던, 고려 후기 문신 이조년도 이와 유사한 정을 느꼈으리라. 삼십여 년 전 홍성에 처음 왔을 때 산허리에 하얗게 피어 있는 꽃들을 밤이면 종종 회상recollection하곤 했었는데, 요즘 다른 용도로 전환된 과수원을 바라보며 그냥 뒀으면 좋았을 걸 하는 아쉬움이 남는다.

이효석은 『메밀꽃 필 무렵』에서 "산허리는 온통 메밀밭이어서 피기 시작한 꽃이 소금을 뿌린 듯이 흐붓한 달빛에 숨이 막힐 지경이다"라고 달밤의 애상哀傷적인 정취情趣를 묘사하였다. 꽃을 감상한다는 것은 보는 사람의 마음에 따라 달라질 수 있으니 보는 이의 마음이 중요하다. 누군가는 막걸리나 와인을 한잔하며 달밤의 정서를 만끽하고 싶어질는지 모른다. 거기에 두견새마저 울어준다면 그 정취는 배가倍加될 것이다. 그러나 꽃은 예쁜 모습을 보여주지만, 얼마 가지 못하고 시든다. 며칠밖에 피지 못하는 꽃을 보고 시인 묵객들은 그것에 자신의 감정을 이입하여 "화무십일홍花無十日紅 권불십년權不十年"이라 했다. 권력도 그렇다는 말일 것이다. 권력뿐만 아니라 인간도 태어나면 언젠가 꽃이 지듯이 죽는다. 꽃과 권력이 오래가지 못하는 것처럼 인생도 영원하지 못하다는 것을 기억해야 한다고, 고대 로마에서는 전쟁에서 승리하고 돌아오는 개선장군 뒤에서 노예를 시켜 "메멘토 모리! Memento Mori, 죽음을 기억하라"를 큰 소리로 외치게 했다고 한다. 오늘은 힘이 있겠지만 언젠가 죽으니 겸손하게 행동하라는 의미일 것이다.

죽음이 있기에 삶도 있고, 삶의 의미도 더욱 풍성해질 것이다. 죽음은 신이 인간에게 준 가장 큰 선물이라고 사람들은 말한다. 꽃은 피고 지는 것을 반복하지만, 인간의 죽음은 이것과 같지 않다. 인간은 한번 가면 돌아오지 못한다. 인간은 지는 꽃을 보고 무상함을 느낀다. 이것을 반복하는 봄이 무심해 보이기까지 한다. 화사한 복사꽃이 피는 봄이 기다려지기도 하지만, 동시에 무심한 봄을 느끼는 사람은 양가감정ambivalence을 느낄 것이다. 태어나고, 꽃이 핀다는 것의 뒷면에는 죽음의 DNA가 함께 내재해있기 때문이다. 귀밑머리가 하얗게 변하니 지는 꽃의 애상함이 뒤따라온다.

죽음은 근본적으로 공포를 불러일으킨다. 사자의 입속에 빨려 들어가는 가젤gazelle의 뒷다리도 살려고 끝까지 발버둥 친다. 태어나는 모든 것은 살려는 의지가 내재해있기에 죽음이 두려울 수밖에 없다. 진시황秦始皇도 죽지 않으려고 불로초를 구하러 먼 곳까지 사람을 보냈지만, 오십을 넘기지 못했다. 인간은 죽음이 두려워 신을 섬겼는지도 모른다. 인간은 누구나 죽음을 남의 일로만 여기고 싶어 한다. 남의 일로 여기던 죽음이 질병 등으로 자기에게 다가오면 아니라고 부정하고, 화를 내다가 마침내 수긍하는 단계를 거친다. 확실히 죽었다가 살아온 사람이 없으니 죽음의 세계가 어떤 것인지 정확히 알 수 있는 사람은 없다. '장님 코끼리 만지는맹인모상(盲人摸象)' 식이다. 종교는 사후세계를 상정한다. 그러나 공자는 삶도 모르는데 죽음을 어찌 아느냐고 말한다. 그래서 유교에서는 내세來世가 없다. 인간과 인간 사이의 인륜이 중요하다. 죽음을 멀리하던 유교가 지배했었던 우리 사회에서, 죽음학 강좌를 종종 만나볼 수 있다. 죽음이 무엇인지를 일부라도 알아보려는 공감대가 형성됐기 때문이다.

모르는 곳을 급히 찾아간 사람은 그곳이 낯설어 마음이 편치 않을 수 있다. 죽음을 잘 준비한 사람은 그것을 마음 편하게 삶의 일부로 받아들일 수 있을 것이다. 최근 우리 곁을 떠난 이어령 선생은 죽음을 준비하여, 마음 편하게 맞이했다고 하니 그의 인품을 되새겨 보게 된다. 고승高僧들은 이승을 떠날 날을 알고, 그에 대비했다는 말이 전해진다. 고승들이 가장 택하고 싶어 하는 죽음의 방법이 천화遷化라고 법정 스님은 생전에 말한 적 있다. 저세상으로 갈 때가 되면 야밤에 깊은 산중으로 있는 힘을 다해 올라가 나뭇잎에 쓰러져 죽음을 맞이하는 방법이다. 시신은 자연 속으로 돌아가 자연의 일부가 될 것이다. 쉽지 않은 일일 것이기에 고승들이 택하고 싶어 하는 방법이 아닐까 싶다. 나 같은 범부凡夫야 살고 죽는 일을 마음대로 하기 어려운 일이지만, 적어도 언젠가 죽는다는 생각을 늘 마음속에 두고 살아야 삶이 더 의미 있지 않을까 싶다.

이화에 월백할 즈음이면 멜랑콜리 한 브루흐의 바이올린 협주곡 1번을 차에 틀어놓고 이 생각 저 생각으로, 달밤에, 홍성·예산의 과수원 옆을 흥얼거리며 지나가고 싶다. 차창 밖에서 두견새가 울어준다면 봄밤의 더 없는 호사豪奢가 되지 않을까.

2022. 4. 7.

정치와 삶의 '에티카'

　정치가 우리 삶과 밀접한 관련이 없을 듯싶지만, 선거철이 되면 온통 나라가 정치 이야기로 도배된다. 정치에 관심이 없었던 사람도 자연히 정치의 자장^{磁場} 속에 빠져든다. 어느 후보는 도덕성이 떨어지고, 누구는 경제를 잘 모른다고 인물을 폄하하기도 한다. 이천 년 전에 아리스토텔레스가 인간은 정치적 동물이라고 했던 말은 지금도 유효하다. 아리스토텔레스는 오천여 명 정도 살아가는 도시국가를 배경으로 그런 말을 했지만, 규모가 훨씬 큰 국가를 이루며 사는 지금도 정치가 우리 삶의 큰 테두리를 결정짓는다고 할 수 있다. 투표를 통하여 어느 당이, 누가 당선되느냐에 따라 개인의 삶도 사회적으로 영향을 받는다. 일인 독재나 과두정이 아니라 하더라도 정치 성향과 정책이 나와 다른 정당이 정권을 잡았을 때, 나의 삶은 그 정치세력에 의해 영향받지 않을 수 없다. 이런 것이 정치에 무관할 수 없게 만드는 이유다.

　정치란 아리스토텔레스의 말처럼 사람과 사람 사이의 갈등을 조정하는 일이다. 이해관계가 서로 다른 사람들이 모여 행복하게 살아가기 위해서는 다양한 견해가 조정, 혼합되는 절차를 거쳐야 한다. 가진 자, 힘 있는 자보다는, 그 반대편에 서 있는 사람을 위한 정치가 더 우선해야 한다고 프랑스 정치 철학자 랑시에르는 주장하지만, 이천 년 전이나 지금이나 일상의 삶은 그렇지 못하다. 정치꾼들이 자기들만을 위한 욕망을 작동시키기 때문이다. 욕망이 극단에 치우치지 않을 때, 중용中庸의 덕이 이뤄진다고 아리스토텔레스는 말한다. 동양에서도 치우치지 않는 것을 '중中'이라 하고, 바꾸지 않는 것을 '용庸'이라 했다. 중中은 공간적으로 양 끝 어느 곳에도 편향하지 않는 것인데 비하여, 용庸은 시간적으로 언제나 바뀌지 않는 것을 의미한다. 그리스어 'meden agan', 영어의 'not too much'는 과유불급過猶不及을 의미한다. 이러한 중용의 덕은 본성적으로 얻어진 것이 아니라 습관으로 획득하는 것이며, 그것은 화살이 과녁을 맞히는 것처럼, 원의 중심을 찾아내는 것처럼 어렵다그리스어 hamartia고 아리스토텔레스는 『니코마코스 윤리학』에서 말한다. 그는 중용의 덕을 이루기 위해 인간의 올바른 이성의 실천이 중요하다고 지적한다.

아리스토텔레스의 『정치학』에 따르면 동물은 본능physis 그리스어에 따라 살아가지만, 인간은 이성logos이 있기에 본능을 억누르면서 살아간다. 동물은 배고프면 먹으려 달려들지만, 인간은 여러 가지 상황을 고려하고 판단하여 먹는 행동에 이른다. 이러한 패턴은 인간 개인만이 아니라 사회적 집단에도 적용될 수 있다. 이것으로 개인이나 사회의 성숙도도 가늠할 수 있다. 올바른 이성의 실천은 본능적 행동을 넘어서는 인간 고유의 기능이다. 올바른 이성을 실천하려면 도덕적 감수성을 계발하고 생활화하는 습관이 요구된다. 그리스어 '습성ethos'은 영어의 습관custom, habit의 의미를 함의한다. 습관의 반복을 통해서 만들어진 것이 '성격^{character}'이다. 제2의 천성이라고 할 수 있는 성격과 관련된 것들을 다루는 것이 '윤리^{ethics}'다. 윤리는 그리스어 'ta ethika에티카'에 해당한다. 이것은 외부의 물리적 강제로 행해지는 '도덕'의 뉘앙스와는 다르게 스스로 지켜내야 하는 내부적, 심리적 정서의 뉘앙스를 품는다.

인간은 행복한 삶을 살기 위해 '왜'라는 질문을 하고, 그것에 '때문에'라는 답변을 한다. 일상적 삶 외에도, 자연과학을 비롯한 모든 학문도 '왜'라는 질문을 하고 그것에 '때문에'라는 답변을 하며, 그 세계를 풍성하게 만든다. 여기에 인간의 숙고熟考의 과정도 뒤따르게 마련이다. 탁월한 행동을 하기 위해서는 깊은 사유의 과정이 요구된다. 사람은 정의감이 있어야 정의를 실현할 수 있고, 용기가 있어야 용기 있는 행동을 할 수 있다. 정의롭지 못한 사회에서는 정의로운 행동을 하기 어려우며, 옳지 않은 습관은 행복을 가져다주지 못한다. 사람이 정의로운 행동을 하도록 습관을 들이려면 윤리 외에도 법적인 강제, 즉 정치가 필요하다고 아리스토텔레스는 바라본다. 윤리학은 사람을 설득하는 힘은 있지만, 그것을 받아들일 마음의 준비가 돼 있지 않다면 무용지물이기 때문이다.

우리에게 정치와 삶은 분리할 수 없는 뫼비우스의 띠처럼 연결돼 있다. 행복한 삶을 누리기 위해 윤리와 정치가 함께 작동돼야 한다는 의미이다. 인간의 이성에 따라 작동되는 '에티카^{ethika, 윤리}'는 본성이 아니라 노력으로 얻어진다. 개인이나 사회집단에 그것이 부족할 때, 인간과 사회의 품위에 손상을 입는다. 에티카보다 '날것^{raw}'의 동물적 본능이 날뛸 때 행복한 삶을 영위하기도 어렵다. 선거에서 상대방을 비방하고 음해하여 파국으로 몰아넣으려는 정치권의 수준 낮은 날것의 모습을 바라보며, 올바른 이성에 따른 투표로 정치권에 추상秋霜 같은 심판을 내리시길 권유한다.

2022. 3. 7.

정동진에서 새해를 맞으며

사람들은 새해를 맞으며 지난해와는 다른 일들이 일어나길 소망한다. 어제 뜬 해와 오늘 뜨는 해가 다르지 않지만, 오늘 솟아오르는 태양을 향해 소원을 빈다. 홍성과 가까운 서해안 마량포에서 가끔 새해를 맞이하곤 했지만, 올해는 동해안 정동진으로 발길을 옮겨 봤다. 언덕 위에 얹혀 있는 여객선 앞머리에 붉은 해가 솟구쳐 오르며 태양의 아우라aura가 아침의 냉기를 녹여낸다. 목 좋은 곳에 카메라를 일찍 설치한 사람들은 추위에 발을 동동 구른다. 부지런한 사람들은 어디를 가나 있는 법인가 보다. 사람들은 찬란한 태양을 향해 금빛 희망을 쏟아내며 소원을 빈다.

어제보다 더 나은 내일이 기대될 때 삶은 살아갈 가치가 있다. 희망은 내일로부터 무이자로 빌려오는 거래다. 희망이 있을 때 개인과 사회는 온기가 돈다. 희망이 없는 삶은 포기와 비난과 두려움이 있을 뿐이다. 두려움은 그 대상에서 오는 것이 아니라 두려울 거라는 가능성이 열려있을 때 엄습한다. 그래서 인간은 미지의 세계, 겪어보지 않은 내일에 두려움을 갖게 마련이다. 낯선 곳에서 홀로 하룻밤을 지낼 때 두려움이 찾아온다. 그러기에 성경 Bible은 우리에게 "두려워하지 마라"라는 말을 반복해 들려주는지 모른다. 그 말은 인간이 원초적 두려움을 느끼는 존재이기 때문이다. 철학자 마르틴 하이데거Martin Heidegger도 "두려움은 이미 두려운 무언가가 다가올 수 있도록 세계를 발견한 것"이라고 말한다.

우리는 바이러스 팬데믹pandemic, 유행으로 인하여 마스크를 쓰고 집을 나서야 하고, 사람을 만날 때도 혹시 저 사람이 바이러스를 옮기지 않을까 두려워한다. 2년 동안 국가가 하라는 대로 백신도 맞고, 여럿이 모이지도 않았지만, 바이러스의 변이종이 잇달아 나오고 감염 확진자를 쏟아낸다. 언제 바이러스 팬데믹이 끝날지 알 수 없는 상황이 우리를 두렵게 한다. 중국은 시안西安에 봉쇄령을 내려 사람들이 밖에 나오지 못하도록 통제하고 있다. 프랑스를 비롯한 유럽도 '오미크론'으로 인하여 바이러스에 대한 두려움을 내려놓지 못하고 있다. 바이러스 팬데믹 사회에서 두려움과 불안을 느끼는 것이 뉴 노멀New Normal이 됐다. 그러나 이러한 두려움이 걷히면 새로운 세상이 다가올 수 있다. 유럽에서도 페스트가 물러나자 르네상스가 시작됐다. 다가올 새로운 세상을 위하여 지금 차분히 준비해야 할 시간이 아닐까.

바이러스 팬데믹이 계속되는 가운데, 올해 대통령선거와 지자체장 선거가 우리 앞에 놓여 있다. 선거는 우리의 삶을 바꿔놓기도 한다. 정치가 삶의 양태를 결정짓는 큰 테두리를 만들기 때문이다. 온갖 보도 매체마다 선거 이야기로 날을 지새운다. 그러다 보니 비생산적이고 지루한 정쟁은 때로 정치에 대한 환멸을 가져오기도 한다. 정당들은 표를 얻기 위해 우리의 미래에 희망을 주는 정책보다는 상대방의 과거를 들추어 비난하는 전략에 매달린다. 눈만 뜨면 듣게 되는 후보자와 그 가족의 부정적 과거사들이 사실이라면 이들이 지도자감이 될 수 있는지 강한 의구심마저 든다.

정쟁만 일삼는 말싸움에 정치 무용론을 말하는 사람들도 있다. 그러나 정치는 기본적으로 말을 바탕으로 한다. 말은 정치의 필수 불가결한 전제조건이고 그 기반이다. 정치는 말로 하는 것이라지만, 말을 그때그때 상황에 따라 바꾸고 번지르르하게 하는 사람의 진정성은 어떻게 확인해야 할까? 그 답은 그 사람이 살아온 과거의 행적에 있다. 지나온 삶의 모습이 그 사람이기 때문이다. 사람은 쉽게 바뀌지 않는다. 거짓말을 일삼는 사람은 또 거짓말로 주변을 속이게 마련이다. 후보자의 화려한 언어 수사修辭에 속지 않는 방법은 그 사람이 어떻게 살아왔는지를 보고 투표하는 것이다.

정치를 하겠다고 하는 사람들이 디스토피아를 말하는 법을 본적이 없다. 정치는 실현 불가능해 보이는 장밋빛 유토피아를 약속한다. 유토피아는 말 그대로 이 세상 어디에도 없는 곳이다. 정치에 대하여 인상적인 통찰을 보여준 자크 랑시에르Jacques Ranciere가 '노동, 교환, 향락의 세속화된 활동들'을 배열하는 기술이라고 말한 것을 받아들인다면, 정치는 말로 하는 기술이라는 것을 전제로 한 것이다. 그러기에 정치는 무에서 유를 창조할 수도 있지만, 잘못됐을 때는 파멸을 낳을 수 있다. 정치가 바이러스 팬데믹으로 신음하고 있는 사람들에게 파국이 아닌 희망이 되길 기원한다.

바이러스 팬데믹 상황에서 2년의 통제된 삶은 현재뿐 아니라 미래마저도 피폐하게 만든다. 현재의 상황이 끝난다고 하더라도 바로 옛 모습으로 사회가 돌아갈 수 있는지도 알 수 없다. 이 와중에 천정부지로 오른 집값은 희망의 끈마저 놓게 만든다. 잘살게 해주겠다던 정치가들의 공약公約은 휘발되어 공약空約이 되고 말았다. 그러나 희망은 늘 남아 있는 법, 판도라의 상자 속에 끝까지 남아 있었던 것이 희망이었던 것처럼. 새해 정동진에 솟아오른 태양을 바라보며, 모든 두려움이 사라지고 좋은 날들이 도래하길 기원해 본다.

2022. 1. 5.

소시오패스 형 권력자에게 박수를 보낸다는 것은

온 나라를 공포의 도가니에 휩싸이게 했다가 비참한 최후를 맞이한 권력자를 역사 속에서 찾아내기란 어렵지 않다. 네로, 히틀러, 연산군, 영국의 리처드 3세와 같은 인물들이 여기에 속할 것이다. 이들의 정신세계는 많은 사람을 굴복시키기도 하고 때로는 매료시키기도 했지만, 시간이 지나면서 그들의 마음 상태가 온전하지 못했음이 차츰 드러난다. 특히 영국의 리처드 3세는 셰익스피어가 『리처드 3세』에서 악인으로 묘사해, 420여 년 동안 수많은 사람의 입에 오르내렸다. 그는 연극배우 황정민의 꼽추 연기로 우리에게도 익숙한 인물이다. 영국 플랜태저넷 왕가의 에드워드 4세가 죽고 그의 어린 아들이 왕위에 오르자, 작은아버지로서 섭정을 맡았던 그는 조카를 런던탑에 가두고 왕좌를 찬탈했다. 그러나 그는 장미전쟁1455~1465에서 측근들의 배신으로 비참한 최후를 맞았으며, 변변한 무덤조차 남기지 못한 채 저세상으로 떠난 대표적 소시오패스sociopath 형 인물로 알려져 있다.

셰익스피어 연구 최고의 권위자로 알려진 하버드대 스티븐 그린블랫Stephen Greenblatt은 셰익스피어의 입을 빌려 정신적으로 온전하지 못한 인물에게 온 나라가 어떻게 통째로 휘말리는 일이 벌어지는지를 그의 저서 『폭군Tyrant』에서 다루며, 이렇게 자문自問한다. "왜 어떤 사람들은 분명 통치할 자격이 없는 자, 혹은 위험할 정도로 충동적이거나, 사악할 정도로 음모를 꾸미거나, 진실 따위에는 아예 무관심한 자에게 마음이 끌리는가?" "왜 어떤 상황에서는 거짓, 무례, 잔인의 증거가 치명적 결함이 아니라, 열렬한 추종자들을 만들어내는 힘이 되는가?" 지금 우리의 상황에 대입해 볼 수 있는 질문이다.

『리처드 3세』라는 희곡에서 리처드 3세는 어떤 인물일까? 그는 지나칠 정도로 자기중심적이고 오만하다. 쉽게 화를 내고 자신의 진로에 방해가 되는 자는 누구든지 제거한다. 자신은 뭐든지 한다면 하는 인물이라고 말한다. 그러나 그는 타고난 고상함이 없어 남들과 감정을 공유하지 못하고, 여성을 위협적으로 지배하려는 욕망이 있다. 그는 성적 희열보다 여성에 대한 경멸에서 오히려 즐거움을 느낀다. 그의 이런 성격을 현대의 정신과 의사가 진단을 내린다면 소시오패스형 인물이라고 하지 않을까?

어머니의 사랑을 받지 못하고 자란 리처드 3세는 자신의 육체적, 정신적 불완전을 채우기 위해 최고 권력을 향해 질주했다. 그는 이것을 얻어내기 위한 특별한 자질도 지녔는데, 그것은 사기꾼 기질이다. 희곡 속에서 그는 "내 얼굴을 거짓 눈물로 적실 수 있고, 상황에 따라 얼마든지 표정을 바꿀 수 있다"라고 말한다. 목적을 달성하기 위해 폭력, 위협, 욕설, 처단을 능수능란하게 사용했고, 겁에 질린 측근들은 그의 뻔뻔한 거짓말, 무례함, 말 되받아치기 등을 그의 뛰어난 능력으로 치환했다. 리처드 3세의 즉위는 그에게 잘 보이려는 주변 인물들의 협조로 가능했지만, 보스워스Bosworth 전투에서 그들의 배신으로 리처드 3세는 최후를 맞이했다. 2012년 영국 레스터^{Leicester}라는 도시의 주차장 건설공사 현장에서 인부들에 의해 발견된 그의 처참한 유골은 '절대 권력욕'에 사로잡혔다가 무너져 내린 욕심 많은 자의 파편을 보는 듯하다.

리처드 3세를 바라보던 눈길을 국내로 옮겨오면 요즘 대선에 출마한 자들의 씁쓸한 초상^{肖像}을 만나게 된다. 지도자가 되기에는 본인이나 가족의 함량이 미달하는 경우를 보게 된다. 특히 '대장동 게이트'라는 사건의 중심에 있는 ○○당 후보 ○○○를 '의혹스러운^{suspicious} 눈빛'으로 쳐다보지 않을 수 없다. 만약 그를 둘러싼 모든 의혹이 사실이라면 그가 권력을 얻는다고 하더라도 그와 나라의 미래는 순탄치 않을 듯싶다.

지금, 대선판에서 병적일 정도로 후안무치한 후보자들의 일상 행태가 지도자의 탁월한 능력으로 둔갑하고, 지지자들이 진영논리로 그들에게 묻지 마 박수를 보낸다면 가까운 미래에, 그들과 그 나라에 커다란 재앙^{災殃}이 닥쳐오지 않을까 두렵기도 하다.

2021. 11. 5.

「오징어 게임」과 '사탄의 맷돌'

넷플릭스 「오징어 게임」의 인기가 하늘을 찌를 듯하다. 이것은 한국 현실의 이야기가 지구촌 구석구석에서 동감을 얻어내고 있다는 이야기다. 외국인들이 「오징어 게임」을 보다 보면 먼 나라 한국의 이야기가 아니라 내 처지 같다는 느낌이 들 수 있다. 빚을 갚기 위해 무슨 일이든 해야만 하는 막다른 골목길에 내몰린 사람들, 거액의 돈을 버는 방법이 노동이 아닌 다양한 게임을 통해 가능하다는 생각은 흥미로웠을 것이다. '달고나' 같은 게임이 유행하는 것도 우연한 일은 아니다. 하위징아Johan Huizinga는 인간을 놀이하는 인간, 즉 '호모 루덴스Homo Ludens'라 정의했다. 문화 그 자체가 놀이의 성격을 띠고 있다는 것이 그의 주장이다. 「오징어 게임」에서 돈을 갚지 않으면 신체 포기 각서를 써야 하는 처지의 참가자들이 게임을 통해 돈을 벌 수 있다는 생각은 황동혁 감독이 놀이하는 인간 본능의 DNA를 잘 파악했다는 의미일 수 있다.

황 감독은 상대방 죽이는 일을 「오징어 게임」에서 놀이로 유희화遊戲化한다. 「복면가왕」이나 「미스터 트롯」, 「내일은 국민가수」 같은 방송 프로그램도 「오징어 게임」과 유사하다. 상대를 탈락시켜야 내가 살아남을 수 있기 때문이다. 「오징어 게임」에서 두 명이 한 조를 이뤄 게임을 하게 되는데, 무슨 게임을 할지 아무도 모른다. 이 게임에서 부부는 서로를 위로하며 한 조가 됐지만, 서로를 죽여야 내가 살아남을 수 있는 상황에 부닥치게 된다. 많은 방송 프로그램이 누군가를 탈락시키는 방송 포맷을 구성하고, 거기에 시청자들은 밤늦게까지 투표에 참여해 게임의 참여자가 되게 만든다. 「미스 트롯」, 「미스터 트롯」, 「내일은 국민가수」도 같은 포맷이다. 투표에 참여한 시청자들은 「오징어 게임」의 빨간색 옷을 입은 'ㅁㅅㅇ'들의 역할을 자신도 모르게 하게 된다.

　「오징어 게임」의 이야기는 우리 사회의 극단적 상황에 있었던 인물의 대조를 통해 절망적 현실을 드러낸다. 공부를 잘해 서울대 경영학과를 졸업하고 증권사 펀드매니저로 일했던 상우는 현실에서 해결할 수 없는 빚을 졌고, 같은 동네 출신이며 공부도 못했던 기훈은 하는 일마다 되는 일이 없는 비슷한 존재다. 둘은 경제적 파산을 맞아 빚을 갚고 재기하기 위해 '오징어 게임'에 스스로 참가했고, 최종전에서 만나 서로를 죽여야만 돈을 얻을 수 있다. 이런 상황의 설정은 머리가 좋아 명문 대학을 나온 놈도 별수 없다는 것을 감독은 빗대어 말하는지 모른다. 이 이야기를 현실로 끌어오면 '대장동 게이트'는 명문 대학을 나온 변호사, 국회의원들이 얽히고설켜 비리에 가담했음을 보여주고, 몸에 용 문신을 한 조폭 출신은 대통령 출마자에게 "교도소 밥맛이 좋다"라며 그가 공범일 수 있음을 간접적으로 암시한다.

　「오징어 게임」은 종교문제도 끌어들인다. 서로 힘을 합해 데스 게임에서 살아남은 자가 자기 동료에게 감사한 마음을 표현하기보다는 하느님에게만 감사기도를 해 동료의 반감을 산다. 소위 'EQ^{emotional quotient}'가 부족해 보인다. 「오징어 게임」마지막에 기훈이 빗물에 쓰러져 있을 때 그 옆에서 "예수천국 불신지옥"을 외치는 전도사의 모습은 오히려 씁쓸한 '블랙 코미디^{black comedy}'를 연상케 한다. 종교가 힘든 사람들의 등불이 되는 것이 아니라 조롱의 대상이 되고 있음을 보여준다. 황 감독의 종교에 대한 시선이다.

「오징어 게임」의 이야기에서 현실로 돌아오면 자영업자들은 살아남기 위해 빚을 얻어 하루하루를 버텨야 하고, 젊은 밀레니엄 세대는 많은 시간을 노동에 투자하면서도 적은 임금으로 살아간다. 희망 없는 현실은 결혼해 아이 낳을 생각을 접게 만든다. 그러니 출산율은 OECD 최저를 보여주며, 국가의 미래는 암울하기만 하다. 힘 있는 국회의원, 법조인들은 대장동 게이트에 빨대를 꽂아 50억 원씩 빨아 먹는다. 이러한 불법과 불평등이 멈추지 않는 한 공동체의 미래는 어두울 수밖에 없다.

윌리엄 골딩^{William Golding}의 소설 『파리대왕^{Lord of the Flies}』 같은 배경에 비현실적 세트를 구성했음에도 「오징어 게임」이 인기를 누리는 것은 세계 곳곳에 '오징어 게임' 현상이 진행되고 있음을 보여주는 것이리라. 자본주의라는 기관차는 위험해 보이는 폭발물들을 싣고, 검은 연기를 내뿜으며 철길을 달리고 있다. 칼 폴라니^{Karl Paul Polanyi}의 말처럼 자본주의라는 거대한 '사탄의 맷돌^{satanic mill}'을 우리 스스로 돌리고 있는 것은 아닐까?

2021. 10. 25.

아프가니스탄이 주는 교훈

아프가니스탄 카불공항의 폭탄테러와 아비규환, 그곳을 탈출해 각자도생해보겠다고 공항에 모여든 사람들, 아프가니스탄의 비극을 보여준다. 이 비참한 상황은 아슈라프 가니 Ashraf Ghani 대통령이 헬리콥터에 돈 보따리를 싸 들고 일찌감치 카불공항을 빠져나간 뒤 발생했다. 카불공항의 모습을 바라보면서 우리나라의 역사를 소환해보는 것도 자연스러운 일이다.

임진왜란·병자호란 때 임금은 백성을 버리고 피신했고, 구한말 고종은 러시아 공사관으로 피했으며, 이승만 대통령은 한강철교를 폭파하고 서울을 서둘러 떠났다. 서울을 사수하겠다던 그의 말을 철석같이 믿었던 국민은 처참한 꼴을 당해야 했다. 지금도 힘 있는 자의 이름이 노블레스 오블리주 noblesse oblige 보다는 부동산 투기자 명단에서 쉽게 발견된다. 나라에 어려움이 닥쳤을 때 오히려 힘없고 고통받았던 피지배 계급이 의병을 조직해 나라를 지켜내고, 금반지를 모았다.

아프가니스탄 출신의 소설가 할레드 호세이니 Khaled Hosseini 는 아프가니스탄의 비극을 그대로 둬서는 안 된다고 목소리를 높이고 있다. 그는 소련이 아프가니스탄을 점령했을 때 숙청을 피해 아버지와 미국으로 망명해 지금은 유명한 소설가가 됐다. 그도 아프가니스탄에 남아 있었더라면 탈레반의 폭정에 고통을 겪었을 것이다. 그는 소설 『연을 쫓는 아이The Kite Runner』를 발표해 미국에서 일약 유명 작가가 되고, 이 작품은 미국에서 2005년 베스트셀러 1위에 오르기도 했다. 이 작품은 영화로도 만들어졌다. 주인공 아미르는 하인이자 의붓동생 하산의 죽음을 미국에서 알게 되고 양심의 가책을 느껴 다시 약탈과 학살이 난무하는 카불을 찾게 된다. 아미르는 하산에게 지난날 아프가니스탄에서 저질렀던 죄악을 반성하고 미국에서 새 삶을 살아가려고 한다. 그러나 이 칙칙한 회색빛 도시에 평화가 쉽게 찾아오기 어려워 보이는 것은 여러 부족이 정치적으로 화합해야 하기 때문일 것이다. 서로 다른 민족들이 모여 통일 국가를 이룬다는 것은 지난至難한 일이다. 같은 민족끼리도 지역색을 드러내며 피 터지게 싸우는 경우가 허다하기 때문이다.

아프가니스탄은 한반도의 세 배 정도의 크기이고, 여러 개의 종족이 6개 국가와 국경선을 맞대고 있다. 아프가니스탄은 종교 이외에 동질성을 찾기 어려운 나라다. 이 나라를 침공해 자기 나라에 우호적인 정부를 세우려고 했던 영국, 소련, 미국이 모두 상처를 입고 철수했다. 아프가니스탄 사람들은 통일된 정부를 세우려는 의지도, 능력도 없었다. 미국은 무능한 아프가니스탄 정부와 더 이상 동맹을 유지할 의미를 찾을 수 없었을 것이다. 무능하고 부패한 정부, 분열하는 국민, 보잘것없는 경제력을 가진 나라와 동맹을 맺는다는 것은 헛수고일 뿐이다. 그런 현실적 고민 끝에 미국이 내린 결정은 미군 철수였고, 아프가니스탄은 다시 혼란의 소용돌이 속으로 빠져들고 있다.

핵무기로 위협하고 있는 북한과 대치 중인 우리가 아프가니스탄의 문제를 강 건너 불 보듯 하기에는 마음이 불편하다. 국가가 잘 유지되기 위해서는 국민의 정서가 통합돼야 하고, 정치가 부패하지 말아야 하고, 경제가 추락하지 말아야 한다. 특히 동맹국에는 상호 이익 mutual interest이 된다는 환경을 조성해줘야 한다. 근본적으로 국가를 방어할 능력도 부족하면서 북한의 비위를 맞추느라 허둥대며 누가 적인지 헷갈리는 군대, 한미 연합훈련 전면 중단, 전작권 환수, 종전선언을 주장하며 "주한미군 물러가라"라고 외치는 무례함, 이것은 손을 잡고 있던 동맹국이 회의에 빠져들게 하는 동인動因이 되게 한다. 아프가니스탄의 무능과 부패에 손들고 떠나는 미국을 바라보며, 우리 일이 아니기를 바랄 뿐이다.

2021. 9. 2.

누가 폭군에게 협조하는가?

폭군tyrant이란 단어는 코빌드 영영사전Collins Cobuild English Usage에 "자신이 권력을 행사할 수 있는 사람들을 대상으로, 잔인하고 불공정한 방식으로 대하는 사람"으로 풀이되어 있다. 이 단어는 전제군주, 압제자, 독재자 등으로도 해석된다. 왕이 아니어도, 잔인하고 불공정한 방식으로 사람들을 대하는 자가 있다면 그가 독재자다. 역사 속의 왕들에게서 이런 사람의 모습을 찾아볼 수 있지만, 지금도 정치권에 얼씬거리거나 권력에 마력魔力을 느끼는 자들에게서 발견될 수 있는 인간 유형이다.

정치꾼들은 대부분 자신이 하는 정치 행위가 국가와 국민을 위하는 일이라고 말한다. 거짓말도 반복하다 보면 듣는 사람뿐만 아니라 자신도 자신이 한 말이 진짜라고 믿게 된다. 자아도취라는 나르시시즘에 빠지는 것이다. 부정적 측면의 나르시시즘에 빠지는 자들은 파멸의 길을 걷는다. 이들은 정당이나 단체를 만들어 자신들의 기만과 술책을 교묘하게 포장해 숨긴다.

정의롭지 못한 방법으로 권력을 쟁취한 자들이 행사하는 힘이 과연 국민을 위한 것인지 셰익스피어는 『리처드 3세』라는 극에서 적나라하게 보여준다. 리처드 3세1483~1485는 영국에서 형제와 조카를 죽이고 왕에 오른 인물이다. 맏형 에드워드 4세가 죽자, 작은형 클래런스 공작을 반역죄로 몰아 큰 포도주 통에 가라앉혀 죽이고, 어린 나이에 왕위에 오른 조카에드워드 5세를 섭정하다가 런던탑에서 죽게 한 무정한 인간이다. 그런 연유로 그는 왕위에 오른 지 2년을 넘기지 못하고 쫓겨났다. 셰익스피어는 이런 정치적 패자를 철저히 악한으로, 몸과 마음이 비정상적이고 항상 왕관에 눈이 가있던 사람으로 묘사한다.

그의 죽음은 영국 장미전쟁의 종결을 의미했을 뿐 아니라 플랜태저넷 왕조Plantagenet Dynasty가 끝나고 새로운 튜더 왕조Tudor Dynasty를 열게 했다. 우리나라의 세조와 연산군, 광해군의 이미지를 합해놓은 포악한 인물로 셰익스피어는 그를 그린다. 이런 부도덕하고 극악무도하게 살육을 저지르는 자가 왕좌에 오르기까지는 많은 사람의 협조가 필요했다. 그에게 동조하거나 협조한 인물들이 그가 권력을 창출하고 지탱하게 했다. 리처드 3세에게뿐 아니라 역사 속에서 독재자들에게 직·간접으로 협조한 인물들은 누구였는가?

셰익스피어 학자로 그의 사극을 분석한 스티븐 그린블랫Stephen Greenblatt은 이 사람들을 여섯 가지로 분류한다. 첫째, 독재자에게 완전히 속아서 그의 말과 행동이 옳다고 생각하는 순진하거나 어리석은 자들. 이들은 속거나 희생당하여 정치적으로 유의미한 역할을 하지 못한 사람들이다. 둘째, 괴롭힘과 폭력의 위협 앞에 겁을 먹었거나 무기력해진 사람들. 셋째, 독재자가 겉보기와 마찬가지로 내면도 철저하게 사악한 자라는 사실을 모르는 사람들. 넷째, 독재자가 형편없는 인물이라는 것을 알고 있었지만 그래도 모든 일이 정상적으로 잘 굴러갈 것이라고 믿고 싶은 사람들. 다섯째, 독재자의 집권으로 자신이 이익을 볼 수 있다고 생각하는 사람들. 불행하게도 이들은 독재자가 집권한 후 제일 먼저 제거당했다. 여섯째, 독재자의 명령을 별생각 없이 묵묵히 수행하는 자들. 한나 아렌트Hannah Arendt는 이러한 사람의 예로 아돌프 아이히만Adolf Eichmann을 든다. 그녀가 말하는 '악의 평범성Banality of evil'을 보여준 인물이다.

누구라도 독재자의 협조자라는 범위 설정에서 벗어나기 쉽지 않다. 아무 말도 하지 않았으므로 비난으로부터 자유로울 거로 생각하는 사람조차도 그 책임을 모면하기 어렵다. 그러나 정치권에 있으면서 드러내놓고 독재자를 돕고, 이런 행위가 국가와 국민을 위하는 일이라고 생각하는 정치꾼들이 있다. 이들은 왜 그럴까?

마키아벨리Niccolo Machiavelli는 정치의 본질은 기만과 폭력이라고 말한다. 정치꾼들은 부정직하고, 서로 불신하며, 거짓말로 상대를 속이는 일에 능숙하고, 자신이 덕성스럽지 않다는 것을 알면서도 덕성스러운 체하며, 그런 허세를 통하여 실은 자기가 선량한 사람이라는 자기망상의 나르시시즘에 빠져들기 때문이다. 독재자는 이런 자들을 교묘하게 이용하여 자신의 목적을 달성한다. 폭군과 독재자의 협조자, 동조자들이 정치에만 국한된 것은 아닐 것이다.

2021. 8. 9.

감시하는 사회

우리 주변에 수많은 CCTV가 설치돼 있다. 방범과 안전을 위해 건물 입구, 주택 담장, 각종 관공서와 공항 등에 수많은 카메라가 돌아간다. 감시한다는 것은 누군가를 의혹의 눈빛으로 쳐다보는 것이다. 타자를 믿지 못함이 그 밑면에 깔려있다. 이러한 불신이 의료계에도 퍼져있다. 수술실에서 대리수술을 하거나, 의사의 수술 과실을 밝히기 위해 CCTV를 달아야 하느냐 마느냐의 문제를 두고 요즘 국회에서 설전을 벌인다. 수술실 성희롱과 대리수술이 사회문제로 대두됐기 때문이다. 극히 일부이겠지만 의사들의 도덕성이 도마 위에 오른 것이다. 이러한 일과 거리가 먼 많은 의료인은 CCTV 설치를 반대한다. 자신들의 의료행위가 위축될 수 있다고 믿기 때문이다.

그러나 수술실에서 불미스러운 문제가 불거질 때마다 CCTV를 설치해야 한다는 의견이 더 많다. 의사들은 누군가로부터 일거수일투족을 감시당한다고 생각할 것이니 즐겁지 않은 일일 것이다. 반면 대다수인 환자들은 의사를 믿을 수 없다며 CCTV를 달자고 주장한다. 이렇게 서로 불신하는 사회를 두고 프랑스 철학자 미셸 푸코Michel Foucault는 그의 저서 『감시와 처벌』에서 파놉티콘Panopticon 구조의 사회가 됐다고 진단한다. 파놉티콘은 그리스어로 판pan, 모든 옵티콘opticon, 보다의 합성어다. 누군가가 감시하는 시스템이 현대의 사회구조다. 이 감옥의 구조는 영국의 공리주의자 제러미 벤담Jeremy Betham이 고안했다고 알려졌지만 실제로 가운데에 서 있는 높은 감시탑을 중심으로 빙 둘러있는 감옥이라는 교정시설을 그가 지었는지는 알 수 없다. 누군가가 중앙의 높은 감시탑에서 감옥의 죄수들을 감시하고, 이 죄수들은 감시당하고 있다고 믿기 때문에 죄수들은 스스로 감옥의 규율을 지키며 위계질서에 순종한다. 이렇게 감시탑의 바라봄과 감옥의 보임이 나눠진 이원화된 체계에서 죄수들이 살아남기 위해서는 복종해야 한다. 즉, 감옥이라는 권력 조직이 상정해놓은 규율과 질서를 죄수들이 잘 따르지 않으면 처벌된다.

파놉티콘의 구조가 지속되는 것은 이 구조가 경제적이며 효율적이기 때문이다. 이 구조가 중앙 부처의 어느 곳에서만 일어나는 것이 아니라 사회의 곳곳에서 다양하게 발생할 수 있다. 전체주의 사회는 감시가 필요한 곳 어디에나 CCTV를 설치할 수 있다. 감시하는 자도 감시당할 수 있다. 파놉티콘의 사회는 지배 이데올로기를 전파하고 대중을 쉽게 감시할 수 있다. 전체주의 사회는 쉽게 탄생할 수 있다. 독재자가 마음만 먹으면 다양한 프로그램을 갖춰놓고 '빅 브러더'의 역할을 할 수 있다. 조지 오웰George Orwell의 『1984』는 이러한 모습을 소설로 그려본 것이다. 조지 오웰이 이 소설을 탈고한 해가 1948년이다. 제2차 세계대전이 끝나고 미·소를 중심으로 냉전이 시작될 무렵이다. 그는 미·소를 중심으로 한 스파이전이 세계를 두 진영으로 나눠 서로를 감시하는 세상이 될 것이라 우려했다. 그는 소설의 제목을

'1948'로 정하기에는 너무 직접적이고 현재적이어서 끝의 두 자리를 '1984'로 바꿔봤다. '1984'는 추상적 미래다.

주인공 윈스턴 스미스Winston Smith 곁에는 그가 내는 소리 하나하나까지 포착, 감시하는 텔레스크린이 있다. 그는 보이지 않는 빅 브러더의 감시하에 살고 있다. 더 나은 삶을 꿈꾸며 자유를 추구하는 사람들에게 통제와 감시는 악몽과도 같다. 그러나 빅 브러더는 국가안보나 사회질서를 내세우며 국민을 감시하고 통제하려고 한다. 지금 북한의 김정은은 빅 브러더와 유사하다. 얼마 전 문재인 대통령은 『타임Time』지와 인터뷰하면서 김정은은 "정직하고 결단력이 있고 세계에 무슨 일이 일어나고 있는지를 잘 알고 있는 인물"이라고 평했다. 그러나 자신의 이복형과 고모부를 처참하게 죽였으니 결단력 있는 인물임은 틀림없어 보이지만, 정직한지는 강한 의문이 든다. 그래서 『타임』지는 "문 대통령의 김정은 변호는 망상성delusional에 가깝다"라는 불편한 심기를 붙여놓았다.

『1984』에서 주인공 윈스턴 스미스는 빅 브러더에 대한 저항의 의미로 일기를 쓴다. 이곳에서는 일기를 쓰는 것만으로도 25년 노동 징역을 받게 된다. 몰래 일기를 쓰려고 하지만 쉽게 쓸 수가 없다. 빅 브러더가 시키는 일만 하다 보니 자기 생각을 조리 있게 펼치는 능력이 차츰 상실됐기 때문이다. 일종의 '가스라이팅gaslighting'이다. 일본이 한국어 말살 정책을 사용한 것도 그러한 의도에서였을 것이다.

살기 좋은 사회는 서로를 믿고 감시하지 않는 사회다. 그러나 우리는 서로의 안전과 행복을 보장하기 위함이라며 CCTV를 곳곳에 달고, 범죄를 감시한다. 그러나 범죄는 줄어들지 않고 더 많은 CCTV를 설치해달라는 요구를 받는다. 도둑 한 명을 막기란 쉽지 않은 일이다. 수술실에 카메라를 설치하여 의사를 감시하는 것으로 안전을 확보할 수 있다고 믿지만 먼저 의료인들의 도덕성 확립이 이루어져야 한다. 그것이 담보되지 않는다면 CCTV 설치도 무용지물이 될 공산이 크다.

2021. 7. 1.

영화 「미나리」: 윤여정의 유머와 가족의 초상

배우 윤여정이 아카데미 여우주연상을 받음으로써, 아니 그녀의 거침없는 직설화법을 통해, 영화 「미나리」는 더욱 조명받고 있다. 그녀의 인터뷰는 위트와 유머, 여유가 넘친다. 그녀의 말을 따라 박장대소拍掌大笑하다가도 그 안에 담겨있는 뼈있는 메시지는 가슴을 울컥하게 만들기도 한다. 70대 노배우 삶의 역정이, 삶을 바라보는 촌철살인의 눈빛이 화법에 녹아있다. 또한 쉽고 담백한 그녀의 영어표현은 울림의 반향反響도 크다. 「미나리」로 상복이 터진 것 아니냐는 질문에 "나에게 상이란 다음 일을 얻는다는 것을 의미한다For me, an award means getting next work"라는 말로 생계형 배우였음을 넌지시 말해준다. 영국 아카데미 시상식BAFTA에서 "무척 고상한 체하는 사람들snobbish people에게 인정을 받아서 특히 의미가 있다"라는 그녀의 수상소감은 문화적 우월주의에 빠진 영국인들에게 "한 방의 어퍼컷"을 날린 것이라고 『뉴욕 타임스NYT』는 보도했다.

윤여정의 직설적 화법이 관심을 끄는 것 못지않게 영화 「미나리」는 우리의 전통적 가족, 가족주의를 되돌아보게 한다. 「미나리」에서는 제이콥 가족의 3대가 크고 작은 일을 겪으면서 어려움을 극복해나가지만, 우리의 현실에서는 늙으면 요양원에 가야 하고, 현실이 녹록지 않으니 결혼을 늦게 하거나 하지 않으려는 경향이 나타나기 때문이다. 우리는 한국전쟁을 겪으면서 생명을 보호해야 할 국가의 역할이 미미微微할 때 생존하기 위해 가족을 중심으로 뭉쳐야만 했다. 이후 산업화를 거치면서 먹고 살기 위해 농촌을 버리고 도시로 향했다. 「미나리」의 제이콥도 '아메리칸드림'을 찾아 미국으로 이민을 떠났다. 이들이 먼 이국땅에서 힘들게 살아가는 모습은 미국인들에게도 그들의 선조가 메이플라워Mayflower 호를 타고 미 동부 플리머스Plymouth에 도착해 어렵게 살아가야 했던 시절이 오버랩된다. 미국인들에게 제이콥 가족의 역경逆境은 타자의 모습이 아니라 300여 년 전 자기들 조상 모습인지도 모른다.

제이콥은 아이들에게 아버지가 뭔가를 해냈다는 것을 보여주고 싶어 한다. 그는 가부장적이기는 하나 강압적이거나 폭력적이지 않다. 그는 병아리감별사로 캘리포니아에 정착했다가 더 나은 미래를 위해 아칸소 주로 이주한다. 가족과 어렵게 농사를 지으며 그곳에 정착하지만 미래는 밝거나 확실하지 않다. 제이콥 가족들이 미국에서 가난의 상징인 이동식 주택에서 살아갈 때 한국에서 모니카의 친정어머니인 순자윤여정 분가 등장한다. 코믹한 욕을 하면서 화투를 가르친다거나, 입에 넣었던 밤을 준다거나, "페니스가 브로큰" 됐다고 한약을 달여준다거나, 레슬링을 보다가 데이빗의 오줌을 마시는 별스럽고 유쾌한 할머니다. 이런 할머니에게 외손자 데이빗은 한국 냄새가 난다며 할머니에게 다가가지 않으려 한다. 그러나 차츰 둘은 가까워지고 그녀는 가족 갈등의 해결사 역할도 한다. 그러나 중풍에 걸린 그녀의 실수로 농장 창고에는 불이 붙고, 제이콥 가족은 모든 것을 잃는다.

그즈음, 제이콥과 부인 모니카는 현실을 바라보는 관점의 차이로 위기를 맞지만, 과거를 삭제해버린 화재 앞에 다시 힘을 합한다. 화재를 내긴 했지만 순자할머니가 화합의 중간자 역할을 한다. 카메라는 갑자기 데이빗이 제이콥의 손을 잡으며 할머니가 심어 놓은 미나리꽝을 찾아가는 모습으로 엔딩을 알린다. 미나리는 물만 있으면 어느 곳에서나 잘 자라고, 다시 심지 않아도 그 이듬해 그곳에서 다시 자라난다. 게다가 다양한 음식에도 넣어 먹고 몸에도 좋으니 순자의 말마따나 원더풀이다. 죽었다가도 이듬해 살아나는 미나리는 한편 재생을 의미한다. 정 감독은 할머니가 심어 놓은 미나리로 이 가족의 희망을 환치해보고 싶었을 것이다. 영화 「미나리」는 정 감독의 어린 시절 기억들 즉, 두려운 토네이도, 심장병, 농장의 화재, 할머니와의 추억, 종교적 광신자의 도움, 아버지와 어머니의 싸움, 어린 데이빗의 시선 point of view 등이 모두 소환되어 부르는 합창이다. 정 감독은 어린 시절의 추억 속에서 삶의 보편적 행복을 찾는 것은 아니었을까?

그러나 우리는 영화 「미나리」를 보면서 한국의 전통적 가족, 가족주의가 변모해감을 느낀다. 지난 4월 여성가족부는 2025년까지 '아빠 성 우선 폐기', 혼인, 혈연중심의 '가족' 개념 확대, 비혼 동거인도 '배우자로 인정'하는 '제4차 건강가족 기본계획'을 발표했다. 출생인구가 급감하고 가족을 구성하는 최초의 관문인 결혼을 거부하거나 늦추려는 추세가 확산하고 있기 때문일 것이다. 미래의 한국 사회가 전통적 가족, 가족주의로 회귀할 수는 없지만, 삶이 각박해지고 결혼에 회

의하는 이 시기에 과거와 현재의 가족을 함께 바라보는 '복합적 성찰'
이 우리 사회에 요구된다.

가족은 의무의 굴레보다는 자아실현을 위한 공동체이어야 한다.

2021. 5. 6.

보석을 찾아내는 즐거움 — 『오셀로』

예술은 자연을 모방mimesis하는 일이지만 시대의 담론도 녹아있다. 남녀의 순수한 사랑을 다룬 문학작품에도 그 시대의 이데올로기가 침윤돼 있다. 셰익스피어의 『오셀로』는 사랑이라는 겉 이야기 속에 악인 중의 악인이라고 할 수 있는 이아고Iago의 심리 세계가 크게 드러나면서도 셰익스피어 시대의 인종차별, 성차별, 베니스라는 사회의 타락상이 얽혀 있다. 특히 셰익스피어 시대에도 유색인종에 대한 차별이 심했음을 『오셀로』는 또렷하게 보여준다.

남성이 여성을 소유물처럼 여기는 남성적 사회에 대한 고발이 이아고의 부인 에밀리아의 입을 통해 밝혀진다. 또한 가부장적 사회의 근간을 흔드는 여성의 전복顚覆적 행위에 대해 처벌과 통제의 지배 이데올로기가 강화되고 있음을 보여준다. 요즘 미국에서 동양인에 대한 혐오가 폭행으로 이어지고 있고, 며칠 전에는 벨기에의 어느 TV 방송에서 남녀 사회자가 동양인의 눈을 흉내 내는 비하 방송을 해 비난이 쏟아졌다. 아직도 유색인종, 타민족에 대한 차별과 혐오가 지속되고 있는 것을 보면 인종차별이 쉽게 근절되기는 어려워 보인다.

셰익스피어의 『베니스의 상인』에서도 유대인인 샤일록Shylock에 대한 증오가 그 작품의 배경이 됐고, 『오셀로』에서는 얼굴이 검고 입술이 두툼한 무어인 오셀로가 인종차별을 당함으로써 개인의 비극이 개인과 사회 모두에 있음을 보여준다. '무어'라는 말은 그리스어 'Maurous검다'에서 나왔는데 흑인을 가리킨다. 무어인 오셀로가 베니스의 귀족 브라밴쇼Brabantio의 딸 데스데모나Desdemona와 비밀리에 결혼하는 것은 기존 백인 사회의 질서를 어지럽히는 일이고, 백인 청년들의 질투심을 자극한다.

오셀로의 기수旗手 이아고는 자기 부인과 오셀로가 혹시 '섬싱 something'이 있지 않았을까 하는 의구심을 품는다. 이아고는 "나는 있는 그대로의 내가 아닙니다I am not what I am"라는 말을 내뱉는데, 그의 정체성이 잘 드러난 표현이다. 겉과 속이 다른 그는 "공기처럼 가벼운 하잘것없는 것도 질투하는 자에게는 성경만큼 강력한 증거"로 작동하게 만드는 재주가 있다. 의심이 확대 지속되면 '오셀로 증후군Othello syndrome'이 된다. 이런 증상의 심리적 저변에는 상대를 잃어버리지 않을까 하는 불안감이 자리 잡고 있다.

이런 불안감을 이용해 이아고는 오셀로에게 부인 데스데모나가 캐시오와 바람을 피우고 있다고 믿게 만든다. 오셀로가 결국 죄 없는 데스데모나를 목 졸라 죽이는 것은 이아고와 오셀로가 '가스라이팅 gaslighting: 심리학적 조작을 통해 현실감과 판단력을 잃게 만듦으로써 그 사람을 정신적으로 황폐하게 하고, 그 사람에 대한 지배력을 행사하여 파국으로 몰아가는 것'의 관계에 있는 것은 아닐까 하는 의심이 들게 한다.

오셀로의 용맹무쌍함에 반해서, 아버지의 반대에도 불구하고 오셀로와 결혼한 데스데모나는 그 시대의 가부장적 사회질서를 파괴한다. 또한 남편을 따라 전쟁터로 간다는 것은 여성이 성욕을 억제해야 한다는 그 시대의 미덕을 저버리는 행위로 여겨질 수 있다. 오셀로는 베니스 사회의 주류에 속하지 않으면서도 자신은 주류라는 의식을 갖고 살아간다. 그러나 그에 대한 인격 모독과 사이프러스에서 부관 캐시오가 자신을 제치고 총독이 되는 모습을 지켜봐야 했다.

차별과 설움이 아내의 불륜설을 그토록 쉽게 믿도록 만들었는지 모른다. 군인으로서 용감하고 이분법적 사고방식으로 살아가는 그의 성격이 이아고의 꼬임에 빠졌을 때는 오히려 파멸로 다가가는 촉진제가 된다. 그 시대의 질서와 이데올로기를 파괴한 오셀로와 데스데모나는 처절한 죽음을 맞는다. 이것은 기존의 질서를 파괴하지 말라는 일종의 경고로 읽을 수 있다.

베니스는 돈이 중심이 돼 돌아가는 국제도시다. 이곳에서 이아고는 로더리고 Roderigo를 꼬여 그의 재산을 갈취하고 이용하다 끝내는 그를 죽여버린다. 자본주의의 비정함이 드러난다. 베니스 사회의 비주류로 살아가는 오셀로의 설움, 인종차별, 페미니즘, 도시의 타락, 가스라이팅과 같은 정치적, 심리적 의미들이 『오셀로』 속에는 보석처럼 박혀 있다. 이런 보석들을 발견하는 것이 독서의 즐거움은 아닐까?

2021. 4. 26.

인구절벽과 지역대학

'春來不似春춘래불사춘. 봄이 왔지만 봄 같지 않다', 이 말은 요즘 지역대학에 해당하는 말일 것이다. 대학마다 차이는 있겠지만 지역대학들이 정원을 다 채우지 못했기 때문이다. 학령인구 감소로 대학 입학정원보다 고등학교 졸업자 수가 적다 보니 대학 총장을 비롯한 교수들이 홍보에 나서고 있다. 학생들에게는 노트북, 아이팟과 같은 선물을 제공하겠다는 선심성 제안을 내놓았다. 수시 지원자가 등록할 경우 100만 원을 지급하겠다는 고육지책을 펼쳤지만 미달사태를 면하지 못했다. 저출산으로 인한 인구절벽으로 이러한 정원미달 현상은 점점 확대 지속될 것이고, 2020년 출생자는 27만2천4백 명이니 머지않아 대학의 상당수는 문을 닫지 않을 수 없을 것이다. 참고로, 인구가 1969년생은 100만 명이 넘게 태어났다. 저출산의 문제는 대학만의 문제가 아니라 국가 정책 제일의 '어젠다agenda'로 다뤄야 한다. 인구의 급격한 감소는 국가정책, 국가운영 실패의 결과이며 국가의 존립마저 위태롭게 할 것이다.

인구분포표를 볼 때, 대학들이 입학정원을 줄이지 않으면 심각한 미달사태를 면치 못할 것이라는 분석이 오래전부터 있었고, 그것이 현실로 나타나고 있다. 수요와 공급이 맞아야 시장이 안정화되듯, 대학 입학정원이 줄어들어야 이런 미달현상을 근본적으로 피할 수 있을 것이다. 그러나 대학이 그 지역에 끼치는 영향은 단순한 수요와 공급의 문제를 넘어서는 문제이어서 폭넓은 접근이 필요하다. 대학은 고등교육을 하는 곳이지만 그 지역의 경제, 문화, 사회 등에 연결되어 있어 대학이 문을 닫으면 지역발전에 심각한 타격을 미친다. 일본과 국내 몇몇 지역의 사례에서 알 수 있듯이, 대학이 폐교했을 때 그 지역공동체는 을씨년스러움을 넘어 경제적, 정신적 황폐함을 가져온다.

홍성지역만 하더라도 청운대학교와 혜전대학이 지역사회에 미치는 영향은 적지 않다. 두 대학의 교수들이 군청과 지역단체의 각종 위원회에 참여해 문화발전과 지역공동체 의식발전에도 기여하고 있다. 대학과 지자체는 지역의 축제나 지역 현안을 놓고 토론하며 관학협력을 맺어왔다. 대학이 없는 곳과 있는 곳의 지역의 민도民度, 문화발전에는 차이가 크다. 만일 신입생이 줄어들어 두 대학이 사라진다면 홍성에 미치는 영향은 상당할 것으로 예측된다.

이렇게 부정적으로 예측해보는 것은 청운대학교와 혜전대학교의 신입생 모집이 올해뿐 아니라 앞으로 더 어려워질 것이라는 전망 때문이다. 정원미달 사태는 대학 평가에 영향을 주어 부실대학이라는 멍에를 쓰게 될 것이고, 그것은 다음 연도 학생감소라는 악순환으로 이어질 것이다. 두 대학뿐 아니라 다른 대학들도 학생감소가 예견된 일이라 정원미달 사태에 대처해왔지만, 인구절벽 앞에 대책은 무기력하다. 올해 들어 충청지역까지 여러 대학이 미달사태를 피하지 못한 것은, 지역을 고려한 국가 차원의 대학 정원 축소 정책이 화급한 일임을 말해준다. 그러나 교육부는 대학평가를 핑계 삼아 뒷짐 지고 있다. 결과는 지역대학들이 대학 정원을 대폭 줄이지 않을 수 없는 일일 것이다. 지역대학에 불리하지 않게 대학평가 방법을 개선해야 한다.

그러나 학령인구가 많이 감소했기 때문에 지역대학들은 신입생 정원을 줄이고, 기존의 대학 패러다임을 새롭게 전환하지 않고서는 미달사태를 면하지 못할 것이다. 대학이라는 패러다임의 전환은 기존의 대학 교육시스템을 바꾸는 것이다. 진리를 탐구하는 상아탑의 이미지보다는 대학을 졸업하면 먹고살 수 있는 내용으로 교육과정과 대학의 체제를 바꿔야 한다. 지역에 필요한 인재를 길러내고 재교육할 수 있는 평생교육 시스템으로의 전환이다. 이것은 지역단체에서 모집하는 취미 수준의 평생교육이 아니라, 급변하는 사회변화에 적응하고 취업과 연결될 수 있는 재교육, 평생교육 시스템이다. 급변하는 4차 산업혁명 시기에 대학 때 배운 지식만으로 직장을 오래 유지할 수 없다. 변화된 환경에 적합한 인재를 길러내는 일을 지역대학이 맡아야 한다. 재교육, 평생교육이 성공하기 위해서는 그 지역에 산업시설이 뒷받침되고 필요한 산학협력이 있어야 한다. 그러나 홍성 인근에 기업이 많이 있는 것도 아니고, 산학협력이 이루어지지 않으니 평생교육이 원활하지 못한 것도 현실이다. 그러나 대학의 폐교를 막기 위해서는 지자체와 대학이 관·산·학 협력의 방안을 새롭게 창출해내야 할 것이다. 그러기 위해서는 지자체와 대학은 머리를 맞대고 지역 발전을 위한 어젠다를 상정하고, 다양한 토론을 통해 대학과 지역 상생의 모델을 찾아내야 한다.

이러한 현실에서 지역대학도 스스로 강도 높은 변신을 지금 해야 한다. 찰스 다윈은 "끝까지 살아남는 종은 강한 종도 아니고 우수한 종도 아니며 환경의 변화에 적응하는 종"이라고 말했다. 적자생존適者生存의 원리다. 어떻게 해야 생존할 수 있을지 구체적 방안은 하늘에서 뚝 떨어지는 것이 아니라 구성원 스스로 찾아내야 한다. 이미 지역대학이 변화의 골든타임을 놓쳤다고 말하는 사람들도 있지만 늦었다고 느꼈을 때가 적기適期인지 모른다.

2021. 3. 4.

'눈먼 자들의 도시'에서 벗어나기

철학은 이러저러한 삶을 살아야 가치 있다고 설명해주는 반면, 문학은 일그러지고, 깨지고, 심연의 나락으로 추락하는 일상의 모습을 보여준다. 또한 파탄된 삶을 연민의 눈빛으로 바라보며 안타까워하기도 하고, 저렇게 살면 되겠느냐는 회의적 질문도 던진다. 특히 소설은 인간의 한계를 끝까지 밀고 나가, 막다른 골목에 내몰린 인간의 모습이 어떤 것인지도 보여준다. F. 스콧 피츠제럴드^{Fitzgerald}의 『위대한 개츠비』는 한 인간의 일그러진 사랑을 끝까지 따라간다. 포르투갈의 작가 주제 사라마구^{Jose Saramago}는 『눈먼 자들의 도시』에서 국가라는 기능이 방기^{放棄}됐을 때, 작은 공간에서 인간이 무슨 짓을 할 수 있는지 역겨운 삶의 모습을 그려낸다.

고전의 반열에 오른 작품은 독자의 정서에 영합하는 것이 아니라, 독자가 불편한 심정으로 현실을 직시하게 한다. 『눈먼 자들의 도시』는 갑자기 사람들을 눈멀게 하는 역병이 도시에 퍼지는 것으로 시작한다. 여기에 등장하는 인물들은 이름도 없다. 눈멀기 전에 살아가던 모습이 그를 지칭하는 이름이다. 어떤 사내가 처음 눈먼 자를 집까지 데려다주면서 친절을 베풀다가, 눈먼 자의 자동차를 훔쳐 달아난다. 그를 부르는 이름은 '도둑'이다. 장관, 국회의원 등의 명칭보다

익명성이 본질을 잘 드러낼 수 있다. 명칭 뒤에 숨어 못된 짓 하는 자가 얼마나 많은가.

급하게 역병이 퍼져가는 이 도시에서 국가가 할 수 있는 일이란 눈먼 자들을 임시 수용소에 감금하고 그들에게 식량을 넣어주는 일뿐이다. 무장한 군인들은 전염병에 걸린 자들이 탈출해 다른 사람들에게 병을 옮기지 못하도록 감시한다. 그 속에서도 눈먼 자들은 역경을 헤쳐 나가는 것이 아니라, 금전과 식량 갈취, 강간과 살인, 성 상납 같은 짓을 반복한다. 눈 떠 있을 때와 다르지 않다. 아비규환 속에서도 권력은 형성되며, 권력을 쥔 자는 타자를 무자비하게 강제한다. 국가가 국가의 기능을 상실했을 때 그곳에서 발생하는 사건들은 인간의 본능이 금수禽獸와 다르지 않음을 보여준다. 토머스 홉스Thomas Hobbes는 인간들이 자신의 자유와 재산, 안전을 지키기 위해 십시일반 세금을 내어 '리바이어던'이라는 국가를 만들었다고 주장했다. 그러나 주제 사라마구는 국가가 국가의 기능을 발휘하지 못할 때 국가가 오히려 괴물이 될 수 있음을 역설적으로 보여주는 것이 아닐까? 구치소, 요양원 등을 국가가 잘 관리하지 못할 때 역병이 확산돼 국가가 가해자가 될 수 있음을 우리는 현실에서 목도하고 있다.

'코로나19'가 가져온 사회변화는 지구촌의 일상을 바꿔놓기에 충분하다. 치과의사처럼 모든 사람이 마스크를 쓰고 지내야 하며, 커피도 '테이크 아웃' 해 들고 마셔야 한다. 4명 이상은 식당에서 함께 밥 먹고 담소도 나눌 수 없다. 언제 이 상황이 끝날 것인가를 고대해 보지만, 면역학계 권위자 마크 월포트Mark Walport는 '코로나19'의 완전한 종식이 어렵다고 전망한다. 설령 이 상황이 끝난다고 하더라도 우리의 변화된 삶은 '코로나19' 이전으로 돌아가기 어려울 것이다. 인간은 역경을 통과하면서 그 이전과 다른 삶을 찾아내 왔다. 중세 시대의 페스트는 르네상스라는 새로운 시대를 낳는 동인動因이 됐고, '코로나19'도 낯선 생활 패턴을 만들어내고 있다. 새로운 시대에는 새 규범이 필요하다. 소비의 행태도 이전과는 달라지고 있고, 기존의 교육 방법 외에 '플립 러닝', '블렌디드 러닝' 등이 새로운 교수법으로 자리 잡아 가고 있다. 캠퍼스도 없는 '미네르바 대학'은 하버드 대학보다 입학이 어려운 대학으로 자리매김하고 있다. '코로나19'가 '언택트untact' 교육 방법에 활로를 열어주고 있다.

사회의 모든 분야에서 변화의 바람이 불고 있지만, 변화에 아랑곳하지 않고 구태의 모습으로 코 골고 있는 분야가 있다면 정치권일 것이다. 정치꾼들은 대립과 분열을 통해서라도 더 많은 표를 얻기 위해 안간힘을 쏟는다. 적폐 청산이라며 과거를 깨끗이 정리한다지만 적폐에 적폐를 쌓아갈 뿐이다. 검찰총장을 찍어내려는 정치적, 법률적 행위가 사법부에 의해 완패당했음에도 오기에 찬 정권은 제2탄의 플랜을 준비한다. 오기와 오만과 오판의 결정판이다. 국회의원 수만 많으면 무슨 일이라도 할 수 있다는 오판을 할까 봐 미국은 처음부터 국회를 상·하원으로 분리했다. 대통령제를 만들어낸 '미국 건국의 아버지들'은 입법, 사법, 행정이 서로 견제와 균형을 갖추도록 헌법을 설계했다. 『연방주의자 논설』은 이들의 고뇌를 웅변한다. 균형을 깬 독재 권력이 잠시 정권을 유지하기도 했지만, 세월은 그들 편이 아니었다. 독재가 지속되면 스윙보터swing voter, 유동 투표층인 중도파가 이탈하고 정권의 몰락은 시작된다. 미국의 스티븐 레비츠키와 대니얼 지블렛도 『어떻게 민주주의는 무너지는가』에서 정치권은 상대를 경쟁자로 인정하여 관용을 베풀어야 하며, 권력의 힘으로 편파적 이득을 취하려는 충동을 자제해야 한다고 권고한다.

『눈먼 자들의 도시』에서 아비규환을 종식하는 길은 적대감과 강압이 아니라 서로에 대한 사랑과 헌신, 연대連帶라고 작가는 말한다. 요원해 보이지만 새해에 우리 사회가 이런 길로 나아가길 소망해 본다.

2021. 1. 7.

낙엽과 한 조각 구름의 스러짐

　펄럭이던 하얀 화염火焰과 지루한 장마를 이겨낸 나뭇잎들은 스스로 붉게 물들어 지상으로 내려앉는다. 낙엽은 생명의 에너지가 뿌리에서 줄기로, 잎에서 다시 뿌리로 순환함을 알리는 메타포metaphor다. 에너지의 회전은 모든 생명체에서 발생한다. 모든 개체가 태어나고 죽는 것을 반복하는 것이 아니다. 떨어지는 나뭇잎에는 쓸쓸함과 무상함이 묻어 있지만 낙엽이 진 자리에는 새 생명을 약속한다. 낙엽은 겨우내 뿌리를 덮어 화려했던 여름날의 보은報恩을 잊지 않는다.

　끝이 있기에 생명도 의미가 있다. 죽음이 없는 일상이란 하루하루가 그렇고 그래서 가치 있는 삶이 되기 어렵다. 오히려 죽음이 삶을 역동적으로 만든다. 생이 짧은 하루살이의 일생은 얼마나 치열한가. 우주의 긴 역사에서 보면 인간의 삶도 순간에 불과하다. 그러기에 인간은 영적으로 죽지 않는 영생을 꿈꿔왔고, 육체적으로도 죽지 않으려 불로초를 찾아 나섰지만 그것을 구했다는 소식은 아직 들리지 않는다.

　인간은 생명을 연장하기 위해 몸에 좋다는 갖은 행위와 약물, 장기이식과 같은 의학, 과학을 발전시켜 왔지만, 백 년도 살지 못하고 저세상으로 떠난다. 죽음 앞에 겸허해질 수밖에 없다. "무대에서 잠시 거들먹거리며 종종거리고 다니지만, 얼마 안 가 잊히고 마는 처량한 배우"와 같은 것이 인생이라고 셰익스피어는 『맥베스』에서 말했다. 연극이 끝나면 배우의 역할이 괜찮았는지 어땠는지 촌평이 있게 마련이다. 며칠 전 삼성의 이건희 회장이 세상을 떠났다. 그의 삶에도 공과功過가 있겠지만, 세계와 경쟁해 우리도 1등을 할 수 있음을 확인시켜줬다. 혁신을 통해 초일류가 돼야 기업이 살아남을 수 있다는 메시지도 그는 남겼다. 그러나 돈 많은 그가 무대에서 황급히 내려오는 것을 보면 의학이 생명을 연장하기에는 아직 거리가 먼가 보다.

낙엽은 삶이 무엇인지를 돌아보게 한다. 셰익스피어는 『햄릿』에서 "사느냐 죽느냐 그것이 문제로다"라는 원초적 질문을 던졌다. 죽은 아버지의 유령이 나타나 내가 억울하게 죽었으니 나의 원수를 갚아달라는 말을 아들은 듣는다. 그러나 햄릿은 아버지를 독살한 사람이 작은아버지임을 확신하고도 복수를 머뭇거린다. 복수를 해야 할 순간에 많은 생각이 그의 뇌리를 스쳐 간다. 기도하고 있는 작은아버지를 지금 죽인다는 것은 오히려 그를 천당으로 보내는 것이 아니냐는 생각이 드는 것이다. 원수가 천당에 갈 것이니 지금 죽일 수 없다는 그 시대의 논리다. 이런 머뭇거리는 인간형을 '햄릿형 인간'이라고 말한다.

그러나 햄릿이 우유부단한 면만을 갖고 있었던 것은 아니다. 그는 커튼 뒤에 숨어 있던 재상宰相 폴로니우스를 단칼에 살해하는 독한 기질과 레어티스와 칼싸움을 벌이는 용맹함도 지녔다. 단지 복수를 지연하는 문제에 시선을 고정하면 이 연극이 함의하는 깊은 의미를 놓치기 쉽다. 햄릿은 연극의 뒷부분에서 죽음을 통해 세상의 이치를 깨닫는다. 애인 오필리아를 묻으려고 무덤을 만드는 산역山役꾼들이 가볍게 던지는 농담을 통해서 삶이 무엇인지를 돌아다보고 세상의 섭리도 알게 된다. 한때 잘나가던 정치인, 변호사, 익살꾼 요릭의 해골을 산역꾼들은 두들겨 패며 그들에게 조롱해댄다. 세상은 내 뜻대로 되는 것도 아니며, 세계를 호령했던 알렉산더 대왕도 흙이 되어 맥주병 마개가 될 수 있음을 햄릿은 알아차린다.

햄릿은 서산대사가 입적하기 전 읊었다는 "生也一片浮雲起생야일편부운기, 삶이란 한조각 구름이 일어남이요 死也一片浮雲滅사야일편부운멸, 죽음이란 한 조각 구름이 스러짐이다"을 깨닫지 않았나 싶다.

TV에선 마스크를 쓴 국회의원이 목에 핏줄을 세우며 삿대질을 하고 있었고, 그 모습이 비친 창밖엔 낙엽이 지고 있다.

2020. 11. 5.

게걸스러운 맘

부모가 자식에 대한 사랑이 도를 넘거나 무분별할 때 타인의 저항을 불러온다. 특히 타인 앞에서 자기 자식에 대한 사랑이 유별날 때는 더욱 그러하다. 그래서 누구나 자식에 대한 사랑은 깊고 넓지만 스스로 자중한다. 그러나 엄마와 아이의 관계는 뭐라고 말할 수 없는 끈끈함의 관계가 설정돼있다. 아이는 엄마의 눈빛을 보고 심장 소리를 들으며 성장한다. 오래전 MBC에서 방영됐던 「우정의 무대」에서 사회자 이상용은 그 프로그램 마지막에 어머니를 등장시켜 많은 병사의 눈물을 자아냈다. 건장해 보였던 병사들도 무대 뒤 어머니의 목소리에 눈물을 글썽인다. 며칠 휴가를 받아, 어머니를 업고 퇴장하는 병사의 모습에 모두 힘찬 박수를 보냈다.

그러면서 모두들 마음속으로 조용히 자신의 어머니를 떠올렸을 것이다. 어머니는 모든 인간의 첫사랑의 대상이다. 어머니는 모든 아이의 우주다. 프로이트에 의하면 인간은 '오이디푸스 콤플렉스Oedipus complex'를 거친다. 문명이 발달하지 않았던 시기에 태어난 아이는 엄마 없이 생존하기 어려웠다. 엄마의 숨소리를 들으며, 말을 배우고, 엄마의 모든 것이 되고 싶었던 아이는 차츰 사랑의 경쟁자가 옆에 있음을 알게 된다. 그가 아버지다.

파라다이스 같았던 어머니의 가슴에서 떨어지라는 아버지의 눈빛은 강력하다. 어머니와 짝사랑을 단절하지 않으면 '거세castration'시키겠다는 위협이다. 더는 그곳에 머물지 못하는 것이 아쉽지만, 아이는 엄마 곁을 떠나 '아버지의 법'이라는 세상의 질서로 편입해야 한다. 아이는 힘들지만 세상의 질서를 배우며, 세상의 법칙을 따라 삶을 살아가야 한다. 그것이 '사회화socialization'다.

힘들고 지칠 때 '엄마야!'를 자신도 모르게 외치는 것은 무의식중 가장 편안했던 어머니의 가슴을 그리워하기 때문인지 모른다. 몸은 어른이 됐지만 정신세계는 아직 어머니의 가슴에 의지하는 사람이 많다. 결혼을 하고 직장을 얻어서도 엄마에게 의지하고, 엄마도 그렇게 하는 것이 당연하다는 '헬리콥터 맘helicopter mon'들이 많다. 우스갯소리로 첫날밤에 아내의 오른쪽에서 자야 하는지, 왼쪽에서 자야 하는지 엄마에게 카톡 하는 아들도 있다고 한다. 아이에 대한 어머니의 지배가 강력할수록 아들의 정신적 성장은 정상의 길을 가지 못한다. 그런 모습을 잘 그린 소설이 있다.

로런스D. H. Lawrence의 『아들과 연인들Sons and Lovers』이다. 아들의 성장과정에서 어머니의 역할이 얼마나 중요한지를 보여주는 소설이다. 프로이트의 이론을 증명해주는 소설 같기도 하다. 주인공 폴은 어머니의 기대와 사랑을 듬뿍 받으며 성장한다. 그러나 남편과 관계가 좋지 않은 어머니는 첫아들을 잃자, 둘째 아들 폴에게 더욱 사랑을 쏟으며 그가 그녀 삶의 모든 것이 된다. 남편이 술 마시고 폭력을 행사할수록 아들과 어머니는 정신적으로 한 몸이 돼간다. 폴은 어머니의 부족한 무엇을 채워주고 싶어 한다. 폴은 미리엄이라는 애인을 만나도 엄마가 끌어당기는 자장磁場이 강력해 사랑의 결실을 보지 못한다. 정신적 사랑을 강조했던 미리엄에게 그는 매력을 느끼지 못한다.

두 번째 애인 클라라를 만나 육체적 관계에 빠지지만 금방 허무해지고 진정한 사랑을 느끼지 못한다. 아들의 애인에게 질투를 느끼는 엄마가 뒤에 있어 아들의 성장에 방해물이 된다. 아들을 강력히 지배하는 어머니가 아들의 미래를 다 먹어치우는 '게걸스러운 맘 devouring mom'이 될 수 있음을 이 소설은 보여준다.

추미애 법무부 장관의 아들 문제로 세상이 시끄럽다. 국회에서 답변하다가 울컥하기도 하고 아들에게 미안하다고 하는 추 장관의 모습을 볼 때 아들에 대한 사랑이 깊어 보인다. 그러나 그 깊은 사랑이 병역문제에 도를 넘었느냐 아니냐가 핵심이라 할 수 있다. 즉, 권력자인 어머니의 아들에 대한 사랑이 타인에 비해 정의롭고 공정했는지를 사람들은 묻고 있다. 아들의 머리 위를 떠돌며 아들의 일거수일투족을 주시하는 '헬리콥터 맘'은 언젠가 아들의 미래를 모두 집어삼키는 '게걸스러운 맘'이 될 수 있음을 로런스는 『아들과 연인』에서 보여준다. 일찌감치 이런 문제를 예상이라도 한 듯이 멋진 소설을 쓴 로런스에게 감사의 마음을 전해야 하나….

2020. 9. 21.

양아치 정치와 광장의 파국

'코로나19'가 일상을 위협하는 상황에서도 국회 기획재정위원회 여야 국회의원들은 격한 말다툼을 하다가 상대방이 '동네 양아치' 같다고 고함을 쳤다. 국회 바깥에서 이들을 비난하기 위해서 한 말이 아니고 자기들끼리 싸우다 한 말이니 한심하다 못해 측은지심惻隱之心마저 든다. 양아치는 '품행이 천박하고 못된 짓을 일삼는 사람을 속되게 일컬을 때 쓰는 말'이라고 사전에 정의돼 있다. 천박하다는 것은 생각이 얕거나 행동과 말이 상스러울 때 쓰는 말이고, 못된 짓을 일삼는 일이란 타인에게 이유 없이 피해를 주는 것을 의미한다.

국회의원들이 상대방을 양아치 같다고 하니 그들이 하는 정치도 양아치들이 하는 짓을 닮아 있는 모양이다. 동네 양아치 노릇을 혼자 하기란 위험하고 또 다른 양아치로부터 쉽게 공격을 받을 수 있기에, 비슷한 그렇고 그런 놈을 친구로 만들어 세력을 넓혀간다. 내 편이 많을수록 힘이 강해지고 때때로 공권력도 넘볼 수 있기 때문이다.

막스 베버Max Weber는 "국가란 특정한 영토 내에서 정당한 물리적 폭력의 독점을 성공적으로 관철한 유일한 인간 공동체"라고 정의했다. 선거에서 승리해야 국가의 권력을 독점할 수 있으니, 정치는 물리적 폭력을 독점할 수 있는 승자독식 게임이다. 그래서 정치는 상대방과의 싸움에서 이겨야 한다. 광장에서 세勢가 약한 자는 힘이 없다. 선거에서 패한 자는 다음 판에 승리하기 위해 광장에서 호객행위를 하지 않을 수 없다. 고스톱은 그 판으로 영향력이 끝나지만 정치는 다음 판에도 영향을 미친다. 현실 정치는 네 편 내 편을 나누고, 핵심 꼬붕이 권력자와 정당의 지지율을 항상 뒷받침해야 한다. 이들이 내 편의 전위부대이고 끝까지 우리를 지켜주는 보루堡壘가 된다.

한비자韓非子는 공자가 평생 길러낸 제자가 몇 명 안 된다고 비난 했지만 몇 명 안 되는 제자가 공자를 위대한 인물로 전파했으며, 바울 같은 제자가 예수의 복음을 만방에 퍼트렸다. 얼마 안 되는 핵심 꼬붕이 혁명을 일으키는 화약통의 심지와 같은 자들이다. 권력자는 욕을 먹더라도 권좌를 유지하기 위해서 이들의 눈치를 보지 않을 수 없다. 이들이 광장에서 빠져나가는 순간 권력의 붕괴를 가져오기 때문이다. 이런 상황에 권력자에게 올바른 정치를 해야 한다고 '시무 7조'와 같은 상소문을 수차례 올려도 소귀에 경 읽기일 것이다. 내 편을 붙들기 위해서다. 오히려 상대방에게 더 몽니를 부려야 권력을 유지할 수 있다.

핵심 꼬붕이 광장을 떠나지 않고, 혁명의 마차를 끌기 위해서는 권력자는 이들에게 공동의 이상적 가치를 제시해야 한다. 동지라는 의식을 갖게 하는 것이다. 이런 방법이 현실의 물질적 이익을 제공하는 것보다 그들을 한 집단으로 묶어 놓는 효율적 방법이다. 이들이 박스권에 갇혀 있는 콘크리트 지지층이다.

내부의 폭발로 이 집단이 와해하지 않기 위해서는 권력자는 광장에서 들려오는 비난의 소리를 오히려 상대방 탓, 남의 탓, 종교 탓, 앞 정권의 탓으로 돌려야 한다. 그렇게 함으로써 광장은 더 시끄러워질 것이고, 무엇이 옳고, 아니 그러한지 진위를 쉽게 가려내지 못한 언론은 논란을 반복 재생산해 내게 될 것이다. 네 편, 내 편은 광장의 양쪽에서 고함과 삿대질로 이전투구를 벌인다. 먹고살기에 바쁘고 혼란을 느끼는 대중은 좋은 게 좋은 거라고 많은 사람 편에 슬며시 다가선다. 세력이 강하고 넓은 곳에 가 있는 것을 마음 편하게 느끼게 된다. 많은 사람이 카톡을 사용하는 이유는 다른 사람들이 많이 사용하기 때문이다.

동네 양아치들이 패싸움에서 이겨야 생존할 수 있듯, 정치도 근본은 싸움이고 싸움에서 승리해야 한다. 그러나 싸움박질하기 위해 정치를 하는 것이 아니라면, 더 나은 세상을 위해 광장에 나선 자들이라면, 역병이 창궐하는 어려운 시기에 광장의 미래가 어떻게 될 것인지 균형 잡힌 시각을 갖춰야 한다. 우리끼리 파당 짓고, 편협한 이해로 몽니를 부리면 기다리는 것은 광장의 파국뿐이다. 양아치 짓을 하여 허접한 정권은 얻을는지 모르지만 광장에 평화를 가져오기는 어렵다.

2020. 9. 3.

예산, 수당고택에서

역사는 현재에 이르기까지 일어났던 모든 과거 사건을 의미한다고 독일의 역사학자 랑케^{Lanke}는 정의했다. 그러나 영국의 역사학자 카^{E. H Carr}는 역사가가 역사적 사실을 현재로 불러낼 때만 말을 한다며 역사를 생명체로 여겼다. 카의 생각 쪽에 더 기대어 본다면, 과거의 흔적을 불러내어 그것으로부터 배우지 못하는 자는 아픈 역사를 반복할 운명에 처하기 쉽다. 그래서 과거를 잊은 민족에게 미래는 없다는 말도 성립된다. 세계역사 속에서 과거를 잊은 수많은 나라가 수명을 달리하며 명멸明滅했음도 우리는 알고 있다. 역사의 흔적 속에는 과거의 상흔이 고스란히 남아 있다.

충남 예산군 대술면에 있는 독립운동가 수당 이남규修堂 李南珪 선생에 관한 이야기에는 우리 민족의 아픔과 슬픔이 녹아있다. 강의剛毅했던 수당은 공주 감옥에 투옥되었다가 그의 아들^{이충구}과 함께 1907년 일본군에 의해 피살되었다. 단재 신채호도 그의 집을 드나들며 그로부터 학문을 연마했다. 수당이 학문을 연마하고 대쪽 같은 기질을 갖고 있었던 것은 그의 윗대 조상들과도 무관하지 않다.

수당의 선대先代는 아계鵝溪 이산해李山海 선생이다. 이산해는 선조 때 영의정을 지냈으며 선조를 모시고 의주까지 피난길에 오르기도 했다. 그는 선조 때 동인과 서인, 남인과 북인으로 갈라지는 당파의 영수領袖로 여겨지기도 하고 다양한 평가가 있지만, 그에 대한 합당한 평가는 아직 더 많은 시간이 필요해 보인다. 그에 대한 좋지 않은 평가는 정적政敵에 의해서 만들어져 내려왔기 때문이다. 세월이 지나면서 아계의 영향력은 역사 속에서 한참 동안 자리를 잃었다.

선조를 중심으로 한 대신들 간의 암투는 임진왜란, 정유재란을 통해 나라의 허약함을 드러나게 했고, 백성들을 피폐한 삶으로 내몰았다. 두 전란 동안 일본으로 많은 도자기공이 끌려갔고, 그중 일본의 아리타 현에서 도자기공으로 입지를 세운 이삼평은 이제 일본의 도조陶祖로 추앙받고 있다. 아리타 현에서는 지금도 그를 기리는 축제를 연다. 왜란이 끝난 후 조선은 그들을 조국으로 데려오려 했지만, 그들은 양반과 상놈으로 경직된 사회에 다시 돌아와 상놈으로 살아가길 거부했다. 그들은 일본에서 도자기 만드는 기술을 더욱 업그레이드했고, 그 결과는 엄청난 파괴력으로 조선을 붕괴시켰다.

백자를 만드는 그의 고급 기술은 네덜란드로 도자기를 수출하여 큰돈을 벌 기회를 일본에 제공했다. 이삼평의 도자기 굽는 기술은 더 나아가 서양의 도자기 기술을 향상시켰고, 일본은 벌어들인 돈으로 개화를 앞당기며 유럽의 군함을 사들일 수 있었다. 임진왜란 때 끌려간 도공들의 기술이 나라를 빼앗기게 하는 모멘텀으로 작용한 셈이다. 역사는 단절된 하나의 팩트로 존재하는 것이 아니라 인드라의 망網처럼 촘촘히 연결되어 지속된다. 역사도 생물체처럼 시작과 끝이 있으며 그 전성기도 있다. 헤겔Hegel의 말처럼 변증법적 발전을 하며 생성 소멸을 거친다.

잠시 생각을 유럽의 과거로 '플래시백flashback' 해보자. 임진왜란이 발발勃發하기 100년 전 에스파냐에서는 콜럼버스가 금과 향료를 찾아 네 차례에 걸쳐 대항해를 시작했다. '레콩키스타Reconquista'라 하여 이슬람 세력을 그라나다Granada에서 몰아내고 에스파냐는 다시 가톨릭 국가가 되었다. 이곳에 살던 유대인들은 모두 떠나야만 했고, 대다수는 지금의 네덜란드 암스테르담에 정착했다. 유대인이 이곳을 떠나자 에스파냐는 사회, 경제의 활기를 잃게 되었고 암스테르담은 북유럽의 상업중심지로 발돋움했다. 이런 결과를 바라볼 때 유대인들이 맡은 그 사회의 역할, 그리고 그들이 현실에 적응하여 환란을 극복해나가는 강인함을 유추해볼 수 있다.

이 무렵 영국은 힘을 잃은 에스파냐의 무적함대 '아르마다Armada'를 격파1588하여 국민의 사기가 충천하는 국운 상승의 계기를 마련했고, 해상강국의 모습을 갖추기 시작했다. 활력을 잃었던 영국은 차츰 외부세계에 눈을 돌리기 시작했고 1607년 현재 미국의 동부에 제임스타운 콜로니colony, 식민지를 설립했다. 당시 영국 사회에서는 해외에 금은보화가 많다는 작은 팸플릿의 여행기旅行記들이 인기를 얻었다. 이런 물질에 대한 욕망은 영국인들을 해외로 나가게 했다.

유럽의 종교개혁도 영국을 피해 가지 못했다. 신·구교 간의 종교적 갈등은 신교도Protestant들이 1620년에 메이플라워Mayflower 호를 타고 미국의 동부 해안 플리머스Plymouth에 도착하여 종교적 이상국가를 꿈꾸게 했다. 영국의 종교적 갈등은 수장령首長令을 발표1534했던 헨리

8세가 죽고 엘리자베스 1세가 등극하기까지 심화했고, 그 후에도 확대되어 사회를 혼란에 빠트렸다. 영국의 성공회^{Anglican church}는 로마 가톨릭교회로부터 분리했던 영국의 종교적 갈등의 산물이라 할 수 있다.

15~16세기 유럽에서는 지구가 둥글다는 신념하에 배를 타고 멀리 나가는 모험을 했지만, 중국과 우리나라는 바다를 멀리하고 육지로 눈길을 돌렸다. 그 결과 중국은 아편전쟁을 피할 수 없었고, 우리나라는 쇄국정책을 유지하다 일본에 합병되고 말았다. 바다를 지배하는 자가 세계를 지배한다고 했던가. 현재 세계무역 90%가 배를 통해 이루어진다. 육상 수단보다는 배를 통해 이동하는 편이 쉽고 운송비가 적게 들기 때문이다. 지중해를 중심으로 퍼져있는 고대 그리스 같은 나라들이 일찍이 문화를 꽃피우며 잘살 수 있었던 것도 바다를 그들의 활동무대로 삼았기 때문이다. 고대 그리스 문명은 이들이 바다를 배경으로 살아갔던 삶의 흔적이다. 그러나 삼면이 바다인 우리나라는 장보고 이후 바다에 눈길을 보내지 못했다. 그 후 역사는 가난과 고난의 길을 걸어야 했다.

6월 25일, 잠시 들른 수당고택修堂古宅에서 조선의 아픈 역사 위에 유럽 역사가 오버랩된다. 수당고택에서 아계 선생에 관한 자료를 보다가 500년 전 유럽의 시·공간으로 잠시 되돌아가 봤다. 바다를 향한 호불호好不好가 지금의 서양과 동양의 현재를 만들었다. 고대 그리스 역사가 투키디데스^{Thucydides}는 『펠로폰네소스 전쟁사』에 "금후에도 인간 본성으로 인해, 다른 상황에서도 서로 닮은 사건이 일어날 것"이라는 말을 남겨 놓았다. 아픈 역사는 반복될 것이라는 말일 것이다. 국가적으로나 개인적으로 아프고 슬픈 역사의 고리를 끊을 방법은 무엇일까?

2020. 7. 2.

'코로나19' 너 때문에?

　'코로나19' 팬데믹^{pandemic} 현상으로 세상 사람들은 스스로 유폐幽閉하는 경험을 하고 있다. '코로나19'의 바이러스가 동물로부터 인간에게 전이된 것으로 알려졌지만, 이제는 사람과 사람 사이의 접촉이 최소화되어야 바이러스의 전파를 막을 수 있을 것이다. 세계가 글로벌화돼 물건과 사람의 이동이 자유로워야 할 이때 누군가 '스톱!'을 외친 셈이다. 그동안 글로벌화된 이동 방식이 과유불급過猶不及이었던가? 자유의 시대에 사람들이 자유롭지 못하게 된 것이다. 왜 우리는 이런 상황을 맞이하게 됐는지 잠시 멈춰 서서 생활 패턴과 사유 방식을 반추해봐야 한다.

　세균, 바이러스와 인간의 공존은 인류 역사만큼이나 오래됐다. 인류는 이들의 존재를 알아 왔기에 기침이나 동물의 분비물을 혐오하는 방향으로 진화해왔다. 역병을 막아내려는 인간의 노력은 과학을 발전시켰고, 특히 의학의 발전은 인간의 건강한 삶과 수명을 연장시켰다. 전쟁, 질병, 기아를 극복해왔던 호모사피엔스는 이제 신의 위치를 넘보는 호모데우스가 되려 한다고 유발 하라리^{Yuval Noah Harari}는 인간을 불안한 눈빛으로 바라본다.

　지구상의 종種 중에서 호모사피엔스만큼 77억 명이 넘는 종으로 발전한 동물은 없다. 호모사피엔스는 역병을 물리치려는 많은 노력을 해왔다. 각 나라의 신화에는 역병을 물리치려는 인간의 고통이 묘사돼 있다. 중세를 거치면서 인류는 세균과 바이러스를 막기 위해 환경과 거주공간의 위생을 대폭 개선했다. 런던이나 파리의 하수구는 이들을 막아내려는 위생 의식의 소산이다. 거대도시를 건설하며 인간은 수많은 전쟁을 치러왔지만 눈에 보이지도 않는 바이러스와의 싸움에서 오히려 패배했거나 두려움이 더 컸다. 유럽 중세시대에 나타난 페스트는 유럽인들의 삶의 질서를 바꿔놓았다.

현재 우리가 부닥친 '코로나19'라는 난제難題를 해결하기 위해 공포 속에서 황급히 내려야 하는 결정은 어쩌면 우리 문화 속에 잘못된 형태로 오래 남아 있게 될지 모른다고 유발 하라리는 지적한다. 핸드폰으로 사람들의 행적이 쉽게 밝혀질 수 있는 지금, 이것을 이용해 '코로나19' 전파를 효과적으로 막을 수 있지만 인류가 그동안 쌓아온 인간의 자유를 억압하는 수단으로도 사용될 수 있음을 그는 경고한다. 핸드폰을 이용한 손쉬운 인권침해가 예상될 수 있는 문제를 지적한 셈이다.

학자들은 '코로나19' 이후 삶의 형태에 대해 다양한 의견을 내놓고 있다. 글로벌화된 자본주의는 바이러스가 창궐하는 시대에 맞지 않으니 계획경제인 공산주의가 리부팅돼야 한다고 슬라보예 지젝 Slavoj Zizek은 좌파 학자의 눈빛을 드러낸다. 독일 베를린예술대학교 한병철 교수『피로사회』의 저자는 지젝과 다른 입장을 피력한다. '코로나19'가 인류 정치체제에 급격한 변화를 가져오지는 않을 것이라고 주장한다.

사람마다 자기가 처한 상황에서 백가쟁명百家爭鳴 식으로 '코로나19' 이후의 삶은 그 전과 달라질 것으로 추측한다.

그러나 동서양을 막론하고 인간의 삶이 자연과 조화와 균형을 이뤄야 한다는 생각에는 일치했다. 가깝게는 19세기 미국에서 초월주의transcendentalism를 창시했던 에머슨Ralph Waldo Emerson은 독실한 기독교 신자였지만 만물에 영혼이 있다는 범아일여梵我一如 사상을 피력했다. 그의 생각은 제자 소로Henry David Thoreau에게 전달돼 자연과 조화와 균형의 삶을 살아가는 삶의 방식, 즉 『월든Walden』이라는 책을 남겨 놓게 했다. 현대인이 『월든』의 삶의 방식으로 모두 돌아갈 수 없겠지만, 유사한 삶의 방식을 택하는 사람이 많아지게 될 것이다. 슬로 시티의 모습이 『월든』의 삶이다. 신자유주의의 무한경쟁 속에서 지친 사람들이 의지할 곳은 그곳이기 때문이다.

'코로나19' 이후 가장 확연한 변화는 교육에서 일어나고 있다. 지식 전달 중심의 교과목 교육 방식은 비대면 방법으로 이동되고 있다. 대면으로 해야만 효과가 있을 것으로 생각했던 예술, 공학 등 실기과목에서도 비대면이 때로는 더 효과적일 수도 있음을 알게 됐다. 아날로그적 커리큘럼과 교육 방식, 19세기식 교육환경은 '미네르바 스쿨'과 같은 형태의 교육시스템에 자리를 내주게 될 것이다. 비대면 방식으로 인해 교육 내용이 모두 공개되는 시대에 강의 품질이 높지 못한 강좌들은 설 자리를 잃을 것이다. 고등학교 때 일타 강사들의 강의를 들어왔던 학생들이기에 귀에 쏙쏙 들어오는 강의 방법에 더 익숙하다. 이미 'K-MOOC'와 같은 퀄리티 높은 디지털 강의가 대학의 학점으로 연동돼 있다. 대학들은 학생들이 취업해 먹고살 수 있는 방향으로 개혁에 방점을 둔다. 미국에서도 그렇지 못한 대학은 이미 문을 닫는 중이다. 대학이 취업을 준비하기 위한 곳이냐고 반문할 수 있지만, 취업이 잘 안 된다고 학생들이 지원하지 않는 대학은 문을 닫고 만다. 양 측면을 고려하여 대학이 운영되어야 할 것이다. 학령인구가 부족하여 일부 대학이 문을 닫아야 할 처지에 코로나까지 겹쳤으니 경쟁력 없는 대학은 난감하기 이를 데 없다. 그래도 지역대학은 그 지역과 손잡고 공생의 길을 찾아봐야 할 것이다. 해결책이 하늘에서 뚝 떨어지는 예는 없다. 스스로 나아갈 길을 찾아야 한다.

　전쟁도 없이 평화로워 보이는 시대에 '코로나19' 때문에 우리는 평화로운 삶을 살고 있는지 의문이 든다. 사람의 이동이 부자연스러운 상황이 지속된다면 인류의 삶의 방식이 변할 것이고, 그것은 인류 사회시스템에 큰 변화를 몰고 올 것이다. 지금의 교육시스템, 사회체제, 화폐제도와 같은 인류의 고안품들이 역사의 박물관에 남게 되지는 않을는지….

2020. 6. 1.

본능의 어깨에 올라탄 자들

　성욕을 억제하지 못한 정치인들^{오거돈, 안희정}, 'n번방 범죄자'들, 전 유도 국가대표 왕기춘 등이 패가망신하고 있다. 이것은 지금만의 일이 아니고 인류가 사회를 형성하고 살아온 이후 모든 문명권에서 반복되는 문제다. 성적 본능을 통제하지 못하기 때문이다. 프로이트는 인간 욕망^{desire}의 근원 속에 리비도^{libido}라는 성 본능^{instinct}이 있다고 상정하고 인간이 살아가는 근본 에너지로 이해했다. 그가 이것을 성욕으로만 관련지어 설명하려는 탓에 칼 융^{Carl Jung}을 비롯한 주변 사람들이 그의 곁을 떠났다. 그렇지만 그는 죽을 때까지 욕망의 실체를 파헤치며 정신분석학을 발전시켜 나갔다.

　인간의 욕망에 자리 잡은 성 본능이 이성이라는 초자아^{superego}의 감시 아래 통제되지 못하고 아무 때나 불쑥불쑥 튀어나오면 그가 속한 어느 공동체도 이를 허락하지 않을 것이다. 문명은 금지와 제한을 필연적으로 동반한다. 남녀의 섹스 없이는 인류가 지속될 수 없지만, 성행위를 드러내놓고 즐기는 문명은 허락되지 않았다. 그것의 부작용을 경험했기 때문이다. 개개인의 쾌락은 '사회화^{socialization}'를 형성하기 전에는 자신의 본능을 만족시키는 데 있었다. 그래서 프로이트 정신분석학의 출발선상에는 그 본능의 구현자인 어린아이가 있다.

어린아이는 구강기, 항문기, 남근기 등을 거치면서 주체적 이성을 가진 어른으로 성장한다. 어른으로 성장하기 위해 통과해야 하는 관문이 '오이디푸스 콤플렉스Oedipus complex'다. 어머니와의 이자二者 관계에서, 행복했던 아이는 아버지라는 제삼자三者를 만나게 되고 그로부터 어머니와의 관계를 청산하라는 요구를 받는다. 아버지 말을 거역할 때는 거세castration라는 위협이 도사리고 있음도 감지한다. 이 요구를 받아들이며 '아버지라는 법law of the father'을 따라 사회화의 과정을 거친다. 아버지의 법은 실제의 아버지라기보다는 사회의 관습, 법률, 도덕과 같은 그 시대의 질서, 세계관이다. 어머니의 세계를 떠나 아버지의 세계로 이행한다고 하더라도 억압당했던 근원적 본능은 만족스러웠던 어머니의 세계로 회귀回歸하고 싶어 한다.

개인의 본능 추구와 공동체적 인륜의 골이 깊을수록 인간은 정신적 질환을 앓을 가능성이 크다. 인간은 억압된 이 본능을 해소하고 싶어 한다. 이것을 프로이트는 '승화sublimation'라는 개념으로 업그레이드했다. 억압된 에너지를 예술, 스포츠 등으로 전환하는 것이 그 예라 할 수 있다. 초자아의 검열을 받지 않고 나온 그 '날것raw'의 모습, 본능을 대낮에 바라보기란 역겹다. 손버릇 나쁜 사람들의 습관, 거친 언행으로 타자를 불쾌하게 하는 추한 모습 등은 공동체의 품격을 떨어뜨린다. 날것의 본능을 허용해서는 그 사회의 공공질서가 유지될 수 없다. 공동체의 윤리, 도덕이 필요한 이유다. 그런데도 수많은 사람이 퇴행적 모습을 보이며 본능의 세계로 돌아가려다 파멸한다.

개인의 행복 추구와 공동체적 인륜을 조화롭게 유지하며 살아간다는 것이 지난至難한 일이지만 그래도 '공동선公同善'을 추구해야 한다. 헤겔Hegel도 이러한 본능적 행복 추구와 공동체적 인륜 사이의 조화를 강조했다. 헤겔이 현실적인 것이 이성적이며 이성적인 것이 현실적이라고 말한 것도 그런 이유에서다. 세 살 버릇이 여든까지 간다고, 말을 배우기 시작할 무렵부터 가정에서 이미 존재하는 이 세상의 질서를 가르쳐야 한다. 다시 말해서 라캉Lacan이 말하는 '상징질서'를 받아들이게 하고 본능을 승화시키는 방법을 가르쳐야 한다. 이것이 잘 안 될 때 본능에 올라탄 '호래자식'들의 출현은 반복될 것이다. 수신修身하지 않고 치국평천하治國平天下를 꿈꾸는 자들의 강한 욕구는 자신을 파멸로 이끌고 있음을 깨달아야 한다.

2020. 5. 7.

이 또한 지나가리라!

    '코로나19'의 확진 환자 수가 4천 명을 훌쩍 넘어섰고, 대구에서는 더 이상 확진자를 병원이 수용할 수 없는 상태에 이르렀다. 국란國亂에 가깝다. 타 지역으로 '코로나19'의 확산을 막아내지 못한다면 끔찍한 상황에 처할 수도 있을 것이다. 바이러스와 같은 병원균을 방역하는 방법과 시기는 전문가들의 의견에 따라야 한다. 여기에 정치적으로 복잡한 생각이 들어가면 방역의 적기適期를 놓치게 되고, 처참한 상황을 맞을 수 있다. 작금의 우리 현실은 이런 것을 소홀히 한 결과라 할 수 있다.

    전염병은 인류의 역사와 함께해왔다. 동서양 어느 곳에서나 전염병이 돌면 지금처럼 인간이 대처하는 방법은 미약했다. 우리나라 처용무處容舞도 통일신라시대의 역병을 배경으로 한 춤이라고 할 때, 전염병의 역사가 오래됐음을 알 수 있다. 서양에서 가장 처참한 전염병의 예는 페스트다. 페스트가 중국에서 발생해 흑해 연안을 거쳐 마르세유에 이르렀을 때 수많은 사람이 죽는 것을 보고 유럽인들은 공포에 떨었다.

    페스트가 창궐하던 중세 유럽은 가톨릭을 믿는 종교사회였다. 전염병이 발생하면 종교 지도자와 일부 사람들은 신앙심이 부족한 자들에게 하나님이 내리는 징벌이라고 생각했다. 자신이 죄가 많다면서 채찍으로 자학自虐하는 사람이 있는가 하면, 부자들은 교회에 유명 화가의 성화聖畵를 바쳐 전염병에서 벗어나고 싶어 했다. 이처럼 그림을 바치는 행위는 오히려 유럽 르네상스를 발전시키는 계기가 되기도 했다. 돈 많은 자가 그림을 사서 성당에 바치니 그림이 발전하지 않을 수 없었다. 하나님의 징벌을 타자에게서 찾아내는 사람들은 그 시대의 희생양을 만들어냈다. 돈 잘 벌고 똑똑한 유대인이 미웠던 사람들은 그들이 우물을 오염시켜 페스트가 퍼지게 했다면서 그들을 공공의 적으로 내몰았다.

전염병의 현장을 소설의 배경으로 삼아 알베르트 카뮈Albert Camus는『페스트』를 1947년 출간했다. 이 소설은 페스트가 창궐해 봉쇄된 알제리의 아랑이라는 조그만 해안 도시에서 외부와 연결이 단절된 채 살아가는 인간들의 모습을 그려낸다. 페스트로 이웃이 죽어 나가는데도 이를 이용해 큰돈을 벌어보려는 코타르와 같은 인간이 있는가 하면, 의사로서 페스트 발생을 시 당국에 알리고 최선을 다해 환자를 치료하는 리외, 파리를 떠나 이곳에 와있던 신문기자 앙베르는 나는 이곳과 관계없다며 그곳을 빠져나가려고 애쓴다. 파늘루라는 신부는 이렇게 페스트가 창궐하는 것은 하나님이 인간들에게 징벌을 내리는 것이라며, 인간들이 회개해야 한다고 설교한다. 죽음에 대하여 불안, 초조, 공포를 느끼는 인간에게 종교는 부활과 영생을 약속할 뿐이다. 병을 고치고 징벌을 내려 신비함을 보여주는 것이 종교의 본질은 아니다.

작금에 창궐하는 '코로나19'가 어떻게 확산할지 모르는 일이지만, 이것에 잘 대처하는 방법은 개인위생 수칙을 철저히 지키고 타인과의 접촉을 가급적 피하는 것이다. 소설에서 그랑, 리외, 앙베르 등도 보건대에 참여해 페스트 소멸을 위해 헌신하지만, 수익이 사라진 코타르는 페스트가 물러나자 시민들에게 총질하며 난동을 부린다. 마스크를 사재기하여 돈을 벌려는 사람이 있다면 코타르와 다르지 않은 사람일 것이다. 그러나 '코로나19'가 종식되고 나면 누군가는 엄청난 부를 획득할지도 모른다.

오랑을 간절히 벗어나고자 했던 랑베르는 페스트가 창궐하는 그곳을 떠나지 못하면서 "혼자만 행복하다는 것은 부끄러운 일이지요"라는 말을 남긴다. 카뮈가 국란을 겪는 곳에 남기고 싶은 말이었을 것이다.

2020. 3. 5.

어느 공중보건 의사의 미소

'코로나19' 확진 환자 수가 3천 명을 훌쩍 넘어섰고, TV는 마스크를 사기 위해 시민들이 몇 시간씩 줄을 서며, 텅 빈 식당과 한산한 길거리 모습이 국란國亂임을 보여준다. 대구의 병원들은 확진 환자로 넘쳐나며 중증도에 따라 입원할 수 있다. 전국 공중보건의와 의료진들이 대구로 몰려들고 방호복이 모자라 마스크와 흰 가운을 입고 환자를 돌봐야 할 처지다. 한 치 앞도 내다보지 못한 정치권은 중국에 마스크와 방호복을 이미 10만 개나 넘겨줬다.

'코로나19'에 대한 대통령의 말 머지않아 종식될 것을 믿었던 국민들은 이제 각자도생各自圖生의 길로 나서고 있다. 보건복지부 장관이라는 사람은 중국에서 들어오는 중국인 때문이 아니라 중국에 갔다가 감염돼 들어오는 한국인이 더 큰 원인이라고 국민 탓을 한다.

눈에 보이지 않는 바이러스를 막는다는 것은 어려운 일임을 인류의 역사는 알려준다. 서양에서 페스트는 14세기 후반 유럽 인구의 30%를 감소시켜 놓았다. 페스트도 중국에서 발원해 사람들의 이동 경로를 따라 흑해 연안을 거쳐 마르세유에 들어왔고, 서양 사람들을 공포에 떨게 했다. 페스트는 죄를 짓고 회개하지 않는 인간에게 내린 하나님의 징벌이라 여겨 채찍으로 자학自虐하는 사람들도 있었다.

그러나 내가 아닌 타자의 죄 때문에 하나님이 내린 징벌이라 여긴 사람들은 희생양을 만들어냈다. 유대인들이 우물을 오염시켜 페스트가 창궐한다고 믿고 싶었던 사람들은 1348년 프랑스 스트라스부르에서 그들을 900명 이상 때려죽이거나 산 채로 불태워 죽였다. 신천지 교도를 탓하기에 앞서 적기適期에 '코로나19'를 막지 못한 정부는 정부 스스로 힐책하는 것이 더 도덕적일 것이다.

중국의 우한 같은 곳이 봉쇄된다면 무슨 일이 발생할까? 작가의 상상력을 빌려 그 군상群像을 살펴볼 필요가 있다. 알베르트 카뮈는 중국의 우한처럼 외부와 단절된 알제리 '오랑'이라는 해안 도시를 배경으로 1947년 『페스트』라는 소설을 발표했다. 오랑에서 재앙에 대처하는 인간들의 행동 양태를 그는 소상하게 그려냈다. 페스트가 발생하자 시 당국에 빠른 조치를 요구하고 환자를 적극적으로 치료하는 젊은 의사 리외, 이웃이 죽어 나가는데도 불법을 자행해서 큰돈을 버는 코타르. 신문기자로 이곳에 잠시 왔던 랑베르는 자신은 이곳과 관련이 없다며 그곳을 벗어나고자 갖은 애를 쓴다.

오랑 시 공무원이며 페스트 퇴치와 보건대 활동에 최선을 다하는 그랑. 사람들이 그에게 왜 그렇게 열심히 일하느냐고 묻자 페스트가 발생했으니 당장 소멸시켜야 하는 것은 당연한 이치가 아니냐고 되묻는다. 쿨한 대답이다. 먼저 바이러스에 대한 철저한 방역 대책을 세워야 한다는 생각의 투영이리라. 파늘루라는 신부는 설교를 통해 오늘의 페스트는 인간들이 죄를 지으며 회개하지 않아 신이 내린 징벌이라고 말한다.

"신천지가 급성장함을 마귀가 보고 이를 저지하고자 일으킨 짓"이라고 말하는 신천지 교주의 주장은 파늘루의 생각과 맞닿아 있다. 병을 고치고 신비함을 보여주는 것은 종교의 본질이 아니다. 종교는 사후세계에 공포를 느끼는 사람들에게 부활과 영생을 약속한다. 이를 빙자해 세속의 일에 신을 자주 불러들이고 재물을 요구하는 사이비 종교의 행위는 '독신瀆神, blasphemy'일 뿐이다.

그랑의 말처럼 역병이 발생하면 그것을 막는 일에 최선을 다해야지 정치적 판단으로 방역의 적기를 놓쳐버리면 걷잡을 수 없는 상황을 맞게 된다. 1573년 율곡이 선조에게 올렸던 상소문 "후부일 심지대하 기국비국朽腐日 深之大厦 其國非國, 나날이 더 깊이 썩어가는 빈집 같은 이 나라는 지금 나라가 아닙니다"의 탄식歎息이 들려오는 듯하다. 이 무능한incompetent 정권은 육체적, 정신적으로 공황 상태에 내몰린 국민의 마음을 위로해줄 수는 있는 것일까?

제대를 한 달 앞둔 어느 공중보건의는 내일 대구로 환자를 돌보러 간다며 밝게 웃어 보였다. 그의 모습은 오랑의 한계상황 속에서 흔들리지 않았던 리외를 닮아 있었다. 저런 의료인들이 힘을 합친다면 '코로나19'의 종말도 그리 오래가지 않으리라 여기고 싶다.

2020. 3. 2.

정치꾼에게 속지 않기 위해서는

현실에서 국회의원이 된다는 것은 많은 영향력을 행사할 수 있는 지위를 얻게 됨을 의미한다. 또한 정치 엘리트로 발돋움할 수 있는 계기도 마련하는 것이다. 이들은 유권자의 대리인이지만 현실에서는 큰 힘을 행사한다. 그러나 이들의 운명은 유권자들의 선택에 달려 있다. 유권자의 권리를 충실하게 이행하지 못한 대리인은 다음 선거에서 당선되기 어렵다. 그래서 이들은 유권자의 선택을 받기 위해 선전 선동, 이미지 조작, 흑색선전 등과 같은 나쁜 선거 전략을 사용해서라도 당선되고 싶어 한다. 선거에 이기기 위해 굽실거리며 표를 달라는 읍소泣訴도 서슴지 않는다. 그렇게 하는 이유는 국회의원이라는 자리가 탐나기 때문이다.

유권자의 선택을 받기 위해 이들은 거짓과 위선도 마다하지 않는다. 정치꾼들은 당선되고 나면 숨은 의도를 드러내며 개인과 그 소속 정치 집단의 이익에 온몸을 바친다. 그것이 다음의 공천을 약속하기 때문이다. 그래서 정치꾼들의 말은 공허하며 유권자의 이익과 그 사회의 "공통적인 것the common"의 추구에 둔감하다. 이것이 장기화할 때 정치꾼과 그 정치 집단은 몰락의 길을 걷는다. 국민을 위한다고 거짓으로 선동하지만, 자기들끼리 해 먹는 정치행태는 유권자들의 눈에 금방 띄게 마련이다.

정치는 유권자들의 "공통적인 것"을 추구한다는 명제에서 출발한다. 사익을 채우거나 끼리끼리 해 먹는 정치는 몰락을 의미하기 때문에 정치인은 자신의 욕심을 드러낼 때도 '복지', '민주', '평등'과 같은 단어로 위장한다. 정치는 근본적으로 '자원의 권위적 배분authoritative allocation of value'이라고 미국의 정치학자 데이비드 이스턴David Easton은 말했지만, 자세히 들여다보면 정치는 이것을 넘어서서 서로 뺏고 빼앗기는, 죽고 죽이는 싸움의 속성을 지닌다. 여기서 지는 자는 굴복해야만 하는 처절한 승자독식의 세계이다. 정당을 만든다는 것은 선거에 승리하여 정권을 잡으려는 목적에서다. 그래서 선거에서 진다는 것은 정당의 몰락이다. 승리하기 위해 이전투구泥田鬪狗도 서슴지 않는다. 이러한 정치는 국가에서부터 작은 조직에 걸쳐 일어난다. 저쪽 편보다 내 편이 세勢가 강할 때 승리할 수 있다. 저쪽 편을 내 편으로 만들어야 한다. 이런 정치판에서 승리하기 위해서는 위장 전술에도 능해야 한다.

손자는 "부전이굴인지병선지선자야不戰而屈人之兵善之善者也"라고 했다. 즉 싸우지 않고서 적군을 굴복시키는 것이 최선 중의 최선이라는 말이다. 몸으로 싸우지 않고서도 이기는 것은 말로 하는 것뿐이다. 모든 사람이 편하게 살 수 있도록 조정하는 것이 정치라고 할 때, 상대방을 설득할 말은 그만큼 중요한 위치를 차지한다. 누구나 수긍할 수 있는 대의명분을 찾기 위해 정치에는 화려한 수사修辭가 요구된다. 그래야 세를 불릴 수 있다. 그 언어게임에 능숙하지 못한 자는 정치의 기본기를 갖추지 못한 자다. 인간은 누구나 내면에 어두운 면도 갖고 있다. 그것을 드러내느냐와 순치시키느냐는 그 사람의 품격을 말해준다. 언어가 거칠고 상스러우면 그 사람의 내면이 그러함을 드러내는 것이다. 말은 그 사람의 내면을 들여다볼 수 있는 창이다. 하이데거^{Martin} ^{Heideggar}의 말처럼 "언어는 존재의 집이다^{Die Sprache ist Das haus des seins}". 언어를 통해 한 사람의 세계가 드러난다.

　이권과 재물에 욕심을 보이는 정치꾼은 대리인 자격이 없다. 고양이에게 생선 가게를 맡기는 격이다. 우리나라 어느 정치인은 정치를 허업虛業이라고 말했다. 그것은 정치인이 개인의 사익을 취해서는 안 된다는 메시지로 확대해석하고 싶다. 이것을 어기는 자를 기다리고 있는 곳은 감방이라는 사실을 역사는 보여줬다. 그래서 정치인이 재물에 욕심을 부리는 것은 수치羞恥로 여겨야 한다. 그러나 현실에서는 그 반대다. 이런 현상을 막아내는 유일한 방법은 유권자의 눈이 살아 있을 때다.

　자신들의 대리인을 선출하는 문제에 재판관처럼 꼼꼼히 따져가며 적극적 관심을 보이는 유권자가 있는가 하면, 정치로부터 도피하여 선거에 참여하지 않는 사람도 있다. 선거에 무관심한 유권자도 있다. 등산과 쇼핑이 선거보다 더 중요하다고 생각한다. 그러한 무관심은 가장 무능력한 자들에게 대리인의 자리를 내주는 최악의 상황을 가져올 것이다. 잘못된 선택을 하더라도 선거에 참여하는 것이 무관심보다 나은 이유다. 선거 결과는 내 정치적 판단과 다를 수 있다. 그러나 그 다름을 인정하는 사회가 성숙한 사회다. 자크 랑시에르^{Jacques}

Ranciere는 정치란 합의가 아니라 불일치를 생산하는 것이라고 말했다. 그러나 그 불일치도 공통적 인륜을 저버리지 않는 것이어야 함은 물론이다.

선거에서 승리하는 개인이나 정당은 대리인이 아니라 갈등의 조정자 내지는 치안 유지자로 변신하면서 폭력에 가까운 권력을 행사하기도 한다. 유권자의 대리인이 아니라 여론을 주도하며 때때로 갈등을 부채질하기도 한다. 정당은 자칫하면 지지자들의 열광에 도취해 나치와 같은 맹신 집단으로, 전체주의로 변해가기도 한다. 이들의 양심과 판단은 자신들의 기준일 뿐이다. 이들은 점점 유권자들과 세상의 변화에 둔감해지며 자리다툼을 하거나 이권을 끼리끼리 챙기는 붕당朋黨의 길을 가기도 한다.

정치꾼들이 선동하는 지역갈등, 계층갈등에 유권자들이 휘둘리다가 잘못된 선택을 한 나라나 집단은 수없이 역사 속에 명멸明滅했다. 정치꾼들은 표를 얻기 위해, 해서는 안 되는 줄 알면서도 포퓰리즘을 선택한다. 포퓰리즘에 열광하는 집단이 어느 길을 가는지 베네수엘라는 또렷하게 보여준다. 헤겔은 "미네르바의 부엉이는 해 질 녘에 난다"라는 말로, 현실 뒤에 이론이 따라옴을 우회적으로 말했다. 한 시대가 거去하고 다른 시대가 올 때 앞선 시대가 어떠했다는 평가가 이루어진다. 한 시대가 끝나가고 새로운 시대가 도래함을 예민한 더듬이를 가진 사람은 감지한다. 정치 집단의 종말은 구성원들의 행동이 집단으로 손가락질을 받으며 반복될 때 읽힌다.

국가나 작은 집단이 발전을 지속하며 오래 살아남으려면 유권자들이 현실에서 현명한 선택을 해야 한다. 즉 훌륭한 정치인을 국민의 대변자로 뽑아야 한다는 의미다. 그러나 쉽지 않은 일일 수 있다. 정치인의 흑색선전, 달콤한 공약, 유권자의 무관심으로 정치인의 정체 identity를 잘 알 수 없기 때문이다. 뽑혀서는 안 될 자가 뽑히는 경우도 허다하다. 정치인의 자질이 근본적으로 중요하다. 막스 베버Max Weber 는 『소명으로서의 정치』에서 정치인은 열정, 책임감, 균형적 판단력이 있어야 한다고 강조한다. 위태로운 시기에 유능한 정치인은 그 집단을 위기에서 구한다. 패거리들만을 위한 안하무인 격 정치는 국가와 정치의 몰락과 대중의 궁핍한 삶을 가져올 뿐이다.

표를 얻기 위해 포퓰리즘에 입각하여 선동을 일삼고, 돈을 흩뿌려 표를 얻고 싶어는 정치인을 선택하는 조직에 미래는 없다.

2020. 2. 1.

공정사회와 '악의 평범성'

　　새해 아침에, 사람들은 붉게 솟아오르는 태양을 바라보며 각자의 소원을 빈다. 인간에게는 어렵고 막막한 환경 속에서도 다시 시작할 수 있는 힘, 내일의 희망이 있기 때문이다. 제2차 세계대전 당시 홀로코스트the Holocaust, 유대인 대학살를 경험한 빅터 프랭클Vicktor Frankl, 정신과 의사은 인간은 "믿음을 상실하면 삶을 향한 의지도 상실한다"라고 말했다. 미래에 대한 희망이 없다면 인간은 "정신적으로나 육체적으로 퇴락의 길을 걷는다"한나 아렌트(Hannah Arendt). 인간에게 있어 '새로 시작할 수 있는 능력'은 힘들고 답답한 현실을 뚫고, 미래의 가능성을 탐색할 수 있는 능력이다. 훌륭한 개인과 좋은 사회는 이것을 받아줄 가능성이 늘 열려있다.

　　그러나 우리 사회의 지나온 일 년을 회고해 보면 그렇지 못했다. 연초에 빌었던 많은 소원은 성공하지 못했거나 미완성으로 끝났고, 이루지 못한 계획들은 우리를 우울하게 만들었다. 우리 사회를 뒤흔들었던 정치적 사건들은 서로를 백안시白眼視하게 했고, 지금도 주말이면 청와대 문전에서 꽹과리 소리가 요란하다. 풍전등화風前燈火 같은 국가의 운명 앞에서도 국회의사당에서는 내 편의 집권을 위해서 목숨을 걸 태세다. 정치권은 내 진영, 네 진영을 나눠, 죽기 살기로 삿대질하며 상대를 적대시한다. 이런 모습은 뿌리가 깊다. 조선의 선조 때도 그러하지 않았는가? 일본이 조선 반도를 호시탐탐 노리는데도 끝없는 정쟁은 계속됐고, 국가의 안위는 위태로웠다. 그러다가 임진 왜란을 맞았고, 결국 일본에 강제 합병되고 말았다. 세월이 흘러 단군 이래 지금이 가장 먹고살 만하다지만, 경제적으로 힘들다는 볼멘소리 와 한숨 소리는 여전하고, 국가의 부채는 눈덩이처럼 늘어나도 선거 를 위해 공금을 물 쓰듯 한다. 직장과 주택을 구하기 어려운 젊은이 들은 아이를 낳지 않고, 심한 규제를 받는 기업들은 이 땅을 떠날 채 비를 한다.

잘 돼가고 있는 분야도 많을 것이다. 그러나 미래에 대한 희망이 사라진 사회는 다양한 경고음을 보내게 마련이다. 그 신호를 무시할 때 사회는 혹독한 대가를 치렀음을 역사는 말해준다. 그러한 사회에 모르쇠로 일관하고 사는 것이 현명한 일일까? 사회의 공적영역에서 벌어지는 일들이니까, 정치가가 하는 일이니까, 신경 쓸 필요가 없는 일일까? 개인의 존재는 타인과의 관계 속에서 더 큰 의미가 있다. 인 간은 사회적 동물이기 때문이다.

히틀러 밑에서 악행을 저질렀던 오토 아돌프 아이히만Otto Adolf Eichmann은 평범하고 모범적이며 가정적인 남자였지만, 그의 생각 없는 행위가 수많은 유대인을 사형장으로 내몰았다. 그의 재판과정을 지켜 본 한나 아렌트는 '생각 없이', '타인에 대한 배려 없이' 잘못된 명령을 성실히 수행할 때 얼마나 큰 비극이 저질러질 수 있는지를 조명했다. 그녀는 이런 사유思惟하지 않는 삶을 '악의 평범성banality of evil'이라 불렀다. 아이히만 같은 삶은 합리적, 이성적 공동체를 파괴한다. 생각 없이 저지르는 평범한 악은 인간의 마음 깊은 곳에 있는 것이 아니라 행위의 표면에 있다. 진정한 악과 사이코패스는 오히려 드물 수 있다.

아이히만 같은 경우는 내가 무슨 잘못을 했는지 알지도 못했고, 알려고 하지도 않았다. 내가 잘못했다면 우리 사회 모두가 잘못한 것이라고 항변했다. 무엇이 옳은지 그른지를 판단하지 않고 내 편, 우리 편을 위해서 조금도 물러서지 않을 기세는 공동체를 파멸로 몰고 갈 것이다. '우리 각자 안에 있는 아이히만'을 내보내지 않고 부르짖는 정의와 공정사회, '나라를 위해서'라는 구호는 우리의 내면에 있는 아이히만을 덮는 둔사遁辭에 불과하다.

새해에는 나와 우리 사회에 존재하는 평범한 악이 물러나길 기원하면서, '새로운 출발'을 시작하는 여러분께 새해의 찬란한 햇빛이 쏟아지길 소망한다.

2020. 1. 2.

비극도 못 되는 마녀들의 정치

　셰익스피어는 그의 극에서 다양한 성격의 인물을 창조했다. 『베니스의 상인』에서처럼 돈에 집착하는 '샤일록'을 창조했는가 하면 『햄릿』에서는 '햄릿'과 같은 우유부단한 인물, 남을 쉽게 믿는 '오셀로', 판단 미숙의 '리어왕'을 선보였다. 좀 더 거칠게 분류하면 위대하게 태어난 사람, 노력해서 위대함을 쟁취한 사람, 억지로 위대함을 만든 사람을 그의 극 속에 등장시켰다. 그러나 위대해 보이기 위해 이미지를 조작하거나 언론 담당 전문가를 고용해 위대한 사람을 창조해내지는 않았다. 셰익스피어도 세상이 지금처럼 변할 줄은 몰랐던 모양이다. 지금은 선거에서 대통령으로 당선되기 위해 이미지를 조작한다. 조작된 비 실재가 더 실재처럼 보인다. 맥베스는 자신이 왕이 될 것이라는 요정들의 말을 믿고 왕을 시해하지만, 도덕적 갈등과 전쟁의 패배로 파멸의 길을 간 인물로 그려진다. 자신의 성격적 결함으로 비극의 길을 걷는다.

　『맥베스』는 스코틀랜드 역사를 다루는 극이면서도 비극으로 분류된다. 장군이었던 맥베스가 왕의 자리에 오르기 위해 많은 악행을 저지르지만 그렇게 악인으로 느껴지지 않는 것은 그의 내면에 심각한 도덕적 갈등을 빚고 있었기 때문이다. 이 극은 기존의 왕을 시해하고 왕권을 탈취한 자는 반드시 망하고 만다는 내용을 담고 있다. 셰익스피어 시대에는 왕궁에서 그러한 내용을 담은 연극을 공연해야 왕의 후원이 지속될 수 있고, 살아남을 수 있었을 것이다. 이것이 지배 이데올로기에 셰익스피어가 충실했다고 비판받을 수 있는 이유이기도 하다.

기존의 왕이었던 던컨 왕을 시해하고 왕이 된 맥베스는 불안함으로 잠을 이루지 못한다. 장군이었던 맥베스는 반역자를 처단하고 돌아오는 길에 마녀들이 자기에게 장차 왕이 될 수 있을 것이라는 말을 듣고 솔깃해한다. 자신의 마음속에 이미 그러한 욕망이 들어 있었기 때문이다. 마녀들은 또한 여자에게서 태어난 자는 맥베스를 죽이지 못할 것이며, '인버네스'라는 커다란 숲이 스스로 이동하지 않는 한 누구도 그를 죽이지 못할 것이라고 말하자, 맥베스는 누구에게도 패배하지 않을 것이라는 확신을 다시 갖게 된다. 마녀들의 말을 쉽게 믿는 것은 초월적인 어떤 힘을 믿는 것이며, 왕을 시해해야만 할 충분한 신념이 없었음을 보여주는 것이기도 하다.

왕의 권좌에 오른 맥베스를 패배로 이끈 맥더프 장군은 달^{10개월}이 다 차서 나온 인물이 아니라 제왕절개를 통해 나온 자이며, 그를 따르는 많은 병사는 머리에 나뭇가지를 장식하고, 숲이 움직이는 것 같은 모습으로 맥베스를 공격한다. 그와 맞닥뜨린 맥더프가 나는 여자의 몸에서 태어난 자가 아니라고 말하자, 맥베스의 확신에 찼던 신념은 순간 무너져내린다. 그는 마녀들의 말을 믿고, 왕을 시해하고 왕권을 지키기 위해 잘못된 살인을 저질렀던 것이다.

맥베스 부인은 오히려 한술 더 떠서, 실질적 권력자에 해당한다고 볼 수 있다. 때로 의지가 박약하거나 지친 맥베스를 여기까지 오도록 강요한 자가 그녀이기 때문이다. 공교롭게도 맥베스 부부는 잠을 이루지 못한다. 부인은 몽유병자가 되어 객사하고 맥베스는 잠을 이루지 못해 환청과 환시에 시달린다. 그 내면에는 불안함이 똬리를 틀고 있기 때문이다.

맥베스는 부인이 객사했다는 소리를 들어도 언젠가 들어야 할 말이었노라며 별다른 반응을 보이지 않는다. 허무주의자가 된 셈이다. 인생은 걸어 다니는 그림자에 불과한 것이며, 무대에서 한동안 활개 치고 안달하지만, 곧 사라지는 배우와 같다고 그는 말한다. 정치가의 권력은 영원할 것 같지만, 봄날에 잠시 피었다가 지고 마는 '권불십년 화무십일홍權不十年 花無十日紅'인지 모른다. 인생은 짧고 갑질도 순간이다.

맥베스는 타고난 운명이 아니라 자신의 성격적 결함으로 비극을 맞는다. 저렇게 잘나 보였던 사람이 처참함에 빠지는 것을 보고 관객은 카타르시스를 느끼게 된다. 성격적 결함을 깨닫는 맥베스와는 다르게 '생업으로서의 정치인'이 이미지를 조작해 패거리들끼리 권력의 자리를 나누고, 상대 진영을 폭력 violence 으로 위협하며, 흥에 취해 축배를 마시다 무엇이 잘못됐는지도 모르면서, 최후를 맞이하는 작금의 현실 정치는 비극의 축에도 들지 못한다.

잘못된 신념으로 악행을 저지르고 처절하게 패배하는 맥베스, 그러나 신념도 없이 이미지를 조작하여 권력을 차지하고 자기들끼리

흥에 겨운 우리의 현실 정치는 대조된다. 『소명으로서의 정치』를 쓴 막스 베버Max Weber가 살아 있다면, 균형 감각을 상실한 정치인이 잘못된 신념으로 허망한 열정을 보이다가 추락하고 있다고 일갈했을지 모른다.

2020. 1. 20.

광장의 '소음과 분노'

　　가끔 오르는 동네 뒷동산에 단풍잎이 켜켜이 쌓여가고 있다. 한여름 노루, 고라니, 장끼, 오소리, 청설모 등에게 그늘을 제공했던 나뭇잎들이 이제 옷을 벗어 나무의 뿌리를 덮고 있다. 곱게 물든 낙엽이 한여름 에너지를 공급하던 뿌리 위에 보은報恩을 하고 있는가 보다. 나뭇잎들은 여름철 받았던 영양분들을 고스란히 뿌리에 환원하고, 순환이라는 자연의 법칙을 따른다. 주고받으며 공생하는 것이 자연계의 생존 원리다.

　　그러나 산 아래 저 광장에는 사람들이 모여 '소음과 분노the sound and the fury'와 삿대질로 불편한 심기를 드러낸다. 자신들의 이익과 상반되는 거래에는 조금도 물러날 기색이 없다. 시끄럽고 분주한 광장에는 웃음기가 사라진 지 오래다. 엿장수나 광대가 벌이는 춤판의 눈요깃거리도 찾아볼 수 없다. 거래의 기술과 정치의 타산적 산술만이 광장을 맴돈다. 광장은 자연계의 생존 원리와 사뭇 다르고 낯설다. 칼 폴라니Karl Paul Polanyi가 『거대한 전환』에서 말하는 것처럼 시장의 자정 기능을 상실한 광장에는 나의 이익을 위한 냉혹한 전술만 가득하다.

　　광장에서는 세勢 불리기 싸움이 소리 없이 진행된다. 세가 약한 쪽은 패배한다. 꽹과리를 치고 깃발을 들고 목청을 높이는 것은 세

불리기 전술이다. 동네 뒷골목 깡패의 주먹질과는 달리 정치는 근본적으로 내 편을 많이 만들어야 한다. 정치는 세 싸움이다. 세 싸움이 과열되면 광장에서는 신음과 자살 소식이 들려온다. 광장에는 삭막한 구호만이 펄럭인다. 이 황량한 광장에 언제쯤 유쾌함gaiety과 미소가 찾아올 수 있을까? 정치가 해야 할 역할이다. 랑시에르Jacques Ranciere의 말처럼 정치는 치안police을 유지하는 것이 아니라 서로의 다름을 인정해 말할 수 있게 해주는 것이다.

광장에서 여름부터 들려오던 조국 교수의 이야기는 부인이 구속됐더라는 이야기로 끝날 듯싶었다. 그러나 이제 그 사람 이야기가 꼬리를 물고 광장과 권력을 뒤엎을 기세다. 그는 고향 부산에 가서 '대선', '진로', '좋은 데이' 소주를 번갈아 마시며, 꽃길만 걸을 것 같더니 그게 아닌 모양이다. SNS를 통해 오랫동안 남을 준엄하게 비판했던 그의 언행이 자신을 향하고 있다. 남을 더럽다고 가리키는 손에 뭔가가 묻어 있을 때 구경꾼이 느끼는 것은 측은함이다. 똥 묻은 개가 겨 묻은 개를 보고 나무랄 때 옆에서 바라보는 마음과 다르지 않다. 서로 비웃고 삿대질하는 광장에서 정치, 종교가 웃음소리를 되찾을 수 있는 것일까?

영국의 사상가 이사야 벌린Isaiah Berlin, 1909~1997은 광장에 어떤 원칙이 있고 그 원칙이 아무리 합리적이고 옳다 하더라도 그것을 강제적이고 기계적으로, 또 광신적으로 적용해서는 안 된다고 충고한다. 광신도가 어떤 이데올로기와 만나면 한두 명만 죽이는 것이 아니라 양심의 가책도 없이 수십만 명을 죽일 수 있다. 나치와 파시즘이 이

런 모습이 아닐까? 약간 느슨한 분위기, 비효율과 낭비에 대한 관용
이 있는 광장이 오히려 괜찮은 광장이라고 그는 말한다. 이런 광장에
서 자발적이고 창조적인 계기가 만들어질 수도 있기 때문이다. '소극
적 자유'가 진정한 의미의 자유라고 이사야 벌린은 말한다. 자신이 자
신의 주인이 되는 것과 같은 '적극적 자유'보다 외부의 방해가 없는
'소극적 자유'를 지지한 이유도 이런 것에서 연유緣由한다. 격한 마음
을 내려놓고 다름을 인정하고 말할 수 있게 하는 것이 그 광장의 품
격이다.

    웃음기가 사라진, 소란스러운 광장은 OECD 국가 중 자살률 1위
자리를 굳건히 지키고 있다. 그곳에서 젊은 연예인들은 잇달아 삶을
마감하고, 청와대에 근무했던 수사관 A도 광장의 소란함을 이겨내지
못하고 가족 곁을 떠났다. 내 편에게 유리한 쪽으로 적폐청산 하고^{적폐}
^{청산의 기준이 무엇인지도 불분명함}, 우리 편의 이익을 챙기고, 거짓을 거짓으로 덮
고, 피아彼我를 구분하는 패거리 정치의식이 광장의 일상이 됐기 때문
이다. 성숙한 윤리의식이 없이는 광장의 자율이 유지되기 어렵다. 독
일의 철학자 아도르노^{Theodor Wiesengrund Adorno, 1903~1969}는 '성숙을 위한
교육'을 강조했다. 성숙한 인간 없이는 민주주의는 불가능하기 때문
이다. 민주주의는 성숙한 사람들에 의해 유지되고 '자아가 강한' 사람
들에 의해서 지탱된다. 독일에서 아우슈비츠의 비극이 재연되는 것을
막아내는 힘은 "성찰하고, 자기결정하고, 동조하지 않는 힘"이라고 아
도르노는 말한다. 그런 성숙한 시민을 길러내는 교육이 필요하다. 그
는 '탈 야만화'를 독일교육의 목표로 제시했다.

광장이 즐겁고 상쾌하기 위해서는 철 지난 이데올로기가 아니라 삶을 넓고 깊게 성찰하는 인성훈련이 필요하다. 나의 발전과 이익을 위해 각자는 노력해야겠지만 타자를 배려하는 역지사지易地思之의 관용이 필요하다. 윤리는 타자에 대한 배려에서 출발한다. 이것은 사람 사이의 처세술을 뛰어넘어, 인간과 사물까지도 두루 살펴보려는 폭넓은 성찰을 의미한다.

　　인간은 내 이익과 타자의 삶을 동시에 고려해야 하는 모순된 존재다. 그러나 그것을 어떻게 조화롭게 영위해 나가느냐가 그 사람과 광장의 품격이다. 조화로움이 상실된 광장에는 거짓 선지자先知者와 천둥벌거숭이들의 호루라기 소리와 '소음과 분노'만이 요란할 뿐이다.

2019. 12. 9.

욕심과 '심재'

"서쪽 하늘에 석양빛이 가물거리고, 길 저문 나그네가 여관에 들려고 말을 재촉하는 저녁"셰익스피어 『맥베스』 무렵이면 새들은 깃을 접고 둥지로 날아든다. 사람들도 한 해를 마무리하는 12월이 되면 다사다난했던 일 년을 되돌아보고 감상에 젖기도 한다. 즐거움보다는 후회가 더 앞선다. 뜻한 일이 미완성이나 실패로 남았기 때문이다. 그러나 이것은 또한 욕망이 꿈틀거리며 무엇인가를 이뤄내려 했다는 증거이기도 하다. 때로 욕망이 잘못 작동되면 삶이 힘들어지고 이웃과 불화不和를 자초한다.

인간의 행동 밑면에는 욕망이 도사리고 있다. 욕망은 인간을 살아가게 하는 정신적 에너지다. 욕망은 인간을 움직이게 하는 욕동慾動이라고 말하는 이도 있다. 이 욕동에는 식욕, 성욕과 같이 충족되면 잠시 사라지는 욕구도 있다. 이 욕구는 화내고 심술부리고 거짓말하고 시기하는 등등의 마음과 같은 것들이다. 퇴계도 이런 오욕칠정五慾七情을 멀리하라고 가르쳤다. 퇴계뿐 아니라 주자학의 근본이 인의, 예지, 신애를 보름달처럼 크고 환하게 만드는 일이다. 그러나 이것을 국가의 이념으로 삼았던 조선 시대에도 도덕국가를 실현하지 못했으니 사람이 쉽게 성인군자가 되기 어려운 모양이다.

사람들이 비슷한 행동을 반복하기에 역사는 유사하게 반복된다는 말이 틀리지 않는 듯싶다. 개인사도 그러하지만 우리 사회를 들여다봐도 비슷한 패턴이 반복된다. 몇 년 전에도 대통령 탄핵이 사회를 혼란스럽게 하더니 지금도 대통령 탄핵을 외치며 청와대 앞 주말은 요란하다. 그때도 "이게 나라냐?"라고 하던 구호가 지금도 같은 장소에서 반복된다. 왜 이들은_{나는} 비슷한 행동을 반복하는 것일까? 프로이트가 언급했던 '강박적 반복repetition compulsion' 현상일까?

대통령 주변에서 국정을 농단하는 자들은 이성보다는 욕구가 더 강하게 작동되는 사람들이다. 권력욕, 재물욕이 이들을 비행의 선봉에 내세운다. 이들은 저잣거리의 보통 사람들만도 못한 정치의식과 도덕성을 갖고 허울만 그럴듯한 정치라는 이름으로 욕심을 드러낸다. 이러한 자들은 지금만이 아니라 유구한 역사 속에 계속 존재해왔다. 플라톤도 이들이 지겨웠던지 "정치를 외면한 가장 큰 대가는 가장 저질스러운 인간들에게 지배당하는 것이다"라는 말을 남겨 놓았다. 독일의 사회학자 막스 베버Max Weber도 정치적 소명의식이 없는 사람은 정치를 하지 말아야 한다고 말했다. 정치는 정치인의 됨됨이를 넘어서는 일이 없다. 미사여구로 나는 이런 정치를 하고 있다고 분식扮飾해도 현실에 대해 넓고 깊은 통찰이 없으면 헛구호에 지나지 않는다.

헛구호를 외치는 정치꾼의 모습은 말에 책임지지 않으며, 네 편 내 편을 가르고, 거짓이 드러나면 거짓으로 덮는다. 이들은 광장에서 군중을 모호한 말로 속인다. 고대 그리스 시대에도 웅변술이 그래서 발달하지 않았던가. 광장에 모인 군중을 말로 휘어잡는 자가 정치인이 될 수 있기 때문이다. 지금도 그 근본은 변하지 않았다.

그러나 작게 보면 나도 나와 관계를 맺는 사람들과 정치를 하며 살아간다. 나의 언행에는 내가 비판하는 정치꾼의 모습은 없는지 들여다볼 일이다. 하루, 아니 한 해가 마무리될 즈음이면 조용히 마음을 내려놓고 뒤를 돌아볼 필요가 있다. 지난 한 해 동안 공자가 제자 안회에게 말했던 '심재心齋'라는 마음 굶기기를 화두로 삼아왔지만, 좀비 같은 욕심들이 몸의 여기저기에 달라붙어 올해도 농사는 거의 망친 듯싶다.

2019. 12. 12.

'명품'처럼 잘사는 것이 멋진 복수다

프랑스 사회학자 구스타브 드 보몽Gustave de Beaumont은 감자 대기근大飢饉, 1845~1852을 겪고 있던 아일랜드를 방문하고, 이들이 쇠사슬에 감긴 흑인들보다 더 처참했노라고 술회述懷했다. 아일랜드에 감자 역병이 돌자, 수많은 사람이 굶어 죽었고 100여만 명이 먹을 것을 찾아 다른 나라로 떠났다. 영국의 식민지로, 그 영향력 아래 800여 년을 지내왔기에 그들은아이리시(Irish) 자립할 능력도 없어 보였다. 영국인들은 이들을 '하얀 검둥이'라 비하하였고, 굶어 죽는 그들을 못 본 체 했다. 아이리시 자신도 아일랜드가 이 세상에서 가장 '슬픈 나라'라고 여겼다.

이런 그들이 우여곡절 끝에 나라를 세웠고, 지금 1인당 국내총생산GDP이 8만4천 달러로 영국의 4만6천 달러를 앞질렀다. 국민총소득GNI도 영국보다 높다. 영국이 브렉시트Brexit로 국제사회에 휘청거리는 모습을 보여주고 있는 반면, 아일랜드는 구글, 애플 같은 글로벌 기업의 유럽지사들을 낮은 법인세12.5%로 아일랜드에 끌어들였다. 아일랜드가 잘살게 되자 영국도 그들을 바라보는 눈빛이 달라졌다. 아일랜드도 영국을 과거와는 다르게 바라본다. 피해의식에 젖어 있던 그들은 뭔가가 잘 안 되기만 해도 영국 탓으로 돌렸었다.

1950년대 어느 아일랜드 작가는 "내가 연애를 못 하는 것도 영국

놈들 탓"이라고 투덜댔다고 한다. 영국에 대해 원념怨念에 젖어 있던 그들의 모습은 해방 후, 술과 놀음으로 세월을 보냈던 우리나라의 옛 모습과 흡사하다. 우리나라도 해방 후까지 겨울 농한기가 되면 무엇을 할지 몰라 도박과 술로 지새는 사람들이 많았다. 아일랜드가 낳은 20세기 최고 소설가 제임스 조이스James Joyce는 『더블린 사람들Dubliners』에서 아일랜드인의 피폐한 정신세계를 '마비paralysis'로 규정하고 그들의 추한 모습을 핍진逼眞하게 묘사했다.

거울에 비친 자신들의 일그러진 모습을 보고 그렇게 살아서는 안 된다는 일종의 경고였다. 이 작품 속에는 크리스마스이브에 모여 정치문제를 토론하다가 대판 싸우고 헤어지는 가족, 술에 취해 집에 들어와 아내와 아이를 구타하는 술주정뱅이, 뭔가가 잘 안 풀리는 사람들의 모습 등이 등장한다. 두 나라를 잘 아는 사람들은 아일랜드인과 한국인의 성격이 많이 닮았다고 말한다.

우리 민족의 정서가 '한恨'이듯이, 아일랜드 문화에도 세계인이 공감할 수 있는 '한' 같은 것이 있다. 아일랜드 극작가 J. M. 싱Synge의 『바다로 달려간 사람들』에도 바다에 남편과 아들을 잃고 한 많게 살아가는 여인이 주인공으로 등장한다. 한은 아일랜드의 위대한 작가들의 작품에 은은하게 서려 있다. 제임스 조이스를 비롯한 윌리엄 버틀러 예이츠, 오스카 와일드, 조지 버나드 쇼, 조너선 스위프트 등의 아일랜드 문학가를 사람들이 좋아하는 것도 우연한 일이 아니다. 그들의 정서에는 한이 있고, 흥이 있으며, 냄비처럼 끓어올랐다가 금방 시들어버리는 속성도 우리 민족과 닮았다. 아일랜드는 기네스 맥주가 상징하듯 펍 문화가 발달한 나라이기도 하다. 그러면서도 이 나라는 EU의 IT 강국이며 잘사는 나라로 우뚝 섰다.

아일랜드인은 이제, 조이스가 한심하게 여겼던 정신적 '마비'의 상태에 있지 않다. 그들은 철 지난 좌·우파 진영논리, 진보·보수의 이데올로기로 더블린 거리에 모여 죽기 살기로 싸우지 않는다. 2011년 영국의 엘리자베스 여왕은 아일랜드를 국빈 방문하여 아일랜드 대기근 때 도와주지 못했던 과거사에 사과했다. 아일랜드의 경제력이 영국과 동등해진 후 가능한 일이었다. 그들은 오히려 영국의 브렉시트라는 '뻘짓' 덕분에 북아일랜드와 통일의 전망도 열어 놓고 있다.

우리도 경제적 발전을 거듭하여 연간 수출액^{6,284억 달러}이 일본^{7,431억 달러}의 84.5%에 접근했지만 아직 일본을 앞서지는 못했다. 아일랜드는 글로벌 환경에 적응할 줄 아는 과감한 정치, 경제정책으로 오늘의 경제 부흥을 맞았다. 무엇보다 편협한 민족주의와 정신적 '마비'에서 벗어났다.

일본에 대한 우리의 복수는 과거를 들춰내며 죽창 들고 덤벼드는 것이 아니라, 방문하지 않고 불매운동만 벌이는 것이 아니라, 우리의 도덕적·정신적 '마비'를 극복하고 일본을 여러모로 앞서는 일이다. 그럴 때 일본은 진정한 사과를 할 것이고 통일도 다가올 수 있다. 일본을 향한 손가락질을 내려놓고 경제적, 정신적으로 '명품'처럼 잘사는 것이 멋진 복수다.

2019. 10. 21.

상식과 높은 도덕성

'팩트'가 사실인지 아닌지는 진위眞僞가 가려질 수 있지만, 그것의 가치 판단의 문제는 그와 같지 않다. 어느 것이 사실이냐 아니냐와 어느 것이 옳고 그른 것이냐는 같은 선상에 놓기 어렵다. 서초동과 광화문 집회는 이런 두 가지 문제가 뒤엉켜 진영논리로 둔갑하고 있다. 먼저 이런 상황이 발생하게 된 원인에는 정치권의 무능이 자리 잡고 있다. 무릇 정치란 국민이 걱정 없이 잘살게 만드는 것이다. 그러나 지금 우리나라의 정치행태는 국민이 국가의 안위를 걱정하며 거리로 뛰쳐나오게 했다. 일부 정치꾼들은 광장의 군중 숫자를 등에 업고 세 싸움이나 하고 있다. 이러한 정치세력들은 나라를 망하게 할 충분한 힘을 지녔다.

구한말에도 무능한 정치세력은 정권을 연장하기 위해서 외세를 이용한답시고 청나라, 일본, 소련을 오가다 결국 패망의 길을 가고 말았다. 국론이 분열되고 힘없는 민족은 역사 속으로 사라진다는 것을 우리는 역사 속에서 목도했다. 이러한 상황을 벗어난 지 75년이 흘러가고 있지만, 한반도를 둘러싼 국내외 정세는 크게 달라지지 않았다. 한반도 주변에서 미국, 중국, 일본, 러시아의 힘 대결은 오히려 북한 문제로 인하여 구한말보다 더 악화하고 있다. 그동안 우리는 열심히 노력하여 잘사는 나라로 부상했음에도 불구하고 정치는 삼류를 벗어나지 못했다. 이러한 정치상황이 연출된 것은 수많은 요소가 뒤엉켜 있기 때문이다. 이 상황을 쾌도난마식으로 해결하기는 쉽지 않다.

북한은 하루가 멀다고 미사일을 쏘아대고, 일본은 우리를 망쳐놓지 못해 안달이다. 중국과 미국도 우리로부터 제 잇속을 차리기에 바쁘다. 그러나 우리는 우리의 정치적 갈등으로 날이 새는지도 모르고 정쟁을 계속하며, 촛불과 태극기가 거리와 광장을 메우고 있다. 전깃불이 나갔을 때 잠시 사용해야 하는 촛불을 매일 들고 다닌다면, 그 집안에 문제가 발생한 것이며, 소중히 보관하여 경건하게 사용해야 할 태극기를 길거리에서 자주 흔든다면, 그 나라에 무슨 변고變故가 생겼음이 분명하다.

많은 국민은 누군가가 범법행위를 했다면 법의 심판을 받으면 될 것으로 생각한다. 문재인 대통령이 살아있는 권력에도 엄하게 대처하라고 검찰총장에게 임명장을 주면서 말했듯이, 조국 법무부 장관 가족의 범법행위에 대하여는 수사를 통해 잘잘못을 가려내면 될 것이다. 법 앞에 누구나 평등하다는 사실을 모든 국민은 알고 있고, 거기에 동의한다. 그것이 지켜지지 않을 때 정의롭지 못하다고 생각하게 될 것이다. 시민사회는 법의 토대 위에 성립되지만, 국민은 국가의 지도자들에게 법 이전에 높은 도덕성을 요구한다. 도덕moral은 추상적 개념이다. 그것을 실천하는 수단이 예禮이다. 예를 지킬 줄 안다는 것은 일상에서 정직함과 신의를 지키고, 양심을 높은 곳에 올려놓는 일이다. 대학교수이면서 장관이 된 사람조국에게 국민은 범법행위를 했느냐 아니냐의 문제보다 높은 수준의 도덕성을 요구하고 있다. 자신이 범법행위를 하지 않았다 하더라도 가족이 한 일에 대해서는 가장이 책임을 지는 것이 보통 사람들의 정서다. 수신제가치국평천하修身齊家治國平天下라는 말은 우리의 DNA 속에 깊이 내재해 있다. 그런 기준에서 국민은 조국 법무부 장관을 바라본다. 그러나 마녀사냥이라는 말을 듣지 않기 위해 검찰이 공정한 수사를 해야 함은 두말할 나위가 없다.

촛불과 태극기는 국제사회에 신뢰를 줄 수 없고, 국가의 발전에도 도움이 되지 않을 것이다. 촛불로 등장한 정권을 또 촛불로 내려오게 하면 국제사회에 회화화戯畫化의 대상이 될 뿐이다. 밤에 촛불을 들고 길거리로 나오는 것은 한 번으로 그치는 것이 국가의 존엄과 체면을 유지하는 길이다. 그렇게 되기 위해 집권세력이 먼저 '상식common sense, 함께 느끼는 것'을 벗어나지 않고, 높은 도덕성을 갖추면서, 진영논리가 아닌 광장의 목소리에 귀 기울이는 것이다. 그것이 어려운 문제를 푸는 실마리가 될 것이며, 정권이 끝난 후에도 후폭풍을 피하는 길이다.

2019. 10. 10.

프로크로테스의 침대와 수신

하이데거^{Martin Heidegger}는 언어가 바로 그 사람이라는 말을 했다. 말과 글 외에 그 사람을 드러내는 다른 방도가 마땅치 않아서였을 것이다. 그래서 언어가 '존재의 집'이다. 그러나 언어 외에도 살아온 흔적들이 그 사람의 됨됨이를 나타내주는 경우도 많다. 말로는 정의를 부르짖지만 행실이 형편없어 파국을 맞는 사람도 많다. 사람에 대한 신뢰는 언행의 일치에서 출발한다. 요즘, 자신이 한 말과 글이 부메랑이 돼 신산^{辛酸}의 시기를 보내는 조국 교수도 여러 가지 원인이 있겠지만, 언행의 불일치가 자신의 발등을 찍고 있다.

희랍신화에는 자신의 집에 쇠로 된 침대를 만들어 놓고 지나가는 사람을 붙잡아 침대보다 키가 작으면 늘리고, 크면 다리를 잘라서 결국 죽게 하는 프로크로테스^{Procrustes}가 등장한다. 자신의 마음속에 기준을 정해 놓고 무고한 사람을 죽였던 그도 아테네의 영웅 테세우스^{Theseus}를 죽이려다가 그에 의해 자신이 했던 방식으로 당하고 만다. 내 기준의 침대에 타인을 눕혀 재단^{裁斷}하려고 하는 것은 '프로크로테스의 침대'를 연상케 한다. 내 기준으로 타인을 재단하는 행위에 역지사지^{易地思之}란 없다. 자신들이 만든 침대에 상대방을 눕히려고 하는 개인 및 사회의 심리는 저항을 불러일으키고 불행을 자초하게 된다.

이런 불행을 막기 위해서는 타인에 대한 배려가 필요하다. 타인의 입장에 서보는 것이다. 이것이 예禮다.

도덕과 예의 근본은 역지사지에 기초한다. 이것을 지키지 못하고 자신의 이기심을 강하게 드러내는 사회는 이전투구의 추함을 드러낼 수밖에 없다. 서로의 이기심이 충돌하는 사회에서는 서로를 향한 투쟁이 되기 쉽다. 이런 상황에서 자신의 이기심을 자제하고 다른 집단과 소통해야 오히려 이기심을 채울 수 있다는 '비사교적 사교성 Ungesellige Geselligkeit'을 칸트는 언급했다. 문명 상태에서 인간은 사회를 형성하고자 하는 사교성과 자신을 개별화하는 비사교성이 공존한다. 서로에 대한 투쟁을 피하고자 동양의 고대사회에서는 인의, 예지, 신애를 강조했다. 서양 중세사회에서도 사랑, 믿음, 소망을 제일의 덕목으로 여겼다.

인류가 만들어낸 타인에 대한 사랑, 예의, 믿음 등은 이미 예수, 공자, 부처가 살았던 시대부터 우리 삶 속에 자리 잡았다. 독일 철학자 카를 야스퍼스Karl Jaspers는 이 시대를 '기축시대Axial Age'라 불렀다. 이들이 설파한 개념들은 기축시대 이후로도 우리의 삶에서 크게 달라지지 않았다. 이들이 주장한 것은 대가 없는 사랑이며 타인에 대한 환대다. 그렇지만 서양 근세에서는 이것만으로 사회 유지가 어려워 최소한의 도덕인 법을 만들어냈다. 이기심을 마음대로 드러내기 때문이다. 법은 합리적 이기주의자들의 약속이다.

논어의 첫 장을 펼치면 "학이시습지 불역열호學而時習之면 不亦說乎아"라는 문구가 있다. 이 말의 의미를 확장해보면 배우는 것도 즐겁고,

이를 연습해 내 것으로 만드는 것도 즐겁다는 말일 것이다. 그러나 요즘 배우는 것은 많지만 내 것으로 체득화하지 않는 경우가 많다. 그렇게 되면 재승박덕才勝薄德해지기 십상이다. 동양에서는 이것을 방지하기 위해 수양修養을 강조했고, 특히 혼자 있을 때 더욱 조심해야 한다는 신독愼獨을 선비의 삶 중심에 놓았다.

말과 몸가짐이 괴리를 보일 때 배움은 의미가 없다. 배운 것을 올바르게 행동으로 옮길 수 있는 용기가 덕virtues이다. 존경받았던 서양의 왕족, 귀족층의 유덕有德함이 '노블레스 오블리주noblesse oblige'다. 국가에 어려움이 있을 때 왕족이나 귀족이 앞장서서 목숨 걸고 싸웠다. 예禮는 제사나 추석, 설에 홍동백서紅東白西, 조율이시棗栗梨柿만을 가르치는 것이 아니라 추상적, 도덕개념을 생활에서 구체화하여 생활에 나타난 실행 결과다. 그래서 구체적이고 명시적이다. 어떤 행위가 법을 어겼는지 아닌지, 애매한 담장 위를 걷는 것 같은 사람은 먼저 수신修身하고 법 이전의 예를 실천·반복해야 한다.

법을 어기지 않았다 하더라도 삶의 흔적들이 정의롭지 못하면 파국을 면하기 어렵다.

2019. 9. 9.

'하얀 검둥이'들의 반란

여름방학을 이용해 아일랜드와 영국을 잠시 다녀왔다. 런던에서 스코틀랜드의 에든버러에 이르는 M6 고속도로 주변에는 양들이 한가히 풀을 뜯고 있었다. 영국에서 산업혁명이 시작되고 양털 가격이 오르자 귀족들은 울타리를 치고 농사를 짓던 주민들을 쫓아냈다. 소위 '인클로저 운동Enclosure Movement'의 시작이다. 세월이 흘러 울타리를 쳤던 사람들은 역사 속으로 사라졌지만, 양들은 여전히 풀밭을 지켰다. 영국은 오랜 역사 속에서 강과 바다, 언덕 등에 피비린내 나지 않는 곳이 없다고 한다. 그만큼 내전內戰과 외부의 침략으로 조용할 날이 많지 않았다는 의미일 것이다. 자동차가 에든버러를 향해 한참을 달리고 있을 때 빗방울이 차창을 두드리고 있었다. 변덕스러운 영국 날씨다.

영국의 정식명칭은 'The United Kingdom of Great Britain and Northern Ireland'로 다소 길다. 한때 해가 지지 않는 제국을 건설하기도 했지만 '연합united'됐던 나라들이 분리하려는 움직임을 보이고 있고, EU에서 탈퇴하겠다는 뜻인 '브렉시트'는 영국의 미래를 예측불허로 만들고 있다. 10월 말이면 그들은 이 문제를 결판내야 한다. 스코틀랜드의 종족은 주로 켈트족이다. 잉글랜드의 종족은 앵글로색슨족

이어서 반목의 역사가 있었고, 이런 배경을 바탕으로 영국에서 스코틀랜드를 분리하는 것이 어떻겠느냐는 분리 독립 주민투표를 2014년 실시했다. 근소한 차이$^{51:49}$로 부결됐지만 헤어지자는 불씨는 아직 남아 있고, 브렉시트는 이 불씨에 부채질할 가능성이 크다. 영국과 프랑스가 축구를 하면 스코틀랜드 사람들은 프랑스를 응원한다니 갈등의 심연을 가늠하기 어렵다. 보리스 존슨Boris Johnson 영국 총리가 이곳을 방문해 민심을 달래보지만 냉랭하기만 하다.

그리스 신화에 나오는 이름 '오디세우스'라는 배를 타고 스코틀랜드에서 북아일랜드 수도 벨파스트로 건너왔다. 대영제국의 해운업을 도맡아 왔던 그곳의 조선소가 적자를 견디지 못하고 최근 문을 닫았다니 남의 일 같지 않다. 지금, 그곳의 인구는 줄어들었고, 타이태닉 박물관과 그 이름을 빌린 호텔이 관광객을 끌어들이고 있으나, 옛 번영을 되찾을 수 있을지 미지수다. 잘나가던 시절, 궁전처럼 지었다는 시 청사에 관광객들이 줄을 잇고 있지만 벨파스트 조선소의 웅장한 크레인 소리는 다시 들리지 않을 것 같다.

아일랜드의 더블린으로 내려오자 오 코넬O'Connel 거리에는 많은 문학가의 동상들이 서 있다. 그들은 영국으로부터 아일랜드의 독립을 얼마나 원했던가? 아일랜드 민족지도자 오 코넬과 소설가 제임스 조이스James Joyce, 시인 윌리엄 버틀러 예이츠William Butler Yeats만 하더라도 백범 김구 선생만큼이나 독립에 열정을 보였던 작가들이다. 조이스는 영국의 지배에 있으면서도 술독에 빠져 싸움질이나 하고, 소란스럽게 정치 논쟁만 일삼는 더블린 사람들의 모습을 『더블린 사람들』이라는 소설에서 자세하게 묘사했다. 더블린 사람들이 일상을 살아가는 자신들의 모습이 얼마나 추한지 스스로 바라보라는 의미다. 이 소설에는 정상궤도에서 일탈한 사람들의 모습이 그려져 있다. 1845년 대기근大飢饉으로 이들은 허기진 배를 움켜쥐고 고향을 떠나야만 했다. 지금은, 더블린 중심을 흐르는 리피 강가에 이 처참한 모습을 잊지 말자고 그들은 동상으로 재현해놓았다.

'가장 슬프고 비참했던 나라'였던 그들이 1921년 영국에서 독립해 지금은 영국보다 국민 소득이 더 높은 부자나라가 됐다. 우리는 일본으로부터 독립한 이후 아직도 여러 면에서 일본을 따라잡지 못했다. 영국은 아일랜드 사람들을 '하얀 검둥이'라고 타자화했고, 일본 사람들은 조선을 '두 발로 서서 걷는 원숭이'로 희화화해 멸시했다. 일본 사람들은 지금도 그 눈빛을 거두지 않고 있다. 우리는 많은 세월이 흘렀어도 일본에 대해 엄청난 무역적자 속에, 'NO 아베'를 외치며 「죽창가」를 부르고 있다.

10월 마지막 주, 청운대학교는 한국학술진흥재단 '2019년 인문도시' 사업에 선정돼 '아일랜드, 영국 : 한국, 일본'의 관계를 '의병의 도시 홍성'에서 재조명한다.

2019. 8. 22.

낯섦으로의 여행

삼복더위가 시작되는 초복에도 다양한 공연과 전시회는 지역 공공기관과 미술관 등지에서 열리고 있다. 예전보다 전시회가 많아졌을 뿐 아니라, 전시관은 전담 큐레이터를 두고 수준 높은 전시물을 선보이고 있다. 이들을 관람하며 상상의 나래를 펴는 일은 즐거움 이상의 기쁨이라 할 수 있다. 늘 해오던 것처럼 생각하고 행동하던 '관성적 존재'의 일상에서 '낯섦'을 발견하기 때문이다. 그 낯섦이 섬광처럼 번득일 때, 타성에 젖어 있던 삶은 시詩가 된다. 그 낯섦의 광휘를 발견하게 하는 것은 작가의 치열한 '에피파니epiphany, 현현(顯現) 정신이다. 낯선 이미지를 찾아내기 위해 작가는 사물과 공간에서 치열한 사투를 벌인다. 그것은 작가가 진부해진 언어를 버리고, 사물을 낯설게 관조할 때 가능하다.

그러한 결과물을 관람하는 일은 새로운 세계를 가슴에 받아들이는 행위다. 그것은 세계를 이해하는 것이면서도 동시에 주관적 오류도 발생시킬 수 있다. 독자의 주관적, 감정적 오류가 문제가 되는 것도 이 때문이다. 그것은 경계해야 할 대상이다. 그러나 예술품을 감상하며 향유한다는 일은 이 세상의 '상징적 질서'Lacan의 말를 받아들이며, 낯선 곳을 바라보는 일이다. 그 낯선 세계는 보는 사람마다 조금 다른 곳일 수 있다. 낯섦의 향유는 개인과 사회의 노력과 환경이 수반돼야 한다. 수준 높은 음악을 즐기기 위해서는 다양한 음악을 먼저 접할 수 있어야 한다. '우리 것이 좋은 것이여'를 외치며 사물놀이 음악만 고집한다면 다양한 장르의 음악을 향유할 수 없다. 아는 폭이 넓어야 예술의 다양성을 수용할 수 있다.

빈센트 반 고흐Vincent van Gogh가 1888년 그린 구두를 보고, 철학자 하이데거Martin Heidegger는 『예술작품의 기원』에서 예술에 관한 깊은 사유를 펼쳤다. 하이데거는 독일 남부에서 평생을 살았고 외국을 드나든 경험이 거의 없었다. 그가 살았던 농촌 경험을 바탕으로, 저 구두는 농촌 여성의 고단한 하루가 묻어 있는 구두라고 자신의 시詩적인 랩소디를 그 그림에 덧붙였다. 낡고 일그러진 구두의 모습에 농촌의 힘든 삶이 잘 드러나 있다는 것이다. 그러나 하이데거가 고흐의 입장에서 그 그림에 대해 말했다기보다는 자신의 관점에서 그림을 평했다고 미국의 미술 철학자 마이어 샤피로Myer Schapiro는 불만을 토로한다.

샤피로는 어린 시절 나치를 피해 미국으로 이주한 유대계 출신이다. 프라이부르크 대학 총장으로 있으면서 잠시 나치에 협력한 바 있다고 비판받는 하이데거에게 반감이 있어서인지는 분명치 않으나 샤피로는 하이데거의 견해에 동의하지 않는다. 고흐의 구두는 농촌 여성의 구두가 아니라, 고흐 자신의 구두일 수 있으며, 자신처럼 도시의 삶 속에서 고단한 삶을 살아가야 했던 사람의 구두라고 말한다.

여기에 유대계 프랑스 해체주의 철학자 자크 데리다Jacques Derrida는 고흐의 구두 그림에 대해, 위 두 사람과 다른 견해를 밝힌다. 사물의 관계 속에서 그림을 파악해야지 저것은 무슨 구두라고 규정 짓는 일은 위험하다는 것이다. 해체철학자로서 구두에 대한 기존의 통상적 관념을 버리고 어렵고 사변적인 눈빛으로 그림을 면밀히 들여다본다.

위 세 사람의 철학자를 예로 들었지만, 여러 사람의 견해가 그 그림에 첨부돼 독일 쾰른의 발라프 리하르츠 미술관Wallraf-Richartz Museum에서 2008년 전시회가 열렸다. 이렇게 다양한 그림을 전시한다는 것은 그림만 예술품으로 전시되는 것이 아니라 그림을 바라보는 믿을 만한 관람객의 눈빛도 전시되는 것임을 보여준다. 예술에 다양한 견해를 밝히는 일은 다양한 사유思惟와 어릴 때부터 자연스럽게 전시관을 찾는 일에서 시작된다.

지난주, 용인의 아담한 '한국미술관'에서 전시되는 이정주의 「생활, 패션을 입다」 기획전을 다녀왔다. 작가는 '곡두' 문양이라는 전통 무늬를 생활 패션으로, 예술작품으로 승화시켰다. 생활용품과 예술의 경계를 무너뜨리고 일상을 예술의 프레임 안으로 끌어들이는 작업을 하고 있었다. 장인의 손길은 스물한 번이나 맞이하는 전시회 곳곳에 배어 있다. 전시한 작품 속에 있는 나비들은 나의 상상 속에서 탈주하여 허공중을 날아다니고 있었다. 잠시 내가 좋아했던 소설가 나보코프Vladimir Nabokov의 나비 채집하던 사진이 머릿속을 스쳐 지나간다. 철학자들이 고흐의 그림을 다양하게 읽었듯이 나에게는 이정주 작가의 나비들이 나보코프가 채집했던 나비와 닮았다고 생각한다. 하이데거가 고흐의 그림을 자신의 처지에서 이해했듯이….

2019. 7. 15.

영화 「기생충」이 사회에 던지는 질문

　문학작품을 읽거나 영화를 보고 긴 여운이 남는 것은 그 작품이 지닌 독특한 매력 때문일 것이다. 독특한 매력이란 그 작품이 품은 미학적 차원과 메시지, 또는 둘의 화학적 결합양식에서 기인한다. 예술작품의 형식과 내용에 관한 논쟁은 유구한 역사를 이어왔고 앞으로도 지속될 것이다. 작품의 형식과 내용이 하모니를 이루면서 독자나 관객의 흥미를 자아낸다는 것은 생산자의 탁월한 능력이 있을 때 가능하다. 그 능력이 시대와 맞물리지 못해 불행한 삶을 살다가 생을 마치는 예술가도 있지만 그렇지 않은 예도 있다.

　이번 칸 영화제에서 '황금종려상'을 받고, 천만 관객을 향해 질주하는 「기생충」의 봉준호 감독은 후자에 해당한다고 볼 수 있다. 「설국열차」, 「옥자」와 같은 봉 감독의 영화는 그가 우연히 상을 받은 것이 아니었음을 뒷받침한다. 이러한 능력은 태생적으로 그의 DNA 속에 녹아있었을지도 모른다. 그의 외할아버지는 소설 「천변풍경」, 「소설가 구보씨의 일일」을 쓴 박태준이다. 박태준은 1930년대의 도시 풍속의 변화를 가장 민감하게 소설화한 모더니스트였다. 봉 감독의 아버지는 미대 교수였다. 집에서 많은 화보집을 보면서 어린 시절을 보냈다고 봉 감독은 말한다. 영화에서 이야기를 끌어가는 힘과 미장센

Mise-en-Scene의 디테일은 영화감독으로 성공하게 하는 요소이다. 대학 다닐 때 잠시 대학신문에 만화를 그렸던 그의 경험은 콘티를 세심하게 그릴 뿐 아니라 세상을 풍자적으로 볼 수 있는 눈빛을 갖추게 했다.

이러한 경험과 노력은 영화 「기생충」에 고스란히 드러난다. 그는 관객들이 오만가지 생각이 들도록 이 영화를 만들었다고 했다. 영화가 끝나고 엔딩 크레딧이 올라갈 즈음, 관객은 밝은 불빛 속으로 걸어 나가길 머뭇거린다. 작품 속의 장면들이 자기 일과 무관하지 않기 때문이다. 「기생충」은 우리들의 이야기이면서 인류 사회의 오랜 난제였던 빈곤과 불평등의 문제를 다룬다. 일찍이 고대 로마의 플루타르코스Plutarchos도 "부자와 가난한 자의 불균형은 모든 공화국의 가장 오랜 치명적 우환이다"라고 말했다. 박태준도 "고생은 날 적부터 나온 제 팔자다. … 이제는 완전히 익숙하였다"라며 「천변풍경」에서 빈곤을 당연지사로 받아들인다. 역사 속에서 진부해 보일 수 있는 이 문제를 봉 감독은 새로운 문제이듯 우리 앞에 내놓는다.

그가 이러한 문제에 천착하는 것은 위에서 언급한 그의 두 영화에서도 일관되게 나타난다. 「기생충」에서, 박 사장 아들의 생일 파티가 벌어질 때 피비린내 나는 살인이 발생한다. 너에게서 꿉꿉한 "냄새가 난다"라는 박 사장의 말은 기택의 자존심을 건드리고 만다. 기택은 남에게 빌붙어야 살아갈 수밖에 없는 허약한 존재다. 그러나 자존감은 강렬하다. 그의 가족들은 잠시 박 사장 집에 기생충처럼 붙어 있었지만 영화가 끝날 즈음 다시 지하 방에 되돌려진다. 이 영화처럼 가진 자와 갖지 못한 자가 지상과 지하에 구별된 사회는 영화 속 파티 장면처럼 험악한 사회적 대가를 치를지 모른다.

영화 끝에서, 기택이 보낸 모스 부호를 해석한 아들 기우가 지하실에 유폐된 아버지를 구하겠다고 대저택을 바라보며 의미심장하게 말하지만, 5G의 시대에 낡은 언어로 소통하는 그들이 저택을 살 가능성은 희박해 보인다. 세상의 변화에 따라가지 못하는 삶은 그들만의 책임일까? 미국의 사회학자 찰스 라이트 밀스^{Charles Wrights Milles}는 『사회적 상상력』에서 빈곤은 개인만의 문제가 아니라 사회의 문제라고 말한다. 국가는 빈부 격차를 줄이기 위해서 다양한 정책을 펼치고 복지국가를 지향해야 한다. 그것이 이루어지지 않을 때 누구는 '루저'와 '잉여'로 지하 방을 전전하게 될 것이다. 지상의 저택과 비가 새는 지하 방의 대립은 국가의 사회적 통합을 방해한다.

영화 「기생충」은 양극화로 위험해 보이는 우리 사회에 '국가의 역할은 무엇인가?'를 묻고 있다.

2019. 6. 13.

마녀들의 말에 현혹된 맥베스의 최후

권력을 쟁취하기 위한 인간의 욕심은 무한, 다양하다. 정치를 '하겠다, 안 하겠다' 번복을 반복하기도 하고, 막말과 날치기, 협잡과 폭력을 서슴없이 사용한다. 그러나 권력이라는 사다리의 정점에 오르고 나면 환희와 평안함보다 불안과 초조, 외로움과 허무함이 그곳에 기다리고 있다는 것을 알게 된다. 권력자들의 얼굴이 종종 볼썽사납게 변하는 것은 권력은 얻었지만 마음의 평화는 얻지 못했음을 말해준다.

셰익스피어의 『맥베스』는 권력을 얻고 난 후, 갈등하는 권력자의 내면세계를 잘 그려내었다. 맥베스는 던컨 왕을 시해弑害하고 왕위에 오르지만, 불안·초조로 불면의 밤을 보내면서 자기가 죽인 던컨 왕이 오히려 부럽다고 말한다. 잠을 제대로 잘 수 없기 때문이다. 왕을 죽였지만 마음속으로 갈등하는 맥베스에게 "당신도 남자냐?"라며 자존심을 긁어버렸던 맥베스 부인도 결국은 몽유병 환자가 돼 거리를 떠돌다가 자살하고 만다. 그녀는 누구였던가? 왕을 시해하고 피 묻은 손은 간단히 씻으면 그만이라고 맥베스의 야심을 자극했던 여자다. 목적을 이루기 위해서라면 젖 먹는 아이의 머리통이라도 땅바닥에 내동댕이치겠던 셰익스피어가 만들어낸 잔혹한 캐릭터다. 그녀의 독

특한 캐릭터 때문인지 그녀를 주인공으로 하는 패러디가 등장하기도
했다.

부당하게 권력을 손아귀에 넣은 맥베스는 권력을 지켜내기 위해
눈앞의 정치적 장애물을 제거한다. 맥베스는 뱅쿠오라는 장군의 후손
이 장차 왕이 될 것이라는 마녀들의 예언을 기억하고 뱅쿠오와 그의
아들을 죽이려 든다. 뱅쿠오는 살해되지만 아들 플리언스는 도망친
다. 뱅쿠오를 죽인 죄책감 때문이었을까? 대관식이 베풀어지는 연회
장에서 피투성이 모습을 한 뱅쿠오 유령이 나타나자 맥베스는 경악한
다. 물론 맥베스에게만 보이는 유령이다. 맥더프를 조심하라던 마녀
들의 예언을 상기하며 그를 제거하려고 하지만 실패한다. 그 대신 후
환이 두려워 그의 가족을 몰살한다.

이렇게 독해져 가는 맥베스지만 처음에는 왕이 되려는 마음이
없었다. 그러나 노르웨이 왕과 역적 맥도날드의 반란을 성공적으로
진압하고 돌아오는 길에 "당신은 장차 이 나라의 왕이 될 것"이라는
마녀들의 말에 그는 동요한다. 『셰익스피어의 정치적 읽기』의 저자인
영국 마르크스주의 문화비평가 테리 이글턴Terry Eagleton은 마녀들의 예
언을 듣는 순간부터 그녀들의 짓궂은 언어는 맥베스의 사고와 행동을
지배했다고 말한다. 이미 맥베스의 마음속에 왕이 되겠다는 생각이
들어 있었기에 가능한 일이다. 맥베스가 다시 만난 마녀들은 "여자에
게서 태어난 사람은 맥베스를 죽일 수 없다"라는 말도 한다. 이 말을
철석같이 믿었던 맥베스를 공격해온 맥더프는 열 달이 차기도 전에
제왕절개를 통해 태어난 자였다. 모든 경우의 수를 파악하지 못한 맥

베스의 통찰력 부족이 자신을 스스로 비극으로 몰고 간다.

안타깝게도 맥베스는 연극의 마지막까지 마녀들의 말에 사로잡혀 "여자로부터 태어난 자에게는 절대로 굴복하지 않을 것"이라는 믿음을 지닌다. 역술인의 말만 믿고 사는 것과 다르지 않다. 이 연극이 상연됐던 당시의 영국 사람들은 마녀, 유령 등에 관심이 많았고, 국왕 제임스 1세도 마녀에 관한 책을 출간하기도 했다. 그러나 맥베스는 맥더프에게 살해돼 그의 머리통이 맥더프의 장대 끝에 꽂히는 신세가 되고 만다. 이 연극이 사극이 아니라 비극으로 이해되는 것은 『맥베스』가 자신의 성격적 결함으로 인해 파멸해가는 내적 갈등을 잘 보여주기 때문이다. 그가 악인처럼 느껴지지 않는 이유가 여기에 있다. 맥베스는 "인생은 걸어가는 그림자. 제시간이 오면 무대 위에서 활개 치며, 안달하지만 얼마 안 가서 영영 잊혀버리는 가련한 배우, 백치들이 지껄이는 무의미한 광란의 얘기"라고 읊조린다.

헛된 욕망과 정치적 야심을 숨긴 일부 정치꾼들이 기회만 되면 국민을 위하는 일이라고 '무의미한 광란의 얘기'를 지껄여대지만, 부정하게 권력을 움켜쥔 자는 맥베스처럼 자신도 무너져 내릴 운명에 서 있음을 감지해야 할 것이다.

2019. 5. 27.

살고 싶은 그곳의 공간과 삶

4월 초·중순이면 홍성·예산의 산비탈에 사과·배꽃이 지천으로 핀다. 이화梨花에 월백月白할 때 즈음이면 달빛 아래 꽃들이 교교皎皎히 누워있는 과수원을 끼고 돌아, 브루흐Bruch의 바이올린 협주곡 1번을 크게 틀어 놓고 예당저수지를 돌아보는 일은 춘정春情의 호사好事 중 호사豪奢라 할 수 있다. 영국의 낭만주의 시인 워즈워스William Wordswoth는 고향 호숫가를 맴돌며 「수선화」라는 유명한 시를 썼고, 바이런은 스위스 레만호수Lake Leman를 바라보며 자연과 내가 하나가 된다고 읊었다. 독일의 헤르만 헤세Hermann Hesse도 바람 소리, 물소리, 새 지저귀는 소리, 자작나무, 숲과 같은 자연이 삶의 보배라고 노래했다. 자연이 주는 위안은 그 무엇보다도 크며, 자연은 인간을 형이상학적 존재로 만든다. 자연환경과 공간이 사람에게 미치는 영향은 이렇게 적지 않다. 주거공간을 아늑하고 편리하게 만들려는 일은 도시계획에서뿐만 아니라 옛날의 풍수지리설에도 들어 있다. 이것은 궁극적으로 인간의 삶이 얼마나 자연과 가깝게 있느냐의 문제로 귀착된다. 영국의 에버니저 하워드Ebenezer Howard는 무분별한 도시의 확장을 막기 위해 그린벨트를 생각해냈다.

요즘 홍성군은 청사 이전 후보지를 10월 확정하기로 하고, '청사건립 기본계획 수립 및 타당성 용역' 계약을 체결했다. 군청을 옮기는 일이 작지 않은 일이니, 심사숙고하는 일은 당연지사라 할 수 있다. 그러나 개인의 체험이 늘 보편성을 띠기 어려운 것처럼, 다수의 의견이 모였다고 해서 그것이 좋은 결정으로 연결되는 것은 아니다. 독일의 철학자 하이데거Martin Heidegger는 고향의 신성함을 잘 아는 사람은 고향을 떠나지 않고 그대로 그곳에 사는 사람이 아니라, 고향을 떠나 방랑한 후 돌아온 자일 수 있다고 말했다. 내적 성숙과 비교의 눈빛을 가진 자가 더 시야가 넓을 수 있음을 말한 셈이다. 하이데거가 '시인의 시인'으로 불렀던 횔덜린Friedrich Holderlin의 기념관을 횔덜린의 고향에 지으려 할 때 정작 고향 사람들은 "그가 그렇게 유명한 사람이냐"라고 반문했다는 일화도 전해진다.

홍성군도 청사가 비좁아 효과적 행정을 펼쳐나가기 어려우니 옮기려 할 수 있다. 그러나 관공서들을 읍의 중심에서 외곽으로 이전하는 것이 도시 발전에 크게 도움이 될지는 생각해봐야 한다. 도시는 헐렁하고 느슨한 구조보다는 밀도가 높은 구조 속에서 더욱 발전할 수 있다. 그 속에서 사람들은 돈도 벌고 성공도 하고 기회의 가능성도 발견할 수 있기 때문이다. 홍성 인근의 어느 읍은 관공서들을 외곽 언덕으로 이전해 도심 기능이 제대로 발휘되지 못하고 있다는 지적을 받는다. 인위적 구상으로 괜찮은 도시를 만들겠다는 야심이 실패로 돌아간 예는 많다.

서울도 풍수지리의 추상적 개념을 구현한 대표적 도시라 할 수 있지만 살기 좋은 도시 모습인지는 의구심이 남는다. 구한말 박영

효가 서울을 개혁해 보려고 했지만 그 뜻을 이루지는 못했다. 일제가 홍주의 맥을 끊고자 진산인 백월산과 홍성군청 자리에 쇠말뚝을 박았다는 얘기가 설로 전해진다. 1966년 군 청사를 지을 때 쇠말뚝이 나왔는지 알 수 없지만, 그것 때문에 군이 청사를 옮기려 하는 것은 아닐 것이다. 인간의 삶을 편안하게 해줄 수 있다는 풍수지리를 이용하는 것도 삶에 도움이 되겠지만 그것에 크게 의존하는 것은 인간 스스로 자신의 정신세계를 지세地勢에 의지하려는 일이 아닌가 싶다.

홍성군이 2025년에 신청사에 입주하겠다는 로드맵을 만들고 여러 과정을 거쳐 후보지를 결정할 예정이다. 군민들은 신청사와 도심의 멋진 하모니를 이루는 모습을 보고 싶어 할 것이다. 그러나 건축·예술 미학자였던 루돌프 아른하임Rudolf Arnheim은 보스턴 코플리 광장Copley Square이 고층빌딩과 고풍스러운 교회, 존 핸콕 타워John Hancock Tower가 미학적으로 서로 어울리지 못하고 무질서해졌다고 지적했다. 주변과 어울리는 건축물이 그곳에 살아가는 사람들에게도 큰 영향을 끼치게 됨은 당연한 일일 것이다. 주변 환경과 건물, 건물과 건물, 건물과 주민 사이의 부조화는 주민들의 심성에도 당연히 나쁜 영향을 끼칠 것이다. 혼란스러운 공간은 그곳에 사는 사람의 삶과도 무관하지 않다.

2019. 4. 11.

평균의 종말과 에로스

숨쉬기조차 힘든 미세먼지 속에서도 새내기들이 이름표를 매달고 캠퍼스에 등장했다. 아직 낯설어 보이지만 초롱초롱한 눈빛으로 그들은 젊은 날의 꿈을 키워갈 것이고, 대학은 그들이 이상을 펼치도록 다양한 가능성을 펼쳐 놓아야 할 것이다. 요즘, 대학 진학을 포기한다는 학생들도 있지만, 비싼 비용을 치르고서라도 대학에 진학하는 이유는 대학을 제쳐두고 마땅한 대체물을 아직 찾아내지 못했기 때문이다.

교육은 근본적으로 사람과 사람이 만나 가르치고 배우는 일이다. 사람과 동물 사이의 가르침도 있을 수 있지만 우리는 그것을 교육이라 부르지 않는다. 혹시 그런 일도 교육이라 한다면 은유적 표현에 지나지 않을 것이다. 사람과 사람 사이에서 누군가 길을 물어봤고, 그것을 단순히 알려줬다^{transfer}고 해서 누군가를 교육했다고 말한다면 그것은 과장된 표현일 것이다. 그러면 사람과 사람 사이의 교육이란 무엇일까? 그것을 무엇이라고 개념화하여 선명하게 제시할 수 없지만 지식교육과 대비되는 인성교육과 같은 어떤 것이 아닐까 싶다.

사람의 교육에서 가르치는 내용 전달이 얼마나 효율적으로 수행됐느냐를 추구해야 할 가치의 전부라고 여긴다면 교육의 많은 부분은 포기될 것이다. 우리는 부모, 선생님과 같은 타자와의 만남을 통해 성숙해가면서 역사 속의 존재로 성장한다. 타자와의 만남을 통해 지식의 양만 늘리는 것이 아니라 한 인간으로서의 자아를 형성해나간다. 그런 성장 과정을 관리하는 것이 교육이라 한다면 지식의 전수만을 교육이라 부르기에는 합당하지 않아 보인다.

　　교육은 한 사람을 사랑하는 일과도 다르지 않다. 고대 그리스어로 사람과 사람이 정신적으로 밀도 있게 '만나는 것', '같이 있음'을 '시누지아syunousia'라고 한다. 이것을 에둘러 설명한 것이 플라톤의 『향연』이 아닐까 싶다. 『향연』은 향연에 참여한 여러 사람이 각각 에로스에 대해 돌아가면서 말한 의견을 기록하는 방식으로 쓰였다. 모두가 그럴듯한 사랑에로스의 얘기를 했지만, 그중 당시 최고의 극작가로 손꼽히던 아리스토파네스가 특별히 인상적인 이야기를 들려준다. 인간은 원래 온전한 존재였는데 인간이 신의 자리를 넘보는 불경죄를 저질러 둘로 쪼개졌다는 것이다. 그래서 인간은 잃어버린 다른 한쪽을 애타게 찾는데 그 마음을 에로스라고 정의했다.

　　그러나 다음 차례가 된 소크라테스는 아리스토파네스에게 반론을 펼친다. 사람들은 자신에게 속한 신체 부위라도 병들어 썩으면 잘라내듯 원래의 자기 반쪽과도 합치려 들지 않는다는 것이다. 그가 보기에 인간은 아름답고 훌륭한 것에 대하여 갈망하는데 그것이 에로스라는 것이다. 그것을 전수하는 것이 교육이다. 그것은 영원한 아름다움을 추구하는 것이기에 자신의 존재를 걸고 하는 것이다. 교육이 에로스다. 그러나 대중화된 교육에서 이러한 교육이 가능한 것일까?

고전문헌학 교수였던 니체는 대중교육이 독일교육의 미래를 망치고 있다고 독일교육을 강하게 질타했다. 24세에 바젤대학교 교수가 돼 27세에 다섯 차례나 행했던 강연이 『니체, 평준화 교육에 반대하다』라는 책으로 번역돼 있다. 엘리트 교육을 강조하는 그의 생각이 위험해 보이는 부분도 있지만, 대중교육이 놓칠 수 있는 부분을 날카롭게 지적하였다.

고등학교를 중퇴하고 최저임금 일자리를 전전하면서 하버드대 대학원 교수가 된 토드 로즈Larry Todd Rose의 『평균의 종말』은 대중교육의 평균주의에서 벗어나 학생 개개인을 중요시하는 교육으로 탈바꿈하기 위해 '학위가 아닌 자격증 수여', '성적 대신 실력 평가', '학생들에게 교육진로 결정권 허용하기'의 세 가지 개념을 대학이 채택할 것을 대안으로 제시한다. 그러나 이러한 제안을 실행하기 위해서는 대학과 사회가 먼저 준비해야 할 것이 많을 듯싶다. 에디슨이 우리나라에서 공부했다면 낙제만 반복했을 가능성이 크다. 모든 학생을 평균으로 만들려는 대중교육 때문이다. 대중교육이 가진 '불편한 진실'이다.

2019. 3. 18.

사이공의 추억과 야자수 그늘

사이공Saigon에 대한 나의 추억은 흑백사진이다. 60년대 후반 청룡, 맹호부대라는 이름으로 동네 형들은 하나둘 월남으로 떠났고, 그들은 야자수 아래 '농Non, 전통모자'을 쓴 여인들과 찍은 흑백사진을 가끔 보내왔다. 형들이 임무를 마치고 돌아올 때 가져온 커다란 나무 상자에서 눈에 띈 것은 미제 통조림이었다. 뚜껑을 여는 작은 깡통따개는 마법의 칼같이 깡통을 돌려가며 절단해주었다. 동네 사람들은 그 당시 복숭아 통조림을 식칼로 열었다. 베트콩과 멋지게 싸웠던 형들의 무용담을 들으며 나도 군대에 가면 사이공으로 가리라 다짐했다. 지금 호찌민으로 불리는 도시의 옛 이름은 사이공이다.

지난 일주일간 하노이에서 다낭을 거쳐 호찌민까지 베트남을 10여 년 만에 재방문했다. 흑백사진의 사이공과 하노이의 모습은 이제 머릿속에서 사라지고, 발전하고 있는 고층빌딩의 베트남이 눈앞에 다가왔다. 하노이와 사이공은 우리나라의 서울과 부산에 해당한다. 길거리에 물결을 이루는 오토바이 행렬은 예나 지금이나 그대로다. 자동차 세금을 높게 물리고 있어 보통 사람들이 쉽게 차를 구입하기는 어려워 보였다.

베트남 사람들을 만났을 때 확연히 달라진 것이 있다면 축구에 대한 열정이다. 박항서 베트남 축구 대표팀 감독의 이야기만 나와도 그들은 밝은 미소를 지었다. 베트남 대학의 총장님과 대화를 나누던 중, 한국에서 베트남 축구를 보며 응원해왔다고 했더니 미소를 띠며 갑자기 악수를 청했다. 따뜻한 환대가 여행자의 여수旅愁를 풀어준다. 한국어를 공부하거나 한국에서 일한 사람들이 많아서인지 한국어를 유창하게 구사하는 사람들이 눈에 띈다. 지금이나 10년 전이나 한국 드라마는 베트남 한류 현상의 중심에 서 있다. 문화 인류학자 클로드 레비 스트로스Claude Levi Strauss의 말『슬픈열대』처럼 사람들은 그들이 살아가는 환경 속에서 조화와 균형을 유지하는 고유한 문화를 갖기도 하지만, 더 발달한 문명을 동경하기도 한다고 한다.

베트남 문화의 형성 배경은 우리와 유사한 면이 많다. 베트남은 한자 문화권에 속했다. 18세기 말 프랑스 예수회 사제들이 '쯔놈Chu Nom, 字喃'으로 된 베트남어를 라틴 문자로 옮겨 적기 시작했는데 그들의 문자는 한자였다. 하노이Ha Noi, 河內도 홍강 안쪽에 있다는 의미의 단어다. 사이공西貢도 서쪽에서 조공朝貢을 바친다는 의미에서 출발했다. 미국이 베트남을 침략하는 계기가 되었던 '통킹'만도 동경東京이란 단어의 발음이다.

한자 문화권에 속해서인지 어른을 공경하는 의식이 우리와 아주 비슷하다. 중국에서 철 지난 성리학이 조선시대의 국가 이념으로 자리 잡았듯이, 베트남에서도 뒤늦게 성리학을 적극적으로 수용했다. 이들도 성리학을 공부하고 과거제도를 실시해 성리학을 그들의 사상적 DNA 속에 묻어뒀다. 일본은 성리학이 발전하지 못했는데, 베트남과 우리는 성리학이 출세 수단의 근간으로 자리매김했다. 우리는 지금 그들과 가까운 이웃이 되어가고 있고, 배경에는 이러한 문화적 동질감이 작동하기 때문이다.

베트남도 오랜 세월 중국으로부터 시달려왔고, 프랑스·미국의 지배를 겪어내며 독립을 이룬 고난의 역사를 갖고 있다. 에릭 홉스봄 Eric Hobsbaum이 그의 역작 시리즈를 통해 말한 '극단의 시대'를 베트남은 거치며 동남아시아의 리더로 부상하고 있다. 그들은 축구를 통해 더욱 가까운 우리의 이웃이 돼가고 있지만, 우리에게는 그들에게 진 빚이 있다. 베트남 전쟁에 참여한 그늘이라고 할 수 있는 '라이 따이한'과 동네 형님들이 야자수 아래서 함께 찍었던 사진 속의 여성들의 문제다. 이들은 한국 정부의 진정한 사과를 요구하고 있다. 우리도 일본에 위안부 문제를 놓고 사과하라고 목소리를 높이고 있다.

영국 일간지 『가디언The Guardian』은 2019년 1월 19일 자에 이 문제 한국 병사들에 의해서 강탈당한 여성들(Women raped by Korean soldiers)를 크게 다루었다.

2019. 1. 31.

새해 아침에 …

맹추위가 절정에 이른 느낌이다. 저수지의 물은 꽝꽝 얼어붙고 북풍이 더욱더 거세다. 코끝에 와닿던 새벽 공기는 미세먼지와 범벅돼 식초처럼 싸한 느낌이다. 새벽녘 잿빛 산속에 서 있는 나목裸木들은 나뭇잎을 발등에 떨군 채 냉기를 참아내고 있다. 등산객 때문에 새벽잠을 깬 고라니가 덮었던 나뭇잎을 황급히 떨어낸다. 새들은 나뭇잎 사이에 떨어진 씨앗을 찾기 위해 앙상한 가지에서 날아든다. 자연은 매서운 추위에도 서로 덮어주고 안아주며 스스로 공존하는 법을 알고 있다. 이 겨울이 지나면 가랑잎 사이로 새싹이 고개를 내밀 것이다. 자연은 시작과 끝이 뫼비우스의 띠Mobius strip처럼 연결되어 순환한다.

매년 1월 1일 동트기 전에 열리는 홍성의 '백월산 영신 고천대제'에 큰마음 먹고 참가했다. 오리털 외투로 몸을 감쌌지만 얼굴에 파고드는 새벽 추위는 매섭기만 하다. 어제의 일출과 오늘의 일출이 그리 다르지 않을 터이지만 사람들은 새해에 많은 의미를 부여하고 오늘 떠오르는 일출에 환호성을 지른다. 그것은 어제와 다른 내일이 있을 거라는 소망 때문이다. 낡음과 역경을 떨어내고 새로운 내일을 맞이하려는 사람의 마음속엔 이미 기적이 들어 있다.

해돋이를 보며 소원을 빌고 설계하지만, 한 해를 다 보낼 즈음엔 이루어지지 못했거나, 반쯤 이뤄졌거나, 포기한 일들로 아쉬움이 남는다. 이루지 못한 꿈들이 누추한 꽃다발처럼 거리에 나뒹군다. 그러나 등뼈가 휘도록 열심히 일해도 잘사는 일과는 거리가 멀다고 낙담하지는 말자. 꿈과 희망을 잃으면 몸뿐만 아니라 마음도 늙고 꿈도 꿀 수 없기 때문이다. 잠꼬대를 하며 밤에 꾸는 꿈이 아니라 낮 꿈 말이다. 낮 꿈은 희망이다. 독일의 철학자 에른스트 블로흐Ernst Bloch는 『희망의 원리』에서 삶의 희망이 얼마나 중요한지를 말한다.

내일의 희망이 있는 자가 여행을 떠난다. 희망이 없는 자에게 여행은 의미가 없다. 인생이란 아직 가보지 못한 곳을 가보는 여행이다. 프랑스 정신분석학자 라캉Jacques Lacan은 인생을 작은 저수지를 뱅뱅 도는 조각배에 비유했지만, 어쩌면 인생은 앞으로만 가야 하는 편도 여행인지 모른다. 그래서 "인생은 되돌아보면 이해될 수 있지만 우리는 앞을 향해 살아나가야 하는 존재"라는 철학자 키르케고르Kierkegaard의 말이 더 가슴에 와닿는다.

진정한 여행이란 자아를 찾아 나서는 여행이다. 거창한 계획을 세워놓고 작심삼일로 그만두는 것이 아니라, 일 년 내내 화두처럼 붙들고 끝까지 밀고 나가보는 것이다. 데이비드 리스먼David Riesman은 『고독한 군중』에서 동료나 이웃, 또래 집단의 눈치를 살피며 그들의 영향을 받는 삶의 유형을 '외부지향형other directed type'으로 명명했다. 도시라는 공간에 모여 사는 우리는 이런 삶에 익숙해졌고, 국회의원·장관·교수·대표이사로 살아가는 모습이 진정한 나라고 여긴다.

남보다 더 큰 아파트, 더 좋은 자동차를 소유하기 위해 우리는 무한경쟁을 한다. 더 많은 돈을 벌기 위해 모두 지친 '피로사회'에 살아간다. 어린이집, 양로원 학대 사건과 같은 비도덕적인 사건이 발생하면 우리는 CCTV를 설치하고 감시망을 확대한다. 윤리 회복이 없는 외부지향적 삶에서 이러한 사건 발생과 대처는 악순환을 반복할 뿐이다. 이런 고리에서 벗어나는 방법은 칼 폴라니Karl Paul Polanyi가 말하는 '거대한 전환The Grand Transformation'을 멈추는 일이지만 인류가 지속되는 한 가능해 보이지 않는다. 인간은 욕망으로 추동되는 존재지만, 지속적 자아 탐색 여행은 우리 자신뿐 아니라 사회를 더욱 성숙하게 할 수 있는 급진적인 방법이 될 수 있다.

어떻게 우리는 윤리가 실종된 사회에서 윤리적 존재가 될 수 있는가? 그것은 한마디로 말하기도 어렵고, 실천하기도 지난至難하다. 명징하지 않더라도 그 길을 찾아 나아가야 한다. 우리는 새해가 되면 높은 산에 올라 해돋이를 보며 소원을 빌고, 호연지기浩然之氣를 기르면서 형이상학적 존재가 되고 싶어 한다. 형이상학적 존재는 듣고 보는 것reality 외에도 더 큰 세계가 있음을 자각하고, 그것의 보편적 가능성을 자기 안에 실현해야 한다. 맹자의 철학이 그러하다. 일상 속에서 타인을 향한 손가락을 내려놓고, 자연의 질서 속에서 서로 덮어주고, 안아주며 겸허한 주체로 다시 태어나야 한다. 이것이 새로운 시대가 도래하여도 크게 변하지 않을 모습이다.

2019. 1. 7.

홍성 국제 영화제가 지속되려면

소설·시·연극은 정확히 언제 시작됐는지 모르지만, 영화는 에르빈 파노프스키Erwin Panofsky의 말처럼 탄생부터 발전과정까지 모두 지켜볼 수 있는 유일한 예술이다. 1895년 12월 28일 프랑스 파리 조그만 극장에서 33명의 관객을 놓고 영화를 상영했던 것이 그 시작이다. 발명가 에디슨도 한 해 전에 접안렌즈를 통해 나무상자처럼 생긴 내부에서 재생되는 이미지를 들여다볼 수 있는 장비인 키네토스코프kinetoscope를 만들었다. 그러나 혼자만 들여다볼 수 있는 것이어서 영화의 발명자는 되지 못했다. 그에 비해 프랑스 뤼미에르 형제는 스크린에 이미지를 투사해 관객들이 함께 볼 수 있는 방식을 택했다. 이 것이 뤼미에르 형제가 영화의 발명자가 된 이유다. 그러나 '에디슨의 저주'라고 할까. 요즘은 IPTV, VOD, 핸드폰 등을 이용해 영화관에 가지 않고서도 얼마든지 영상 콘텐츠들을 즐길 수 있다. 지금은 뤼미에르식보다 에디슨 방식으로 영상물을 보고 있다. 이 방식이 미래의 대세를 이룰 것이다.

영화는 기술의 발전, 사회변화와 함께했다. 영화가 발명될 때인 19세기는 변화의 시기였다. 증기기관차[1829], 전화기[1876], 축음기[1877], 백열전구[1879] 등의 발명이 있었고, 파리에서는 1889년 만국박람회가 열리고 에펠탑이 세워졌다. 파리에는 발터 벤야민Walter Benjamin이 '상품 자본의 궁전'이라고 불렀던 '아케이드arcade'가 만들어졌고, 시골 사람들은 파리에 올라와 변화무쌍한 도시 풍경에 어리둥절했다. 벤야민이 보기에 시골 사람들이 도시를 바라보는 모습은 도시 사람들이 영화를 보는 모습과 다르지 않았다. 영화는 도시에서 만들어진 근대성의 산물이다. 뤼미에르 형제의 영화 속에 나타난 기차가 달려오는 모습에 사람들은 경악했고, 오늘날 우리는 핸드폰과 AI 등 과학, 기술의 발전에 놀라고 있다. 과학, 기술의 발전에 사람들의 생활관습도 바뀌고 있다. 시, 소설보다는 영화와 영상 콘텐츠를 가까이하는 영상의 시대가 됐다. '방탄소년단'의 홍보가 주로 영상을 통해 이뤄졌음은 이 시대를 통찰한 결과라 할 수 있다.

이 글을 쓰는 지금 영국 전설의 록 밴드 '퀸'을 그린 영화 「보헤미안 랩소디」는 영국보다도 한국에서 먼저 흥행에 성공했고, 한국영화 「완벽한 타인」도 흥행 성공의 반열에 오르고 있다. 흥행에 성공한 영화는 사회에 끼치는 영향도 대단하다. 1970년대 중반 최인호의 소설 『별들의 고향』이 영화화됐을 때, 주인공들의 대사臺詞: 경아, 오랜만에 누워 보는군를 따라해보는 사람들이 많았으며, 서울 어느 다방에서는 에어컨을 틀어놓았다는 사실을 "경아여주인공가 얼어 죽었음"이라고 영화의 주인공으로 빗대어 알리기도 했다. 고전영화가 된 「카사블랑카」가 상영됐을 때 미국의 많은 젊은이는 주인공의 건배하는 모습을 따라하기도 했다.

이런 영화들이 좋은 영화인지, 나쁜 영화인지 판단하기는 쉽지 않다. 흥행에 성공했다고 해서 소위 명화의 반열에 드는 것도 아니다. 「보헤미안 랩소디」도 허술한 구성이 눈에 띄며 「카사블랑카」는 '키치 kitsch'에 불과하다는 혹평이 있기도 하다. 좋은 영화는 대중성뿐만 아니라 예술성이 동반돼야 한다. 이십여 년 전만 해도 한국 영화는 수준이 떨어진다고 하는 사람들이 많았지만, 봉준호·박찬욱 감독이 만든 영화들은 완성도도 높을 뿐 아니라 천만 관객을 동원했다. 요즘은 외국 영화보다 한국 영화들이 오히려 관객을 더 많이 끌어들이고 있다. 그러나 지금 한국 영화가 위기라고 말하는 것은 이들의 뒤를 이를 젊은 감독들이 아직 눈에 띄지 않기 때문인지도 모른다. 훌륭한 감독들이 활동하기 위해서는 그 저변이 확대되어야 함은 물론이다.

이러한 일환으로 많은 단편 영화제가 여기저기서 열리고 있다. 영화가 발전하기 위해서는 기술의 발전뿐만 아니라 다양한 혁신이 단편영화에서 시도돼야 한다. 영화를 포함한 모든 예술은 근본적으로 새로움의 추구다. 러시아 형식주의자 쉬클로프스키 Shklovsky가 시는 '낯설게 하기 defamiliarization'라고 정의했던 것과 무관하지 않다.

기존 감독들을 그대로 따라해서는 영화의 발전 가능성은 없다. 단편 영화제는 영화의 흥행이 아니라 영화장이들의 다양한 실험장이 돼야 한다. 영화는 대도시에서 만들어지고 소비됐지만, 컴퓨터·핸드폰의 등장으로 이제 그런 시대는 지났다. 그런 의미에서 축산단지 홍성에서 국제 영화제를 개최했다는 것은 경이롭고 박수받을만한 일이다. 그러나 많은 단편 영화제 중에서 성공한 단편 영화제로 기억되기 위해서는 먼저 지역민들이 영화를 사랑하고, 영화제를 위해서 무엇을 할 것인가 머리를 맞대야 한다.

처음 열리는 국제 단편 영화제를 놓고 관객의 많고 적음, 주민들의 반응, 출품된 영화의 수준, 홍보 방법 등으로 설왕설래할 수 있다. 영화제는 경제 효과, 관광 효과, 관객의 수만으로 평가해서 성공할 수 없다. 단편 영화제는 상업자본이 배제된 상황에서 영화의 가능성을 실험해 출품하는 것이기 때문이다. 그 실험성 짙은 영화를 보기 위해 먼 곳에서 많은 관객이 찾아올 수 있다. 그러기 위해서는 먼저 그 지역민들이 영화를 사랑하고, 지역의 젊은이들이 단편영화를 만들어 출품하고, 이 국제 단편 영화제를 축제로 생각해야 한다. 축제는 지역민들이 자주 모여 소통하고 궁리하는 것에서 출발한다. 짧은 준비기간 때문인지 모르지만 그러하지 못한 점은 아쉬움을 남겼다. 그러나 어려운 재정환경 속에서 새로운 시도를 한 관계자들에게 박수를 보내고 싶다. 이번에 상을 받은 출품작들은 대체로 작품성이 높다. 뤼미에르 형제도 33명의 관객을 놓고 영화를 시작했지만 나중에는 경찰이 나서서 관객의 줄을 세워야 했다.

"네 시작은 미약했으나 네 나중은 심히 창대하리라"라는 성경 문구를 떠올리며 내년에는 더욱 알차고 발전된 모습의 홍성 국제 영화제를 기대한다.

2018. 11. 22.

비슷한 축제들

달포 전 즈음, 충북 보은 대추 축제에 다녀왔다. 몇 년째 그 축제를 방문하는 것은 보은 인근의 황금 들녘이 주는 넉넉함과 대추를 마음껏 시식試食해볼 수 있다는 즐거움 때문만은 아니다. 대개 축제는 무대 위 광경을 구경하거나 난장亂場을 둘러보고 오게 마련인데, 이 축제는 참가자들을 능동 참여자로 변화시키기 때문이다. 구경꾼도 각종 행사에 참여할 수 있을 뿐만 아니라 붉은 대추를 현장에서 전국 어디라도 택배로 보낼 수 있다. 축제를 둘러보고 인근의 속리산 오리 숲을 걷는 일은 가을 정취의 멋이라고 할 수 있다.

우리나라 축제는 전통적으로 놀이하는 자와 뒷짐 지고 놀이를 구경하는 자로 나뉘었다. 놀이하는 광대와 '아랫것들'은 질펀하게 춤판을 벌이고, 양반들은 뒷짐 지고 어깨너머로 슬며시 구경하는 자였다. 일하는 자와 노는 자가 축제에서는 바뀌어 서로를 역지사지해보는 해학도 있었다. 그러나 일상에서는 양반과 상놈의 구분이 나뉘어 있었다. 이러한 문화가 지속되어 오다가 지방자치 실시 이후 지역마다 축제가 성행하고, 노는 자와 구경하는 자가 어설프게 손을 잡으려 하고 있다.

네덜란드의 인류학자 요한 하위징아Johan Huizinga는 『호모 루덴스』

에서 인간을 놀이하는 존재로 정의했고, 하비 콕스Harvey Cox는 『바보들의 축제』에서 인간을 축제하는 인간으로 재해석했다. 원래 축제의 기원은 함께 너와 내가 하나가 되어 난장을 즐기는 것이다. 16세기 네덜란드 민속 화가 피터르 브뤼헐Pieter Bruegel은 「사육제와 사순절의 싸움」이라는 그림에서 '카니발carnival'의 모습을 리얼하게 그려낸다. 기독교 문화권에서 축제를 '카니발'이라 했던 것은 경건한 사순절이 시작되기 전, 신성한 기간을 견디기 힘든 인간들이 잠시 함께 먹고 마셨던 행위에서 기원했기 때문이다. 카니발에 참여한 사람들은 신 앞에서 신분의 차별, 지위고하를 잠시 내려놓고 너와 내가 하나가 되었다. 이런 모습을 브뤼헐은 그림에 사실적으로 담아낸 것이다.

축제에 참여하는 사람들의 심리에는 구경꾼의 자리 외에도 '일상으로부터의 일탈'이라는 의미도 내재해 있다. 평범한 인간들의 일상은 팍팍하고 힘들고 곤궁하다. 특히 서양의 중세나 조선시대 하층계급의 삶은 더욱 그랬다. 소위 탈춤도 양반들의 가식을, 탈을 쓰고 아랫것들이 잠시 불만을 쏟아내게 한 장치였다.

축제라는 문화 속에는 인간들의 독특한 애환이 녹아있다. 중국의 토가족은 결혼하기 전에 한 달 내내 우는 습관이 있었다. 얼굴을 추하게 만들어 결혼 전에 토가왕과 동침이라는 관계를 깨보려는 아픔이 담겨있다. 축제는 아니지만 모차르트의 「피가로의 결혼1786」도 그 시대의 아픔과 슬픔을 신랄한 풍자와 위트로 보여주는 오페라 부파buffa다. 여기서도 소위 '초야권初夜權, Le droit de cuissage'이 이슈로 등장한다. '퀴사즈cuissage'는 허벅지라는 뜻이니 초야권은 '허벅지를 차지할 권리'

라는 의미다. 귀족이라는 이유로 나의 아내를 먼저 차지해서는 안 된다는 항거라 할 수 있다.

축제는 그 나름대로 민속적, 인류학적 특성과 결합하여 변화하는 시대와 부합될 때 생명력이 유지된다. 그것에는 일상의 고루함 가운데 잠깐의 일탈, 축제에 참여하고 났을 때의 일체감, 시원함이 내재해 있다. 인류학자 빅터 터너Victor Turner가 축제의 특징으로 말하는 '리미날리티liminality, 평소에 못하던 것을 해보게 하는 것'와 '코뮤니타스communitas, 자유를 만끽해 보고 너와 내가 평등한 하나가 되는 것'가 축제에는 함의되어 있어야 한다. 우리가 2002년 월드컵 경기가 끝나고 그 자리를 깨끗이 청소했던 것도 일종의 코뮤니타스의 한 예라 할 수 있다.

우리나라의 1,300여 개 축제 중 몇 개의 축제를 제외하고는 '그 축제가 그 축제', 그저 '특별한 장날'일 뿐이라는 비판을 받는 이유는 축제에 돈을 지원하는 평가의 잣대가 전국적으로 동일한 원인도 있지 않을까 싶다. '사람 많이 오고, 경제효과가 있으면' 지원해준다는 평가 잣대를 의미한다. 그러나 진정한 축제를 위해서는 지역의 경제파급효과, 관광효과를 축제의 성공 요인으로 내세울 것이 아니라, 지역 주민들이 먼저 머리를 맞대고 이런 축제를 왜 준비하는지 소통과 합의에 방점을 둬야 할 것이다. 축제는 돈이 아니라 지역 커뮤니티의 '대화'에서 시작된다고 미하일 바흐친Mikhail Bakhtin은 지적한 바 있다.

2018. 11. 12.

공감과 수신

　사람은 감정에 치우치는 행동을 했을 때, 곧 후회하게 마련이다. 감정은 이성과 마찬가지로 사람의 마음에서 우러나오는 것이지만 타인의 '공감sympathy'을 불러일으키기 어렵기 때문이다. 이러한 공감의 문제를 거론한 철학자는 스코틀랜드의 애덤 스미스Adam Smith였다. 글 글래스고 대학에서 도덕철학을 가르쳤던 그는 『국부론』을 저술해 경제학의 아버지같이 알려진 사람이기도 하지만, 『도덕감정론』을 먼저 출간해 공감의 문제에 천착했다. 그는 중세의 속박에서 벗어난 인간들이 개인의 자유를 추구하면서 질서와 조화를 추구하는 사회를 건설할 수 있겠는가 하고 시대적 전환기에 의문을 표했다. 인간이 아무리 이기적이라 해도 인간 내면에는 타인의 행·불행에 관심을 가지게 하는 원리가 인간 본성 속에 있다고 그는 봤다. 공감이란 역지사지易地思之하는 능력을 말한다. 왜 인간은 서로의 상황을 이해하려고 노력해야 하는가에 대해 애덤 스미스는 '상호 공감의 즐거움pleasure of mutual sympathy'이 인생의 가장 큰 즐거움의 하나라고 답한다. 이런 의식이 서구 시민사회의 밑면을 형성했다.

　이렇게 글의 앞머리에 도덕철학자의 말을 끌어들인 것은 누구나 막역하게 지냈던 사람과의 감정충돌이 있을 수 있기 때문이다. 사람을 신뢰할 수 있는 근본은 그 사람이 예측 가능할 때다. 그 믿음이 깨어질 때 '저 인간 저럴 줄 몰랐어!' 하고 감정충돌의 불협화음이 발생한다. 상대방이 처한 상황을 서로 고려하지 않을 때 공감은 일어나기 어렵다. 옳고 그름의 문제 이전에 욱하는 감정이 공감의 부재를 초래한다. 그러면 감정은 이성과 분리돼 독립된 영역에 홀로 존재하는 것일까? 감정은 믿을 것이 못 되고 이성은 믿을 만한 것인가? 사람의 감정이 조변석개한다고 분노하는 나의 이성은 타당하고 믿을 만한 것인가? 영국의 데이비드 흄David Hume을 거쳐 현대의 철학은 이성에 의문을 제기한다.

그러나 지금 막 우물에 빠지려 하는 아이를 본다면 누구나 달려가서 아이를 구해내려고 하는 마음이 생기게 된다는 맹자의 성선설은 차마 남에게 어쩌지 못하는 인정을 베푸는 마음이다. 이렇게 차마 어쩌지 못하는 마음으로 정치를 하면 천하를 다스리는 일은 여반장如反掌이라는 것이다. 이러한 정치를 했던 시대가 요순시대라면 요순도 사람이고 그처럼 되기 위해 하는 공부가 성학聖學이다. 동양의 학문은 성인聖人이 되는 학문이며, 수신修身해 성인의 경지에 올라가는 것에 관심이 많았다. 헤겔Hegel의 말을 빌리면 수신은 '보편성에의 고양'인데, 동양적 의미로 보편적 이해와 사고를 할 수 있는 인간의 능력을 길러주는 것을 말한다. 『대학』에서 말하는 '수신제가치국평천하修身齊家治國平天下'다. 자기를 연마하는 것으로 시작해 천하에까지 이른다는 것이다. 이러한 생각은 베를린 대학을 세우고 교양교육을 대학의 중심에 놓고자 했던 빌헬름 폰 훔볼트Wilhelm von Humboldt의 생각과 그리 멀지 않다. 그는 인격자로서의 인간을 구성하는 일을 교양교육으로 보았다.

성인이 되는 일은 수신하고 타자에게 예의를 지키면서 천하로 나아가는 길이다. 그러나 도시문화를 이루면서 예의만 갖고서는 욕심이 교차하는 사회를 유지할 수 없었다. 애덤 스미스도 인구가 얼마 안 되는 소국과민小國寡民의 세계에서는 인애benevolence로 통하는 덕의 정치가 가능하지만, 가치와 이해관계가 충돌하는 사회에서 이기심은 타인의 명예·재산·신체를 침해할 수 있으니 사회적 공동체가 공감하는 정의justice가 필요하다고 말한다. 덕이 없는 사회는 불편한 채로 존재할 수 있지만, 사회적 정의라는 기둥이 제거되면 인간사회는 순식간에 잿더미로 몰락할 수 있다. 특히 권력을 가진 자가 자기 패거리만을 위한 '선택적 정의justice'를 진정한 자유로 오용할 때 그 정권은 물론 민주주의의 몰락은 저 앞에 예정돼있는 것이다.

좋은 사회란 서로 공감하며 인간다움의 정의가 균형을 이루는 사회다. 그런 사회를 만들기 위해 사람은 어쩔 수 없이 예를 지키고, 수신해야 한다고 동양의 '도道'는 말한다.

2018. 10. 4.

스트롱맨과 '세계사적 개인'

　북한의 김정은 국무위원장과 트럼프 미국 대통령이 지난 6월 12일 북미 정상회담을 한 이후 아직 이렇다 할 비핵화 시간표를 내놓지 못하고 있다. 지난 주말 마이크 폼페이오^{Mike Pompeo} 미 국무장관이 평양에서 열린 북미 고위급 회담에 가수 엘튼 존^{Elton John}의 「로켓맨」이라는 앨범을 주려고 했지만, 김정은을 만나지도 못한 채 돌아오고 말았다. 미국의 강한 요구에 대해 '강도적 심리'라는 북한 외무성의 유감 표명을 트럼프는 들어야 했다. 그는 미국 내 여론이나 정치 일정에 심사가 편치 못할 것이다. 김정은이 핵을 포기할 거라고 믿는다면서도 김 위원장에게 줄 '작은 선물^{a little gift}'이 준비되어 있다고 말하는 모양새로 보아 중국 시진핑 주석을 의식하고 있지 않나 싶다. 트럼프는 김정은과의 회담을 취소하겠다는 전력 前歷(5월24일)이 있어, 비핵화에 실패하면 '리틀 로켓맨'이라며 부르던 시절로 돌아갈 수 있을 것이다.

　미국은 중국과 무역전쟁을 벌이고 있다. 지난 6일 미국은 중국 상품 340억 달러어치에 25%의 관세를 부과하더니 10일에는 2천억 달러어치의 제품에 10%의 관세를 매기겠다고 발표했다. 중국은 즉각 보복하겠다고 다짐하지만, 중국에 대한 미국의 수출이 적어서 관세로 보복할 힘이 약해 보인다. 중국은 청나라 시절, 영국에 홍콩을 할양하던 허약한 모습에서 벗어나려 발버둥 치고 있다. '도광양회縮光養晦' 즉, 빛을 감추고 은밀히 힘을 기르던 정책을 버리고 어설픈 '식스팩'을 자랑하는 '굴기崛起'를 이웃 나라에 불쑥불쑥 내민다. 정말 그런 힘이 있는지는 두고 볼 일이다.

중국이 분열과 팽창을 반복해오는 긴 역사 속에서, 지금은 거대한 영토를 이루었다. 주변 국가들을 바라보는 시진핑의 눈빛은 옛 중국 황제들을 닮았다. 김정은은 그에게 머리를 조아리며 미국과의 관계가 힘들어지면 의지해보려는 속내를 내비친다. 김정은, 트럼프, 시진핑이라는 스트롱맨들이 국가와 개인의 이익과 욕망을 드러내는 움직임 속에 우리나라는 평화만을 간구懇求해야 하는 것일까?

이러한 질문에 헤겔의 시선 주변을 맴돌아 보자. 헤겔은 역사를 사물이 존재하는 방식, 의미의 원천이라는 개념으로까지 깊게 철학적으로 인식했지만, 한편 역사는 "민족들의 행복, 국가들의 지혜, 그리고 개인들의 욕망이 끌려와서 희생당하고 마는 도살장"이라고 말했다. 개인과 민족, 국가가 교체되고 소멸하는 마당을 역사라고 생각했다. 역사적으로 희생 없는 행복한 시기가 없었던 것은 아니지만, "세계사는 행복이 거주하는 땅이 아니다"라고 헤겔은 말한다. 세계사에서 행복했던 시기들은 비어 있는 페이지와 다를 바 없다는 의미일 것이다.

헤겔이 볼 때, 세계사는 어떤 법칙에 따라 자동으로 돌아가는 수레바퀴 같은 것이 아니라 개인의 특수한 욕망과 이기심에 의하여 펼쳐지는 정념의 드라마라고 할 수 있다. 애덤 스미스의 '보이지 않는

손', 칸트의 '비사교적 사교성'도 그러한 정념의 드라마라는 속성에 포함될 것이다. 이 드라마 속에서 세계의 주인공들이 갈등하고 소멸하면서 역사라는 양탄자는 짜인다. 나폴레옹과 같은 인물은 유럽의 황제가 되겠다는 욕심으로 유럽을 전쟁의 도가니로 몰아넣었지만, 이 바람에 프랑스의 발전된 정치, 문화가 유럽 전역에 뜻하지 않게 전파되었다. 나폴레옹과 같은 '세계사적 개인'은 타인의 충고를 무시한 채, "자신이 가는 길 위에서 죄 없는 꽃들을 무수히 밟고 무수히 뭉개버린다." 이런 안하무인 격 행위는 비판받아 마땅하다. 그런 스트롱맨은 역사 속에서 알렉산더 대왕처럼 요절하거나, 시저처럼 살해되거나 나폴레옹처럼 유배되었다.

세계사적 개인은 자신의 욕망을 추구하면서도 동시에 좀 더 높은 어떤 것을 향할 수도 있고, 그것이 그들이 갈망하던 것과는 전혀 다른 것일 수도 있다. 세계사적 개인은 내가 의도한 것과 관계없이 '거대한 전환'을 가져올 수도 있다.

헤겔의 '세계사적 개인'을 '리틀 로켓맨'과 '늙은 미치광이dotard' '시황제'에게 오버랩하여 '더 높은 어떤 것'을 향할 수 있지 않을까 하는 생각은 철 지난 착각에 불과한 것일까?

2018. 9. 10.

대학의 패러다임이 바뀌고 있다

4차 산업혁명이 이미 시작됐고, 새로운 시대의 질서가 펼쳐질 것이라는 얘기는 이제 식상해 보인다. 이미 4차 산업혁명의 징조들이 우리 삶 속에 들어와 있기 때문이다. 여기에 인구 감소는 우리 삶의 변화를 배가시키고 있다. 일본에서는 20여 년 전부터 인구의 감소로 인해 대학의 통폐합이 시작됐고, 우리나라 시·군 단위에 해당하는 동네가 사라져가고 있다. 인구 감소로 인한 일본 사회의 변화를 눈여겨봐야 할 것이다. 우리나라도 지금과 같은 추세라면, 전라북도의 14개 시·군 가운데 10개의 시·군이 저출산과 고령화로 인해 30년 내 소멸할 것이라는 예측이다.

지역의 대학들은 저출산으로 신입생이 부족하고, 그로 인하여 경쟁력은 떨어지고 있다. 교육부는 학생 수와 경영능력이 부족한 부실 대학을 걸러낸다며 6월 20일에는 1단계 대학기본역량진단 평가를 발표했다. 4년제 대학 전체에서 하위 40개 대학을 역량강화대학과 재정지원제한대학 이름으로 묶어 8월 말에 최종적으로 발표할 예정이다. 2단계 심사와 실사를 거쳐야 하는 과정이 남아 있기는 하지만 1단계에서 하위그룹에 속한 대학은 살아남기 위해 전전긍긍이다. 학령인구의 감소로 신입생을 모집하기도 어려운데, 여기에 대학을 줄 세워 부실대학이라는 평가를 내리고, 신입생 감축을 권고하며 재정지원을 하지 않겠다고 하니 문 닫을 형편으로 내몰릴 수밖에 없다. 거기에 지난 10여 년 동안 등록금을 인상하지 않았으니 대학의 재정은 악순환을 거듭할 수밖에 없다.

저출산으로 인한 학령인구의 감소는 과감한 대학 구조조정을 요구하고 있다. 2023년 기준으로 보았을 때 지금과 같은 대학 정원의 숫자라면 대학들은 16만 명 이상 줄여야 한다. 2천 명씩 선발하는 대학이 산술적으로 16개는 사라져야 한다는 의미다. 여기에 대학 진학을 포기하는 학생이 증가하고 수도권으로 진학하고 싶어 하는 학생 수를 고려한다면 지역대학의 학생 부족은 심각한 수준 이상을 의미한다.

교육부가 대학을 평가하는 방법 중 중요한 지표는 학생 수와 취업률이다. 취업도 자리가 있어야 하는 것이지 대학이 일자리를 만들어내기에는 한계가 있다. 교육부는 정부가 나서서 해야 할 일을 대학에 맡기고, 취·창업에 얼마나 대학이 적극적으로 대처하고 있는지를 중요한 평가요소로 삼는다. 교육부는 대학에 국가의 근본적인 일을 떠넘길 것이 아니라 일자리 창출이라는 국가 프로젝트에 더욱 매진해야 할 것이다. 대학이 얼마나 우수한 학생을 모집하여 우수한 교수진에 의해 교육하여 취업을 시켰느냐는 일과 대학 평가가 무관한 일은 아니지만, 그것으로 대학 생존을 연관 짓는 일은 무리한 요구다.

그러나 이런 어려운 환경 속에서 지역대학이 꾸준히 해야 할 일은 과감한 변신이다. 지역의 특성에 맞게 가장 잘 가르칠 수 있는 분

야를 특성화해야 한다. 학생모집에 어려움을 겪는 학과들은 4차 산업
혁명에 걸맞은 학과로 재편하여 지역대학의 고유한 특성을 발휘해야
한다. 그 대학만이 잘할 수 있는 분야를 특성화하여 그것을 4차 산업
혁명과 연결해야 한다. 4차 산업혁명은 다양한 학문이 서로 연결·융
합돼있다. 21세기는 여러 개의 우물을 동시에 연결하는 '르네상스 인
人'의 출현을 고대하는지 모른다. 하나의 전공도 잘해야겠지만 근본적
으로 여러 개의 전공이 융합되어 '화학적 결합'을 일으켜야 한다. 배
타적인 학문은 새로운 시대에는 퇴출을 맞이하게 될 것이다.

　여기에 생활양식의 변화는 기존 패러다임을 바꾸고 새로운 시대
에 걸맞은 대학 출현을 요구하고 있다. 조직이 살아남기 위해서는 조
직원이 왜 모였는지를 먼저 살펴봐야 한다는 경영학의 구루guru 피터
드러커Peter Drucker의 말을 되새기며, 누란지위累卵之危에 있는 지역대학
들은 과감한 변화를 모색해야 한다. 청운대학교도 여기에서 벗어날
수 없을 것이다.

2018. 7. 19.

소포클레스와 몰락의 정치학

　찬란하게 빛났던 대제국이 역사 속에서 사라지기도 하고, 어제 권력을 잡았던 거대 여당이 오늘은 몇 명 안 되는 국회의원으로 야당 역할을 힘겹게 해나간다. 천하를 호령했던 인물이 수척한 영어圖圖의 몸이 돼 연민을 자아내게 한다. 사람들이 비극적 결말을 맞는 모습은 고대 그리스 비극작가 소포클레스Sophocles의 작품, 『오이디푸스 왕』, 『안티고네』 등에 선명하게 부각되어 있다. 그의 작품들은 기원전 5세기에 쓰였는데도 불구하고 여전히 우리의 시선을 붙든다.

　『오이디푸스 왕』의 오이디푸스는 '부은 발'이라는 의미를 갖는데, 이것은 오이디푸스가 테바이 왕국에서 아버지에 의해 광야에 버려질 때 발이 꼬챙이에 꿰어 버려졌기 때문이다. 왕자인 그가 버려지는 운명에 처한 것은 장차 아버지를 죽이고 어머니를 아내로 취할 운명이라는 신탁神託이 내려졌기 때문이다. 이 버려진 아이는 이웃 나라에서 성장하여 다시 테바이 왕국으로 돌아오는 신탁의 저주를 스스로 행行하고 있지만 자신은 그것을 알지 못한다.

　오이디푸스의 이름에는 '알다'라는 뜻도 함의돼 있다. 그러나 자신의 운명을 안다는 것은 어디까지나 의식의 차원에서 안다는 것을 의미한다. 인간은 무의식의 차원에서 자신이 누구인지 알지 못하는 존재다. 자기 자신도 모르는 사이에 오이디푸스도 아버지를 죽이고 어머니와 결혼하게 된다. 오이디푸스가 자신의 이런 처지를 알게 됐을 때는 제 눈을 찌르고 광야로 뛰쳐나갈 수밖에 없었을 것이다. 오이디푸스는 어머니와 결혼했다는 자기 욕망의 어두운 실체를 바라본 것이다. 그는 이러한 현실을 받아들일 수 없다. 우리가 살아가는 삶의 '대타자'는 도덕, 관습, 법률 등과 같은 질서로 꽉 짜여 있다. 우리는 이 세상의 일상적 삶의 양상이라고 할 수 있는 '상징계적 질서'에 속아야 한다고 라캉^{Jaques Lacan}은 말한다. 이 세상의 담론의 질서를 받아들여만 한다는 것이다. 우리의 무의식은 '상징계적 질서'를 받아들이고, 그것에 속아 넘어가기 때문에 정상적으로 세상을 살아갈 수 있다.

그러나 안티고네는 처음부터 죽음을 마주한다. 『안티고네』는 오빠의 시체를 매장해야 한다고 하면서 시작된다. 국가의 법을 어기면서 오빠의 매장이 이루어지지 않으면 차라리 나를 죽이라고 권력에 독하게 대드는 것이다. 오이디푸스가 죽고 그의 아들 폴리네이케스와 에테오클레스는 왕위 자리를 놓고 결투를 벌인다. 안티고네의 외삼촌 크레온은 테바이 왕국의 섭정자가 된다. 에테오클레스는 크레온의 편에 서고, 폴리네이케스는 외국 군대를 끌어들여 권력투쟁을 벌인다. 그러나 싸우다가 둘이 동시에 죽게 되자, 에테오클레스는 성대히 장례식을 치러주고, 폴리네이케스의 시체는 매장하지 말도록 크레온은 명령한다. 크레온의 말은 그 시대 사람들의 인식 논리를 따르고 있다.

크레온은 안티고네의 말에 동의하지 않는다. 그러자 안티고네가 목매달아 죽고 약혼자였던 크레온의 아들 하에몬은 칼을 빼들고 자결하며, 아들의 주검을 본 크레온의 아내도 자살한다. 크레온은 현실적으로 받아들일 수 있는 논리와 질서를 따르다가 테바이 왕국을 몰락으로 빠뜨리고 만다. 소포클레스의 비극은 이렇게 다 몰락으로 끝을 맺는다. 기존의 허접한 질서가 몰락하지 않으면 새로움도 만들어낼 수 없음을 보여주는 셈이다.

헤겔은 안티고네라는 주인공에 대해서 "천상의 존재와 같은 안티고네, 지상에 존재한 가장 고매한 인물"이라고 찬미했다. 그러나 안티고네의 저항은 "자유 아니면 죽음을 달라"와 같은 혁명의 목소리와 겹쳐 어떤 억압에도 굴복하지 않는, 혁명을 위한 순교로 받아들여지게 되었다. 그녀에게는 말로 설명할 수 없는 어떤 섬광閃光 같은 '아우라'가 존재한다고 라캉은 말한다.

다양하게 『안티고네』를 읽어낼 수 있지만, 오빠를 묻어주어야겠다는 안티고네와 반역자를 그렇게 할 수 없다는 크레온은 그 시대의 윤리적·정치적 요청을 받아들이기에는 부족하거나 과잉된 모습의 존재들이다. 그 시대의 담론을 그대로 수용하는 크레온의 모습에서보다는 로고스적 논리도 변변찮아 보이는 안티고네에게 우리는 더 매력을 느끼게 된다. 이것은 헤겔의 시선과 겹치지만, 시대와 상황에 따라 해석의 차이가 존재할 수 있음을 이 작품이 보여주는 일이기도 하다. 두 힘의 충돌이 불가피한 일인지 알 수 없지만, 그 충돌은 비극을 초래한다. '몰락의 윤리학, 정치학'을 『안티고네』는 보여준다. 희랍 비극이지만 지금도 유효한 서사다.

2018. 9. 10.

분노의 레토릭

　마음속으로만 끙끙 앓던 화병은 우울증이 되기도 하지만, 순간 올라오는 분노를 참지 못해 대한항공 조양호 회장의 두 자녀처럼 국민의 공분公憤을 사기도 한다. 3년 전 '땅콩 회항' 사건으로 조현아 전 대한항공 부사장이 대중 앞에 고개를 숙였고, 이제는 그녀의 동생과 어머니의 갑질이 미움의 대상이 되고 있다. 조양호 회장 일가족이 경찰 수사 대상이 되고 있다니, 분노를 조절하지 못해 톡톡한 대가를 치르고 있는 셈이다. 타자를 향한 거친 언사와 삿대질이 어떤 결과를 가져오는지 이 사건은 그 귀결을 잘 보여준다.

　트럼프 대통령도 북한 최선희 외무성 부상이 내뱉는 언사에 북미 정상회담을 취소했다가 다시 개최하기로 하는 해프닝을 연출하고 있지만, 그 감정의 밑면에 흐르는 것은 그들이 쏟아내는 '엄청난 분노' 때문이다. 여기에는 '협상의 달인'이라는 트럼프의 '거래의 기술'도 염두에 둬야 할 것 같다. 거친 언사는 분노를 함의한다.

　언어는 인간이 짐승과 분별될 수 있는 주요한 수단이다. "언어가 존재의 집"이라는 하이데거Martin Heidegger의 말처럼 언어가 거칠다는 것은 그의 내면세계가 곱지 않다는 방증이다. 북한의 방송을 들어보면 "불바다를 만들겠다", "아둔한 얼뜨기"라는 식의 막말들이 격한 어조로 사용된다. 독한 말들이 일상어를 이루면 그것을 듣는 개개인의 내면세계도 그 언어의 자장에서 벗어나기 쉽지 않다. 사람의 언행言行은 내면세계의 표출이지만 그것을 순치시키지 못하면 날것raw의 본능을 그대로 노출하기 쉽고, 그것을 보는 사람은 역겹기 그지없다. 북한도 분노를 표출하는 '레토릭rhetoric, 수사법(修辭法)'을 바꿔야 한다. 서양에서는 말하는 법이 중요하여 로마시대부터 말하는 법을 가르쳤다.

로마시대 세네카Seneca는 몸이 허약해 폐결핵과 우울증에 시달리기도 했지만, 로마 최고 권력기관인 '로마 원로원'의 일원이 됐다. 클라우디스 황제 때, 그는 고소 사건으로 코르시카섬, 캡 코르세Cap Corse에 8년 동안 유배됐는데 그곳 사람들은 유배 온 그를 푸대접했다. 부와 명성을 누리다가 그곳으로 쫓겨온 그가 분노를 드러낸다면 그곳에서도 쫓겨날지 모를 운명이었다. 그래서 마음 다스리며 쓴 글이 지금까지도 많은 사람에게 회자되는 「분노에 관하여」다. 그는 끓어오르는 분노를 타자에게 발산한 것이 아니라 그 분노를 스스로 응시했다. 세네카는 이렇게 말한다.

"분노보다 우리를 마비시키는 것은 없습니다. … 분노는 자신이 패했을 때도 절대 물러서지 않습니다."

분노의 본질을 말한 셈이다. 로마 철학자였던 플루타르코스Plutarchos도 「분노의 억제에 관하여」라는 글에서 분노는 자신을 병들게 하고, 상대방에게 반항심만 불러일으키게 될 뿐이라고 말한다. 분노와 격정에 휩싸이는 사람을 폭풍이 몰아치는 바다에서 선원들이 버리고 떠난 배에 비유한다. 요동치는 분노를 다스리는 방법은 화가들이 그림을 마무리하기 전에 거리를 두고 그림을 한번 살펴보는 것처럼, 한동안 마음을 들여다볼 필요가 있다고 조언한다. 출렁이는 물에는 자신의 얼굴을 비춰 볼 수 없다. 마음이 흔들려 분노가 일어나면 제정신이 아니기 때문이다.

분노는 중요한 일뿐만 아니라 농담, 장난, 웃음 등과 같은 사소한 것에서 발생하니 디테일을 조심하라고 경고한다. 요샛말로 '악마는 디테일에 있다'라는 말과 다르지 않다. 화를 참지 못했던 어느 권력자는 폭풍이 몰아치는 바다가 자신을 몰라본다고 바닷물에 낙인烙印을 찍기도 하고, 산을 베어 바다에 버리겠노라고 위협하는 우스꽝스러운 짓을 했노라고 플루타르코스는 일러준다.

서양 문학 시초라고 할 수 있는 호메로스의 『일리아스』첫 행 "분노를 노래하소서 여신이여! 펠레우스의 아들, 아킬레우스의"도 아킬레우스의 분노에 관한 노래라고 할 수 있다. 트로이전쟁도 분노로 시작하였음을 말해준다. 일리아스 이래로 많은 문학 작품이 분노를 주제로 삼는 것으로 보아, 분노는 인간 정서의 근간을 이룬다. 그것을 어떻게 조절하느냐가 중요하다. 조절에 실패하면 '분노조절장애'다.

멧돼지를 쉽게 눕히는 사람은 레슬링선수가 아니라 여자와 아이의 부드러운 손길이라고 플루타르코스는 말한다. 분노가 광기와 섞이면 비극의 소재가 될 뿐임을 역사와 우리의 삶은 또렷하게 보여준다. 말을 예쁘게 하는 사람이 편안하다.

2018. 5. 28.

화염과 분노의 다리 '스타리모스트'에서

여름방학 중 보스니아-헤르체고비나Bosnia-Herzegovina, 통상 보스니아로 불림를 방문하게 된 나는, 사라예보로부터 120킬로미터 정도 떨어진 '스타리모스트Stari Most'에서 1995년 초로 플래시백Flashback해 보았다. 잔인한 '보스니아 내전' 사태는 그해 가을 즈음 종결됐고, 청운대학교1995년 3월 개교로 부임한 나는 하루가 짧다고 느끼던 때였다. 이때만 해도 국제 뉴스는 보스니아라는 글자가 빠지지 않았고, '인종청소ethnic cleansing' 같은 단어들이 새롭게 만들어지고, 인간이 얼마나 잔인해질 수 있는 지를 외국 잡지들은 처참한 사진들로 증명하였다. 이번 여행에서 내가 서 있었던 스타리모스트는 1993년 보스니아 내전 당시 폭격으로 무너졌다가 유네스코의 지원으로 2004년 재건축되어 유네스코 세계유산으로 등록됐다. 이 다리는 오스만튀르크가 보스니아를 400여 년 동안 지배하면서 남겨놓은 것으로, 다리의 걸작으로 평가받고 있다.

이 다리 위에서 20여 년 전, 아니 한국전쟁으로까지 '플래시백'해 보았다. 과거를 회상해본 것은 파괴된 다리가 다시 완성되었을 때 미국의 빌 클린턴 대통령, 영국의 찰스 왕세자, 코피 아난 유엔 사무총장 등이 참석하여 잔인한 전쟁을 다시는 잊지 말자고 다짐했던 "Don't Forget 93"이라는 푯말 때문만은 아니었다. 서로 증오와 분노로 폭파했던 이 다리 옆에서 팔고 있는 '탄피 볼펜'이 회상의 모멘텀이 됐다. 6·25전쟁이 끝나고 베이비붐 세대로 태어난 나는 전쟁 중 쓰인 불발탄이나 위험물을 발견하면 군부대나 학교에 신고하라는 교육을 받았다. 가끔 불발탄을 갖고 놀던 아이들은 총탄이 폭발하는 바람에 큰 상해를 입기도 했다. 스타리모스트 다리 옆 다닥다닥 붙은 상점에서는 주워 모은 탄피들로 볼펜이나 권총 모형을 만들어 기념품으로 팔고 있었다. 그러나 이 탄피들이 강 건너 이웃을 죽이고 다리 건너 건물 벽면을 마맛媽媽자국처럼 만들었을 것을 생각하니 기념품으로 사기에도 섬뜩한 느낌이 들었다.

상점에는 한국 관광객들이 줄을 이었고, 기념품을 파는 사람들도 20여 년 전 피비린내 났던 전쟁은 잊은 듯했다. 보스니아는 세르비아계, 크로아티아계, 이슬람계에서 대통령을 셋이나 내세워 위원회를 만들고 8개월씩 대통령을 돌아가며 하고 있다니 아직도 갈등과 전쟁의 불씨가 꺼졌다고 보기는 어렵다. 그러고 보면 새뮤얼 헌팅턴Samuel Huntington이 『문명의 충돌』에서 이야기한 문명 간의 충돌은 아직도 유효한 것이 아닌가 싶다. 이러한 충돌은 서로의 작은 차이를 인정하지 않는 데서 출발한다. 가톨릭이나 그리스 정교나 이슬람교를 믿는 이슬라브족들은 서로 닮은 비율이 95%를 넘는다고 한다. 이들은 이 다리 밑을 흐르는 네레트바강을 사이에 두고 오랜 세월 오순도순 살아오다 유고슬라비아 연방에서 독립하면서 가장 잔인한 전쟁을 벌여왔고, 오래되고 아름다운 다리마저 폭파했던 것이다. 왜? 종교 때문이다.

한반도로 눈을 돌려보면, 북한 김정은 국방위원장은 ICBM으로 미국과 남한을 위협하고 있고, 미국 트럼프 대통령은 북한이 "화염과 분노fire and fury"에 직면하게 될 것이라고 뉴저지 베드민스터 골프클럽에서 경고했다. 여기에 우리는 어떻게 해서라도 전쟁을 막아보겠다고 애처롭게 북한과 미국에 매달리고 있는 모습이다. 영국 시사 주간지 『이코노미스트』는 핵 구름 위에 북한의 김정은과 미국의 트럼프 대통령을 올려놓은 사진을 싣고, 핵전쟁 일어날 수도 있다는 제목을 달았다.

　　발칸Balkan, 산이 많아 푸르다는 뜻 반도의 슬픈 이야기가 있는 스타리모스트 다리 위에 서 있는 나의 마음속에 불안한 한반도금수강산의 모습이 저절로 오버랩된다. 프로이트는 『왜, 전쟁인가?』에서 좋은 마음의 감정적 교류가 전쟁을 막을 수 있으리라 예상했지만, 아직 그 길은 요원遙遠해 보이고, 지금은 핵을 쥐고 골프장에서 가만두지 않을 거야, 라고 크게 말할 수 있는 힘power이 있어야 전쟁을 막을 수 있다. 그렇지 않으면 금수강산이 북한과 미국의 전쟁터가 될지도 모를 일이다. 힘이 있어야 평화도 유지된다.

2017. 8. 14.

시인과 영화 「패터슨」

모든 예술 행위는 자신의 내면세계를 독특한 표현 수단으로 드러낸다.

문학은 그것을 문자로 표현하는 것이어서 언어에 대한 예민한 감각을 갖출 때 훌륭한 작가로 남을 수 있다. 특히 시는 근본적으로 '은유metaphor'이기 때문에 시인의 언어 감각이 무디면 적확한 표현을 찾아내기 어렵고, 때로는 생뚱맞거나 너무 진부한 표현을 하게 되면 실망감을 주기 쉽다. 시를 포함한 글쓰기의 어려움이 이 지점에서 발생한다. 시인이 자신뿐만 아니라 독자에게 환영받을 수 있는 최고의 방법은 러시아 형식주의자 쉬클로프스키Shklovsky의 말처럼 "낯설게 하기defamiliarization"를 실현하는 것이다. 늘 새롭게 표현해야 한다는 이 방법 앞에 시인들은 머리를 쥐어짜며 고뇌할 수밖에 없다. 어떻게 이전과 다르게 바라보고 표현할 것인가?

수많은 사람이 시를 쓰고, 많은 시집이 발간되지만 우리의 기억 속에 남아 있는 시와 시인들은 그리 많지 않다. 특히 어느 지역이라는 공간과 관련지어 독자들에게 각인된 시인은 흔치 않다. 들뢰즈Gilles Deleuze의 표현처럼 '유목민적nomadic'인 시대에 어느 지역의 공간을 예찬하는 일이 가치 있는 일인지 의문스럽지만, 19세기 영국 계관시인이었던 윌리엄 워즈워스Williams Wordsworth는 '호반시인'이라고 불릴 만큼 호숫가 근처에 살면서 자연과 인생을 관조하는 시를 썼다. 20세기 초 미국 시인 로버트 프로스트Robert Frost도 미국의 뉴잉글랜드 지방을 배경으로 하여 주옥같은 시를 써서 미국 사람들의 사랑을 받았다.

한 달 전쯤 개봉한 독립영화 「패터슨」은 '윌리엄 카를로스 윌리엄스William Carlos Williams'라는 시인의 삶과 지역공간의 상호관련성을 잘 드러내준다. 이 시인은 우리나라에 잘 알려지지 않았지만, 이 영화 속에 이름이 스쳐 지나가는 '월리스 스티븐스Wallace Stevens'과 함께 현대 미국 시인으로 미국 문학 교과서에 등장한다. 윌리엄스의 대표적 시집이『패터슨』이고 그가 살았던 동네의 이름도 뉴저지주의 '패터슨'이다.『패터슨』이라는 시집은 '패터슨'이라는 동네의 이야기를 시로 담아낸 것이다. 윌리엄스 시의 특징은 '미국적인 것의 탐색'이라고 요약해볼 수 있다. 영화 속에서 버스 운전사 패터슨은 틈날 때마다 떠오르는 시상詩想들을 기록한다. 이 기록은 T. S. 엘리엇Eliot이나 에즈라 파운드Ezra Pound의 시처럼 고전에서 인용되는 '인유allusion'가 많이 등장하는 것이 아니라 패터슨이라는 동네의 일상이다. 그래서 T. S. 엘리엇의『황무지』처럼 낯설지 않다.

영화 「패터슨」은 운전사 패터슨의 삶에 커다란 사건 없이 잔잔하게 전개된다. 패터슨이 아침마다 일어나 바라보는 아날로그 시계가 5분 정도의 차이를 나타낼 뿐이다. 그것이 변화라면 변화다. 패터슨의 부인도 통기타 가수가 되고 싶어 하고, 컵케이크를 만들어 팔고 싶어 하지만 그녀의 열정은 거대 도시에서는 찻잔 속의 태풍에 불과하다. 23번 시내버스 운전사 패터슨에게는 핸드폰마저 없다. 인공지능이 인간의 머리를 대신하는 4차 산업혁명의 시대에 운전사 패터슨은 자신만의 아날로그적인 삶을 구축하고, 매일 매일 시 쓰는 행위를 삶의 중심에 놓는다. 짐 자무시 Jim Jarmusch 감독은 패터슨의 지루한 일상을 그려내지만 그게 삶이 아니겠냐는 메시지를 전달한다. 라이너 마리아 릴케 Rainer Maria Rilke의 '사물시 Dinggedicht'에서 느껴지는 감정들이 영화 속 여자 아이의 시 「물이 떨어진다 Water Falls」에서 느껴지는 것은 짐 자무시 감독의 문학적 내공과 무관하지 않아 보인다. 윌리엄스는 낡고 진부한 언어, 상징을 버리고 눈앞에 있는 사물들과 직접 '접촉 contact'하여 그 새로운 느낌을 언어화해야 한다는 시론 詩論을 펼쳤다. "관념이 아닌 사물 속에서 No ideas but in things"라는 그의 구호는 접촉의 또 다른 표현일 것이다.

먹고사는 데 도움도 되지 않는 시를 삶의 중심에 놓고 선하게 살아가는 운전사 패터슨을 보면서 "문학은 무용하므로 유용하다"라던 故 김현의 말이 불현듯 떠오른다.

2018. 1. 22.

속담과 정치의 '데마고기'

선거를 달포가량 남겨놓고 여기저기 후보자들의 얼굴을 알리는 대형 현수막들이 봄바람에 요란하다. 아직 거리유세가 시작되지 않아서인지 그 소리가 후보자들의 마음을 전하는 듯하다. 많은 사람이 오가는 교차로에서 후보자들은 자신의 이름이 쓰여 있는 피켓을 목에 걸고 지나치는 자동차를 향해 묵례한다. 나에게 한 표를 던져달라는 신호일 것이다. 이들이 선거에 당선되기 위해서는 유권자의 많은 표가 필요하기 때문이다.

고대 그리스 시대 이래로 민주정치는 유권자들의 표에 의해 결정됐다. 그래서 광장에서 연설을 잘하는 것이 유리했다. 아리스토텔레스가 수사학修辭學에 관련된 책을 쓴 것도 이러한 정치문화와 무관하지 않다. 고대 그리스 시대부터 정치는 '데마고기 demagogy, 선동적 허위선전'를 수반했다. 그 당시에는 '데마고기'라는 말에 '흑색선전'이라는 부정적 의미가 크게 내포되지는 않았다. 그러나 지금은 부정적 의미가 강하게 들어 있으며, 선거에서는 이런 흑색선전의 이미지가 늘 작용한다. 선거뿐만 아니라 여론을 만들어내는 데도 이러한 부정적 전략들이 정치의 밑면에 흐른다. 지금 우리의 정치권을 뜨겁게 달구고 있는 '드루킹 사건'도 여기에서 크게 벗어나지 않는다. 김경수 지사가

이 사건에 관여했는지 안 했는지는 세월이 가면 역사 앞에 모습을 드러낼 것이다.

선거에 이기기 위해 '데마고기'를 사용하지만, 그렇게 해서 당선된 사람은 그 후유증을 겪을 수밖에 없었고, 피해는 고스란히 그 사람의 조직에 돌아갔다. 제대로 된 정치를 하겠다고 나서는 사람들은 정치가 무엇이고, 내가 왜 정치를 해야 하는지 심사숙고해야 한다고 독일의 사회학자 막스 베버Max Weber는 『소명으로서의 정치』에서 말한다. 제1차 세계대전에서 독일이 패망하고 암담했던 시절, 베버는 뮌헨대학에서 열린 강연회에서, 정치에 대해 '신의 한 수'를 바라는 군중을 향해 정치학 교과서에나 나올법한 상식적인 연설을 했다. 패망한 독일을 구할만한 정치적 묘수는 없다는 이야기일 것이다.

베버의 말을 빌리면, 합법적으로 당선된 정치인은 '정당하게' 권력을 행사해야 하고, '카리스마'가 있어야 한다는 것이다. 카리스마적 힘이라는 것은 배워서 되는 것이 아닌, 타고난 비범한 힘을 말한다. 이것은 종교사회학에서 예언가나 선지자先知者의 타고난 초월적 힘 같은 개념이다. 종교나 정치, 그리고 사회조직에서 조직의 논리가 점점 타락, 혼탁해갈 때 이것을 부수고 새로운 질서를 만들어내는 것이 필요하다. 이 역할을 하는 사람이 정치가이고, 이것을 실천하는 것이 정당조직이다. 선지자가 나타나 이것을 조직적으로 실천하는 교회가 필요하듯, 정당도 카리스마를 가진 사람의 논리를 실천할 수 있는 조직적 구조를 가져야 한다는 것이다.

카리스마적 힘을 가진 정치가, 선지자는 어떤 사람이어야 하는가?

베버는 도를 깨우치고 산에서 내려오는 니체의 차라투스트라에 비유하기도 하지만, 신념에 차 있어야 하고 목적의식을 갖고 있어야 한다고 말한다. 신념과 목적은 유권자를 행복하고 잘살게 하려는 신념과 목적 윤리를 말한다. 또한 여기에 내면적으로 조율된 냉철한 열정이 있어야 하고, 사물과 조직을 객관적으로 바라볼 줄 아는 능력도 있어야 한다고 말한다. 유권자는 정치인들이 이러한 조건들을 갖추고 있는지 알아야 그들의 데마고기에 속아 넘어가지 않을 것이다. 이것을 판단하는 것은 유권자의 몫이다. 그러나 이에 앞서, 정치에 나서는 사람은 타자他者로부터 좋은 평판을 받기 위해 먼저 자신을 다스릴 줄 알아야 한다. 공자도 나라를 다스리려면 수신제가修身齊家 해야 하고, 맹자는 호연지기浩然之氣를 길러야 한다고 말했다. 정치 지도자들뿐 아니라, 사회의 리더들이 수신修身하지 못하여 패망의 길을 가는 모습을 수없이 보아왔고 이런 모습은 앞으로도 반복될 것이다. 수신 없이 가정과 국가를 위해 진정성을 보일 수 없고, 당연히 평천하 할 수도 없다.

그러한 사람을 유권자는 어떻게 알 수 있는 것일까? 그것은 그리 어렵지 않다. 정치를 하겠다고 나서는 사람들이 그동안 어떻게 살아왔는지를 보면 된다. 정당과 개인이 정책과 현란한 데마고기로 잠시 유권자의 눈을 현혹할 수는 있겠지만, 대개는 '제 버릇 개 못 준다'라는 속담을 넘어서지 못한다. 사람은 쉽게 변하지 않는다는 정신분석학자 라캉Jaques Lacan의 말을 빌리지 않더라도, 대개는 세 살 버릇 여든까지 가기 때문이다.

2018. 4. 26.

살해되는 '아버지의 법칙들'

대통령을 꿈꾸던 사람이 하루아침에 성폭력범으로 철창신세를 질 운명에 처했다. 현직 대통령이 권좌에서 쫓겨나 감방에 가 있고, 또 한 명의 전직 대통령이 검찰 청사를 드나드는 것으로 보아 구속될 가능성이 크다. 대중으로부터 존경받던 원로시인과 일부 유명 연예인, 교수들이 성폭력으로 대중에게 백안시白眼視 당하고 있다. 모두 일어나지 않을 것 같았던 '터부taboo' 영역의 파괴가 시작된 것이다. 프로이트의 뒤를 잇는 라캉Jacques Lacan의 용어를 빌리자면, 이들은 세상을 바라보는 관점 즉, '상징계'의 변화·발전에 둔감하거나 아랑곳하지 않았던 사람들이다.

상징계는 인간이 본능적인 동물과 다르게 이루어놓은 도덕, 사회적 법칙, 윤리와 같은 소위 '아버지의 법칙Father's Law'을 말한다. 이러한 상징계는 오랜 시간을 두고 인간들의 삶 속에 축적돼왔다. 그러나 지금 우리 사회는 얼마 전까지 허용했던 '시대정신', 즉 미셸 푸코Michel Foucault가 말하는 '에피스테메episteme'와 거리를 두고 새로운 질서, 또는 뉴노멀new normal, 새로운 '아버지의 법칙'을 찾고 있다. 그 결과 이 시대에 걸맞지 않은 '아버지의 법칙'이 살해되고 있다. 그동안 폭력에 가까웠던 권력을 자신도 모른 채 휘둘렀던 자들이 '부친살해 퍼포먼스'

에 무너지고 있다. 정치, 예술, 교육, 종교 등의 분야에서 국가와 가정과 조직을 위한다는 명분 아래, 또는 사랑이라는 포장 아래 동물적 욕망을 거리낌 없이 드러냈던 자들이 단두대斷頭臺에 오르고 있다.

인간의 보편적 윤리를 어기는 자들은 욕구 충동에 충실한 자들이다. 이것에 충실할수록 약자들의 일상적 삶은 피폐해진다. 그러나 욕구를 채우지 못한 욕심은 무의식 속에 억압돼 숨어 있다. 도덕관념이 약화할 때 고개를 내미는 이것의 민낯은 비루鄙陋하다. 그 충동과 마주하는 경계 너머의 카오스chaos의 세계를 라캉은 "주이상스jouissance 쾌락원칙을 넘어선 고통스러운 쾌락"이라고 명명했다. 이곳을 향하는 것은 '죽음 충동death drive'이고 치명적인 정신병과 같다. 이곳을 영화로 시각화한 이탈리아 영화감독 페데리코 펠리니Federico Fellini의 「달콤한 인생La Dolce Vita」이라는 영화는 은유metaphor로 그물에 걸려, 멍한 가오리의 눈을 클로즈업한다. 주이상스의 끝은 가오리의 눈과 같다. 주이상스와 조우遭遇한다는 것은 '상징계'의 질서에서 벗어나 소위 '비정상'의 세계로 다가감을 의미한다. 오이디푸스는 이것을 수용한다.

소포클레스의 『오이디푸스 왕』의 오이디푸스는 무의식중에 아버지를 죽이고 어머니와 결혼해 네 명의 자식을 낳았고, 추후에 이것을 알고 나서는 어머니이자 아내인 이오카스테의 브로치로 자기 눈을 찔러 광야에서 죽어간다. 한때 오이디푸스는 스핑크스의 수수께끼를 풀어 테베 왕국의 저주를 풀어줄 정도로 똑똑한 인물이었지만, 자신의 운명에 대해서는 한 치 앞도 내다보지 못했다. 인간은 모두 이러한 오이디푸스의 모습을 한 존재라는 것이 소포클레스의 생각이자 프로이트의 관찰이기도 했다.

　그러나 소포클레스의 다른 작품『안티고네』는 자신의 몰락을 각오하고 오빠인 폴리네이케스의 장례를 치러준다. 안티고네의 아버지이자 오빠였던 오이디푸스가 안티고네의 외숙부이자 섭정자였던 크레온보다 빈약한 논리로 그 시대의 반역자 폴리네이케스의 시체를 매장하는 데 동의한다. 이것은 죽음을 의미한다. 살아있는 권력의 담론에 맞서는 것은 그 시대의 질서를 파괴함을 의미한다. 오이디푸스처럼 상징계 안에서 평범하게 욕망의 대상들을 치환하기보다는 '주이상스'를 향하는 안티고네의 언어는 그 시대의 '로고스적 언어'라고 볼 수 없다. 안티고네는 연극의 시작부터 그 시대의 질서, 관습의 프레임을 거부한다. 그녀가 몰락해가면서 그 시대가 금지했던 오빠의 시체를 묻어주고자 하는 용기는 그 시대의 상징계의 프레임을 바꾸려는 혁명적 에너지다.

　상징계의 '아버지의 법칙 그 시대를 지배하는 담론'을 따르는 자는 방황하지 않을 수 있겠지만, 이 담론에 저항하는 안티고네 같은 삶이 그 시대의 '상징계'를 새롭게 전환할 수 있다.

2018. 3. 19.

대학과 지역사회 그리고 선거

　　일본뿐만 아니라 우리나라도 '급격한 고령사회'로 진입하고 있다. 말 그대로 노인의 생명이 연장되어 동네마다 요양병원과 요양원이 급격히 늘어나고 있다. 한국인의 평균 기대수명이 1970년대에 58.7년이었던 것이 2017년에는 20세 이상 증가하였다는 보도다. 대신 어린아이의 울음소리가 면 단위에서는 그친 지 오래됐고, 수십 년씩 전통을 자랑하던 초등학교들이 문을 닫았다. 어린아이가 태어나지 않으니 산부인과와 소아청소년과도 군 단위에서는 찾아볼 수 없다. 대학병원에서도 산부인과와 소아청소년과를 전공하겠다는 전공의들이 현격히 줄어들었다고 한다. 출산율의 감소는 지역사회의 활기를 감소시켰고, 아무도 살지 않는 유령마을을 만들어낼 개연성을 높인다. 심지어는 군대 조직을 개편하여 여성도 징병의 대상이 될 날이 오는지 모른다. 이런 현상은 지역문화를 붕괴시키고 급기야는 지역공동체를 파탄에 이르게 할 것이다. 더 나아가 국가의 존립 자체를 위협하는 요인으로 작용할 것이다.

　　2020년이 되면 정원도 채우지 못하는 대학이 수없이 발생하리라는 것은 인구통계가 또렷이 보여준다. 현재의 대학 정원을 51만2천 명 정도로 계산할 때 2020년 대학 입학 희망자가 약 47만 명 정도로 추정되니, 대학 정원을 현격히 줄이지 않으면 신입생을 채우지 못할 대학이 속출할 것이다. 대학을 대책 없이 허가해주었던 교육부가 할 수 있는 대책이라는 것이 대학 정원을 줄이거나 대학을 폐교 조치하는 방법뿐인 것 같다. 쉽게 정책을 결정하고, 문제가 터졌을 때 내놓는 조치치고는 졸렬하기 그지없다. 지금의 상황에서 대학 정원을 억지로 줄이지 않아도 대학에 진학할 학생이 없으니 정원을 채우지 못하거나 없어질 대학이 생기는 것은 뻔한 이치다.

경기도의 어느 고등학교의 급훈이 "ㅇㅅㅇ"이라는 인터넷 기사를 봤다. 웃자고 치기 어리게 만든 급훈이겠지만, 열심히 공부해서 서울로 대학 가자는 '인 서울In Seoul'의 약자라고 한다. 서울로 진학할 수 없는 학생들이 어쩔 수 없이 지역으로 내려오더라도 좌절감 속에서 내려올 것이다. 그렇다고 서울의 대학들이 서울 근교에 계속해서 분교나 캠퍼스를 만들기도 가능한 일이 아니다. 서울의 대학들이 정원을 채우지 못하는 경우는 드물다. 수도권의 대학들이 정원 외로 선발하는 약 2만5천 명의 학생들만 선발하지 않아도 지역대학들의 숨통이 트일 것이다. 지역대학에서 신입생을 모두 채우더라도 3학년 때 수도권으로 편입해 가버리기 때문에 등록금에 의존하는 지역대학들은 지금도 생존하기 힘들다.

그렇다고 지역의 대학들이 수도권의 정원을 조금 양보해 지역으로 입학자원을 돌려달라고 하소연만 해서는 그 대학의 존재 이유를 설명하는 조건이 되지 못한다. 지역대학들이 생존하기 위해서는, 아니 인구가 감소하는 시대에 지역이 생존하기 위해서는 지역사회와 지역대학들이 손잡고 특색 있는 지역 커뮤니티와 대학을 새롭게 연결해야 한다. 독일을 비롯한 유럽이나 미국의 일부 유명 대학들은 지역사회와 대학이 하나의 공동체가 돼서 지역사회와 문화를 이끌어왔다. 대학도시로서 이들은 지역의 특색 있는 문화를 창조했다. 좋은 대학이 꼭 수도권에만 있으라는 법은 없다는 이야기다. 대학이 지역과 손잡고 새로운 실용 학문과 전통 학문을 독특하게 발전시키기도 하고, 때로는 융합도 하면서 대학과 지역사회의 특성을 시대에 맞게 창출해야 하는 것이다. 대학과 지역사회가 '너는 너 나는 나'라고 하면서 서로 관심을 보이지 않는다면 그 지역과 대학은 사라지거나 폐교될 운명과 마주할 것이다.

젊은이들이 급격히 감소하는 시대에 지역사회와 대학이 생존하기 위해서는, 대학과 지역 거버넌스가 머리를 맞대고 그 지역의 특성과 4차 산업에 걸맞은 창의적 전략들을 내놓아야 한다. 올해 6월에는 지방선거가 있다. 입에 밴 선심성 수사修辭가 아니라 진심으로 지역 발전과 대학의 생존을 위해 세밀한 전략을 준비하는 군수 후보는 누구인지 눈여겨보아야 할 것이다. 군수 출마를 지향하는 사람들은 미국 케네디 대통령이 가장 존경했다던 우에스기 요잔에 관한 소설『불씨』를 읽어보고 진정한 리더의 역할이 무엇인지 음미해보았으면 한다.

2018. 2. 8.

기쁜 삶, 행복한 죽음

누군가와의 이별은 쓸쓸하다. 사랑했던 이성異性과의 이별도 그러하지만 부모, 정신적 스승과의 영원한 이별은 쓸쓸하다 못해 처연悽然하다. 늘 옆에 있을 것 같았던 그 사람의 사라짐은 죽음 자체뿐만 아니라 '어떻게 살다 죽어야 하나?'라는 생각과 함께, 삶을 돌아보게 한다. 지난해 어느 늦가을 어머님이 이 세상을 하직하셨고, 올해는 칼바람이 부는 겨울에 스승이 먼 길을 떠나셨다. 내 육체와 정신을 형성해놓은 두 분의 빈 자리는 휑하다 못해 뭉크 Edvard Munch의 「절규」라는 그림을 떠올리게 한다. 그리고 두 분의 죽음은 내 삶의 끝도 그리 멀리 있지 않음을 알려준다. 거울에 비친 탄력을 잃은 피부, 하얀 수염과 머리카락은 살아온 날보다 남아 있는 날이 훨씬 적을 것임을 말해준다.

진시황秦始皇은 불로장생을 꿈꾸다가 불로초를 캐러 사람을 멀리 보냈고, 병마용과 능陵도 만들었지만 쉰 살을 넘기지 못했으니 그의 헛된 욕심만 증명했을 뿐이다. 죽음이 있기에 현재의 삶이 소중하고 가치가 있을 것이다. '죽음을 어떻게 맞이할 것인가?'는 그 사람이 살아온 삶의 궤적과 무관하지 않다. 돈, 명예, 욕심을 채우기에 바빠 죽음을 염두에 두지 않았던 사람은 죽음의 공포를 벗어나기 쉽지 않지만, 고승高僧들은 가장 멋진 죽음의 방법으로 '천화遷化'를 택하고 싶어 한다고 한다. 저세상으로 떠날 때가 되면 새벽녘에 신발을 댓돌에 가지런히 놓고, 산속으로 있는 힘을 다해 올라가 깊은 산중에서 나뭇잎을 덮고, 흙으로 돌아가는 것을 말한다. 도 닦는 일에 용맹정진해야 이런 일이 가능할 것이다. 내가 죽고 싶은 날, 죽고 싶은 방법으로 죽는다면 아마 도道 통한 사람으로 여겨질 것이다. 그러나 많은 사람이 죽음을 준비하지 못한 채, 저세상으로 황급히 떠나고 만다.

평생, 죽음의 문제를 천착穿鑿한 작가는 톨스토이가 아닐까 싶다. 그는 백작 가문 출신이었고 넓은 토지를 소유하고 있었다. 90권짜리 전집이 나올 정도로 많은 소설을 썼지만, 작품의 주제는 주로 삶과 죽음의 문제에서 크게 벗어나지 않았다. 죽음에 대한 그의 생각이 직접적으로 잘 나타난 작품은 『이반 일리치의 죽음』이다. 러시아에서 이반이라는 이름은 한국의 김 서방 정도라고 하니 아마 죽음은 모든 사람에게 해당하는 문제라는 의도였을 것이다.

이반 일리치는 45세의 판사로서 불치병에 걸려 죽음과 마주한다. 법원에 그가 죽었다는 공지문이 나붙지만, 진정으로 그에게 관심을 기울이는 사람은 많지 않다. 이반이 죽고 나면 그의 자리에 누가 오게 될 것이며, 봉급은 얼마가 될 것인가에 법원 사람들은 관심을 기울일 뿐이다. 이반도 한때는 상가喪家에 가서 빨리 문상하고 돌아와 브리지 게임을 하고 포도주 한잔 마시는 것을 삶의 기쁨으로 생각했었는데, 그것이 진정한 기쁨이었던 것인지 병석에서 곱씹어본다. '즐거움의 느낌sense of joy'만 있었을 뿐 '진정한 즐거움'은 아니었다고 병석에서 생각한다. 지금 법원의 동료들은 자신의 삶을 그대로 복제하여 그것을 진정한 기쁨으로 생각하고 행동한다.

이반은 자신을 간병해주는 게라심과 있을 때만 편안함을 느낀다. 그는 자신을 보듬어주고, 바라보며, 아이처럼 대해주기 때문이다. 인간은 누구나 죽기 때문에 그런 수고쯤은 해줘야 한다고, 별로 가진 것과 배운 것이 없는 게라심은 삶을 이해한다. 이반은 그동안 자기와 사이가 원만하지 못했던 딸과 아내와 화해하며, 이웃에게 연민을 보낸다. 이반은 죽음을 앞두고 '보고, 만지고, 느끼고, 아파해주고, 용서해주는 것만 있어도 삶이 이토록 좋으며, 얼마나 기쁜가!'라고 느낀다. 그러나 그렇게 하기가 쉬운 일이 아닐 것이다. 가까운 관계일수록 사람의 마음을 더욱 아프게 하기 때문이다. 연말에 쑥스럽지만 불편한 형제와 이웃에게 손을 내밀어 보는 것이 '기쁜 삶'을 살아가는 방편이 아닐까 싶다.

임종 직전의 화해와 용서보다는 훨씬 일찍 그것을 깨달아 '아! 기쁘구나'를 일상에서 느끼는 것이 '행복한 죽음'에 이르는 길은 아닐까?

2017. 12. 14.

세계지도와 아이스크림

조선 정조 때 문장가 유한준俞漢雋, 1732~1811의 "알면 참으로 사랑하게 되고, 사랑하면 참되게 보게 되며, 볼 줄 알면 모으게 되니, 그것은 그저 쌓아두는 것과 다르다"라는 말을 남겼다. 유홍준은 『나의 문화유산 답사기 1』에서 "아는 만큼 보인다"라는 말로 이 말을 '패러디'한다. 알고 본다 하더라도 이미 알고 있는 지식의 관점이 어떤 것이냐에 따라 사물에 대한 인식은 달라질 수 있다. 잘못된 기존의 관점으로 채색된 역사를 받아들이는 것은 기존의 허구적 이데올로기를 수용할 뿐이다. 독일의 역사철학자 발터 벤야민Walter Benjamin은 자신의 눈빛으로 역사과거, 유적, 예술품 등를 본다는 것은 기존의 역사에서 놓친 것을 읽어내는 것이고, 역사의 결을 거꾸로 더듬어보는 것이라는 견해를 피력했다. 그것은 역사가 가진 허구적 이데올로기라 할 수 있는 '아우라Aura'를 해체해보는 것을 의미한다.

지난 여름방학 중 벤야민의 생각을 배낭에 넣고, 동유럽의 유적들과 성당을 둘러봤다. 유럽의 역사를 더 잘 알았더라면 성당의 창문들조차 의미 있게 다가왔을 텐데, 역사와 문화적 배경이 옅은 나에게는 모든 성당이 비슷비슷해 보였다. 계속되는 성당의 순례가 지쳤는지 여행단 일부는 성당의 마당가에 있는 아이스크림 가게에서 여행의 노곤함을 달래기도 했다.

이러한 마음은 20여 년 전 서유럽에 갔었을 때도 다르지 않았다. 많은 사람이 그때나 지금이나 유럽 여행 중 빼놓지 않는 일정은 박물관을 방문하는 것이다. 일행 중 몇몇은 비슷한 것을 뭘 볼 게 있느냐며 아예 박물관 바깥에서 끽연喫煙으로 관람을 대신했다. 큰 비용을 낸 여행이라 그 모습이 어처구니없어 보였지만, 비슷비슷한 진열품에 흥미를 잃고 관람객에게 떠밀려 눈을 반쯤 감고 돌아다녔을 것을 생각하니 지금은 오히려 연민憐愍으로 다가온다. 이번 여행도 사전에 철저히 준비했더라면 유익한 여행이 됐을 텐데 하는 아쉬움이 남는다. 벤야민의 말처럼 기존의 역사를 폭넓게 알아야 예술품의 허구적 아우라도 해체할 수 있기 때문이다.

여행 중, 어느 호텔에서 방을 배정받기 위해 잠시 로비에서 기다리고 있는데, 벽에 걸린 세계지도가 눈에 들어왔다. 그런데 이 지도는 늘 한국에서 보던 세계전도동남아시아가 지도의 가운데에 있고, 오른쪽은 일본과 태평양, 미국이 있는 지도가 아니라 유럽이 가운데에 있고 지도의 오른쪽 끝에 한국과 일본이 있었다. 이 지도에서는 유럽이 품은 바다가 지구의 중심이 되는 지중해地中海이고, 우리는 동쪽의 끝 '극동 아시아far east'가 아닌가! 이것은 유럽 중심의 세계지도였다.

유럽 중심의 지도를 따라 오른쪽으로 생각을 옮겨 보았다. 유럽의 오른쪽에 있는 중국은 아편전쟁 후 유럽의 정치, 경제, 사회의 시스템을 거부하다가 어쩔 수 없이 받아들였고 그 대가로 홍콩을 내놓아야 했다. 서양 열강의 힘에 눌려 중국은 소위 쇄국정책을 풀고 서양의 문화를 받아들이지 않을 수 없었다. 유럽은 자신들의 문화를 동양과 비교해 우위에 놓았다. 헤겔은 『역사철학강의』에서 중국은 백성들에게 자유를 허용하지 않고 황제 중심으로 나라를 경영하고 있으니, 나라다운 나라가 될 수 없다고 중국을 경시했다. 헤겔의 견해를 지금 다시 무시할 수 있는지 모르지만, 이제 중국은 도광양회韜光養晦, 자신의 재능이나 명성을 드러내지 않고 참고 기다린다는 뜻를 거쳐 G2로 급성장했다. 그러면 지금 중국은 물질적 풍요에 걸맞은 고양된 문화를 가진 것일까? 이러한 생각들이 지도위에 오버랩됐다.

　　독일의 역사학자 랑케Leopold von Ranke의 말처럼 역사란 '시간상으로 현재에 이르기까지 일어났던 모든 과거 사건을 의미'하기도 하지만, '역사적 사실들은 역사가가 그것을 불러낼 때만 말을 한다'라는 카 E. H. Carr의 말이 떠올랐다. 바다의 모래알처럼 많은 역사적 사실에 발언권을 부여하며 과거와 대화를 나눌 수 있기 위해서는 과거의 사실들을 잘 알아야 한다. 역사를 현재에 불러오지 못할 때 여행은 재미없고, 아이스크림 가게를 서성이기 쉽다.

2017. 11. 1.

가을, 산사의 오솔길에서

엊그제 어느 산사山寺의 템플 스테이temple stay에 다녀왔다. 그 모임에 참석한 사람들의 흰 머리카락은 적지 않은 성상星霜을 보냈음을 알려준다. 비구니 스님의 안내에 따라 불편한 가부좌를 하고 명상을 하려니 익숙하지 않은 몸들이 여기저기서 '아이고' 하며 저항의 신호를 보낸다. 무리한 자세는 얼마 지나지 않아 몸의 반란에 항복하고 말았다. 이런 자세를 비구니 스님이 잠시 강요한 것은 프로그램 진행상 꼭 필요했다기보다 수행의 어려움을 넌지시 알려주려는 의도가 숨어 있었으리라.

탁! 죽비소리에 지그시 눈을 뜨니 '비움과 여유'라는 명상 프로그램의 제목이 눈에 들어온다. 제목도 잘 알지 못하고 허겁지겁 명상 캠프에 오다니! 졸음과 명상의 경계선에서 화들짝 놀란다. 비움이라! 조건반사처럼 장자莊子의 세계가 뇌리를 스친다. 텅 빈 충만함! 장자의 세계를 체현體現한다는 것이 그리 쉬운 일이 아님을, 뒤틀려 신음을 내는 몸은 알고 있지 않은가. 장자의 세계는 욕망이 들끓는 방안의 탁한 공기를 맑은 공기로 바꾸는 것이다. 장자의 생각에 꼬리를 물다가 근자에 다시 읽었던 헨리 데이비드 소로Henry David Thoreau의 『월든』이 마음속에 클로즈업된다.

소로는 월든이라는 연못가에 오두막을 짓고 2년 2개월 동안 새소리, 바람 소리, 동물, 식물, 계절의 변화 등을 관찰하며 시골에 사는 여유로움을 세밀히 적었다. 돈과 명예 같은 보통 사람들의 욕망을 거절하고, 삶의 진정한 지혜를 찾아나서야 한다고 강조했다. 그러나 그의 삶이 『월든』의 세계와 다른 면도 많았음은 그의 『시민불복종론』과 같은 글이 보여준다. 그는 세금 내기를 거절하였기 때문에 하룻밤 감옥에서 보내야만 했고, 미국이 노예제도를 허용하고, 멕시코와 전쟁을 벌인 일에 대해서 미국 정부에 항의하기도 했다. 욕심을 버리고 자연에 순응하며 자연과 함께하는 즐거움을 노래했지만, 고집 센 그는 주변과 때때로 불화不和했다.

미국 초월주의자들의 선생 격인 랠프 월도 에머슨Ralph Waldo Emerson의 집에 숙식하면서 그에게 많은 것을 배웠지만 결국 그와도 갈등하다 헤어지고 말았다. 『월든』을 남겨놓았지만 그의 현실은 그리 녹록지 않았던 듯싶다. 그러나 이 작품은 200여 년이 지난 후 더욱 빛을 발한다. 버려야 얻을 것이 많다는 그의 생각에 공감해서였을까, 법정 스님도 생전에 월든 연못가를 찾아 소로의 발자취를 느껴보기도 했다. 『무소유』, 『버리고 떠나기』, 『텅 빈 충만함』, 『홀로 사는 즐거움』과 같은 법정의 책 제목만으로도 소로의 향기가 물씬 배어난다.

탁! 죽비소리와 함께 법정과 소로에 대한 생각은 욕심을 비우라는 명상 캠프의 슬로건으로 돌아온다. 비우는 수행으로 '소금 만다라 명상'을 비구니 스님은 제안한다. 다양한 파스텔 가루를 각각의 소금통에 넣어 다양한 색상의 소금으로 만들고, 이 소금으로 컬러풀한 만다라 그림을 완성하는 것이다. 네댓 명이 한 조가 돼 심혈을 기울여 완성하고, 옆 팀보다 우리 그림이 더 멋져 보인다고 약간 상기돼있을 때, 그림으로 만든 컬러 소금을 다시 섞어 유리병 속에 넣으란다. 어떻게 공들여 만든 것인데! 모두 멈칫했지만, 애써 얻은 것도 버릴 수 있어야 한다는 수행법일 것이라는 생각이 스쳐 간다. 머뭇거리는 서로의 눈빛을 감지하며 어쩔 수 없이 병 속에 컬러 소금을 쏟아붓는다. 아쉬움과 허망함이 교차한다. 버리고 떠나기라는 책 제목이 스쳐 간다.

탁! 로키산맥을 등반하던 사람이 처음에는 필요해 보이던 물건들을 배낭에 잔뜩 넣어 출발했지만, 중턱에 이르러서는 하나둘 버리고 가벼운 배낭으로 산을 넘던 TV 프로그램이 불현듯 떠오른다. 꼭 필요한 물건만 남기고 버리지 않았다면 산을 넘지 못했을 것이라는 그 등반가의 멘트가 갑작스러운 충격으로 다가온 적이 있다. 「나는 자연인이다」라는 프로그램의 자연인들처럼 사는 것도 내려놓는 방식의 하나가 될 수 있으리라. 어쩔 수 없어서가 아니라 삶의 방식으로.

산사를 나서는 오솔길에, 나무들은 붉게 물들기 시작한 나뭇잎을 하나둘 내려놓고 있었다.

2017. 9. 13.

'피로사회'에서 '에로스'를 다시 생각하기

　　인간이 동물의 길에서 벗어나면서 본능적 욕망을 억제하고 문명을 건설했다고 프로이트는 진단했다. 풍선의 한쪽 끝을 누르면 다른 쪽이 불거지듯, 인간의 '에로스eros'에 대한 억압은 '타나토스Thanatos, 파괴적 본능'를 수반했다. 그러나 허버트 마르쿠제Herbert Marcuse는 '억압 없는 문명은 정말 불가능할 것인가'라는 회의적 질문을 던졌다. '프로이트 이론의 철학적 연구'라는 부제를 단 마르쿠제의 『에로스와 문명』은 프로이트 이론을 충분히 설명하면서도 인류의 미래를 비관적으로 보았던 프로이트를 넘어서고자 했다. 인간이 노동은 하지 않고 본능에 충실할수록 풍요롭게 살기 힘들지만, 재화가 넘쳐나는 사회에서도 왜 인간은 과잉노동을 하지 않을 수 없는가에 마르쿠제의 시선은 머문다.

　　유대인인 마르쿠제가 독일에서 나치를 피해 이주한 미국의 모습은 이미 재화財貨가 넘쳐났지만 대중은 과잉노동에서 벗어나지 못하고 있었다. 그런데도 대중은 과잉노동과 자본주의 질서를 비판 없이 수용하고 있었다. 대중에 대한 '부드러운 조작'을 통해 거대 자본가들이 막대한 이익을 챙기는 반면, 노동자들은 적은 월급으로 반복되는 노동에 시달렸다. 마르크스와는 달리 마르쿠제는 자본주의에 순치馴致

돼 비판성을 상실한 노동자들에게 혁명의 가능성을 발견할 수 없었다. 비판성을 상실한 채 자본주의 사회에 순응하여 살아가는 사람들을 가리켜 '일차적 인간'이라고 그는 명명했다. 거대자본에 의한 기술과 문명의 발전은 대중을 행복하게도, 똑똑하게도 하지 못하며 그들의 고통도 줄여주지도 못한다고 본 것이다.

억압을 통한 문명의 귀결이 이렇다면 그는 에로스의 해방을 통한 새로운 대안의 모색이 필요하고, 그것은 "지배적인 현실에 대한 절대적 거절"이라고 보았다. 현실에서 이것이 구체적으로 어떻게 실현되어야 하는지 명확한 답을 그는 제시하지 않았지만, 문명의 규범에 순종해 그것에 타협하기를 거부하는 철학·문학·예술에서 그 가능성을 보았다. 리비도Libido가 승화될 때 인간성의 해방도, 찬란한 문명도 가능하다고 본 것이다. 리비도에 대한 일방적인 억제, 그것의 실현 불가능한 상황의 연속은 '타나토스'의 증가를 가져온다고 봤다. '노마드'적인 삶을 살아가는 떠돌이 같은 사람들의 삶의 모습이 인간의 본능적 억압을 해체하는 역할을 한다고 본 것이다. 이 떠돌이들이 인문학을 하는 자들이다. 떠돌이 부류의 생각을 하는 스티브 잡스Steve Jobs도 노마드적인 삶에서 문명 발전의 가능성을 찾고 싶어 했다. 마르쿠제도 생산성이라는 낱말이 덜 중요하게 들릴 때, '지배적인 현실원칙'이 부정될 때 실러Schiller, 독일의 시인가 말하는 '유희하는 인간'이 될 수 있다고 보았다.

그러나 지금, 마르쿠제의 눈으로 우리의 현실을 둘러볼 때, '에로스'의 주요한 부분이라 할 수 있는 사랑조차 실현 가능하지 않은 젊은

이가 많다. 직장을 얻기 위해 많은 스펙을 오랜 시간 쌓아야 하고, 간신히 직장을 얻었어도 오래 다닐 수 있을지 불안감을 떨쳐낼 수 없다. 이들이 사랑하고 아이를 낳고 미래를 설계하기란 쉬운 일도 아니다. 우리나라는 OECD 국가 중 출산율이 최하위를 맴돌고 있다. 프로이트의 말처럼 본능의 억제가 문명의 출발일 수 있고, 에로스의 종말은 가족과 국가를 구성하지 못 하게 하는 걸림돌이 될 것이다. 극단적인 에로스의 억압이 문명을 파괴할 지점에 이른 것이다. 베를린 예술대학교 한병철 교수의 말처럼 생산성을 높이기 위해 모두가 지쳐버리는 '피로사회'에 도달했다.

사랑을 위해 목숨을 버렸던 『로미오와 줄리엣』에서 줄리엣의 나이는 14세가 채 되지 않았고, 『춘향전』의 춘향이도 10대를 벗어나지 않았다. 지금 우리는 30세가 넘어도 결혼해 아이를 낳을 수 있는지 불투명하기만 하다. 거대한 자본주의의 신자유주의 물결 속에서 생산성을 높이기 위해 모든 조직이 경쟁! 평가!를 외치고 있다. 이러한 피로사회, 과로사회에서 벗어나는 길은 마르쿠제의 말을 다시 빌린다면 "지배적인 현실에 대한 절대적 거절"일 것이다. 어떻게? 슬라보예 지젝Slavoj zizek의 말을 빌린다면 우리가 처한 현실을 냉철하게 "사유思惟"해보는 일일 것이다.

2017. 9. 13.

대학과 지역사회, 상생·발전의 길

　　대학과 지역사회는 그 어느 때보다도 머리를 맞대고 상생·발전을 위한 묘책을 쏟아내야 하는 시대적 소명召命 앞에 서 있다. 우리는 소위 4차 산업혁명이라는 변화의 물결 아래 아무도 경험해보지 않은 길을 가야 하고, 그 변화의 속도가 빠르고 다양함을 인지하고 있다. 1, 2, 3차 산업혁명을 지나면서 과학·기술의 발전은 가속도가 붙었을 뿐만 아니라 광폭 횡보하고 있다. 바둑과 체스에서도 인간은 인공지능을 이기지 못하며, 인공지능 의사 왓슨은 나날이 발전하여 의사들을 돕는 협력자로서의 역할을 해내고 있다. 전기자동차를 비롯한 일상생활에 있어서 첨단 과학·기술의 발전은 우리들의 삶을 더욱 풍요롭고 편리하게 해줄 것임이 자명하다.

　　서구사회에서 1차 산업혁명 이후 환경오염과 같은 부작용이 만만치 않았지만, 그 서구사회는 변화를 끝까지 밀고 가지 않을 수 없었다. 그 변화가 잘 먹고, 잘사는 데 기여했기 때문이다. 이런 변화를 주도하는 과학·기술의 발전은 주로 대학의 역할과 사명과도 크게 벗어나지 않았다. 대학에서 만들어내는 과학·기술의 생산과 전파는 지역사회에 발전과 늘 맞닿아 있었다.

　　우리나라에서도 교육부가 대학을 평가하여 사회 맞춤형 산학협력선도대학^{LINC+}에 지원금을 제공한다. 또한, 교육부의 PRIME사업^{산업} ^{연계교육활성화산업}, ACE+사업 ^{대학자율역량강화지원사업} 등도 대학과 산업, 지역사회가 하나가 되어 움직이는 '산학일체형대학'으로 대학이 거듭나야 함을 국가가 요청하는 증거라 할 수 있다.

대학과 지역사회의 협력은 선택이 아니라 지역발전의 필수조건이다. 대학과 지역사회의 상생·발전 모델이 선순환구조를 이루어야만 살기 좋은 고장으로 거듭날 수 있기 때문이다. 홍성군도 이러한 선순환구조를 이루려는 노력을 기울여왔지만, 아직 미흡해 보인다. 홍성은 대단위 축산단지로 알려졌지만 그것을 가공·판매하여 높은 수익을 창출하는 일까지는 더 많은 노력이 필요하다.

일본 효고현에서 생산되는 고베 쇠고기는 세계에서 가장 값비싼 쇠고기로 유명하다. 뉴욕의 '212 스테이크 하우스'에서 한우보다 훨씬 비싼 고베 쇠고기를 먹기 위해 뉴요커들이 길게 줄을 서기도 한다. 그 이유는 고베지역의 소들은 출산부터 도축까지 최적의 햇빛, 물, 온도, 목초가 있는 환경에서 과학적으로 사육되어 소비자들에게 안전하게 판매됨을 소비자가 확인할 수 있기 때문이다. 영국과 아일랜드의 축산지역 대학들은 대학원 협동과정으로 주민들과 낙농·가공기술을 개발하고 그것을 마케팅하는 일까지 지역사회와 손잡고 있다. 홍성도 일본과 영국·아일랜드의 융합된 시스템을 벤치마킹해야 하지 않을까 싶다.

서구의 대학들과 지역사회는 기업뿐만 아니라 지역민들과 동반성장을 위해 노력해왔다. 필자가 미국의 서던 일리노이 주립대학 Southern Illinois University at Carbondale에 들렀을 때 수준 높은 대학의 스포츠

콤플렉스종합체육관 건물과 도서관을 주민들도 자유롭게 이용하고 있었다. 그들은 이를 편리함과 자부심으로 여기고 있었다. 홍성지역사회도 아파트가 몰려있는 청운대학교 인근에 복합 스포츠콤플렉스를 지어 대학과 공동으로 이용·관리하는 방안을 강구해볼 필요가 있다. 청운대학교 정문 방향에 유럽형 대학문화 공간을 만들어 대학문화의 중심으로 자리 잡게 할 필요가 있다. 고품격 심미적審美的 문화공간은 사람을 그곳에 머물고 싶게 만든다. 저명한 예술심리학자이자 하버드대학 교수였던 루돌프 아른하임Rudolf Arnheim은 『The Dynamics of Architectural Form』에서 심미적으로 안정된 공간이 편리하게 기획된 공간 못지않게 사람들의 정서情緖에 많은 영향을 끼친다고 언급한다.

대학과 지역사회는 지역 축제, 인문학 강좌, 평생교육, 생태환경 보전, 다문화가정 지원, 초·중등 비교과 등과 같은 다양한 프로그램, 지역경제 발전을 위하여 자주 만나 토론해야 한다. 좋은 아이디어는 하늘에서 뚝 떨어지는 것이 아니라 열띤 토론과정의 산물이기 때문이다. 홍성을 살고 싶은 멋진 곳으로 만들기 위해, 누구와 언제 어디서 어떻게 만나 토론해야 할지를 지역의 리더들은 고민해야 한다. 그러나 각종 위원회, 자문 위원회를 만들어 형식적으로 토의한 후, 한옆으로 치워 놓는 지자체의 오랜 습성은 이제 한계에 이르렀다. 그동안 창의적·발전적이지 못했던 시스템은 빨리 고쳐야 한다. 그 방법은 외부에서 제공해주는 것이 아니라 지역사회가 스스로 찾아내야 한다.

2017. 6. 14.

성숙한 사회와 '똘레랑스'

어느 국가나 성숙한 사회로 이동해가기 위해 많은 시간과 노력이 필요했음을 인류의 역사는 보여준다. 17세기 이후 유럽의 근대화를 이끌어온 밑바탕은 개인주의, 자유주의, 민주주의, 자본주의라는 틀이었다. 이러한 제도들을 유지하기 위해 그들은 많은 피를 흘려야 했고, 그 속에서 약속 잘 지키기, '똘레랑스tolerance, 관용, 너그러움'와 같은 덕목들이 가치를 발했다. 상호 간에 약속을 잘 지키지 않아서는 위와 같은 시스템이 돌아가지 않을 터이니 '사회계약론약속 잘 지키기'을 말하지 않을 수 없었을 것이고, 불관용zero-tolerance에서 시작된 사회적 비극을 보고 똘레랑스의 중요성을 체득했을 것이다.

유럽 사회가 지난 400여 년 동안 겪어온 근대화를 우리는 해방 후 짧은 시간 동안 압축하여 이뤄냈다. 경제적 성장은 세계 어느 곳에서도 발견할 수 없을 정도로 눈부신 것이었다. 그러나 이러한 경제 성장과 동반해야 할 정신적 덕목들이 그러하지 못하여 지금 우리의 발목을 붙잡고 있다. 그러한 덕목 중의 하나가 상대방에 대한 배려, '똘레랑스'가 아닌가 싶다. 너그러움은 상대가 나와 의견이 다르더라도 내 입장을 유보하고 상대방 의견을 존중해주는 것이다. 또는 처지를 이해understand해주는 것이다. 이해는 글자의 의미처럼 상대방보다 아래에 서주는 것이다.

얼마 전 공식적인 식사 자리에서 누군가가 상대방에게 '태극기파' 인지 '촛불파'인지를 물었고, 분위기가 잠시 썰렁해지는 순간이 있었 다. 소련이 몰락한 지 오래됐는데도 우리는 이러한 우파와 좌파, 보수 와 진보라는 허접한 이분법적 개념으로 세상을 바라본다. 세계는 이 미 좌우의 대립을 끝내고 새로운 세상을 그려보는데, 우리는 남북 대 립이 끝나지 않아서인지 그런 편 가르기가 쉽게 끝날 것 같지 않다. 선거철이 되면 이것을 부추기고 이용하는 구태의연한 정치인이 늘 창 궐한다. 진영을 갈라 표를 얻어낼 속셈이 그 안에 들어있다.

신념과 이데올로기의 대립은 물론 유럽 사회에도 만연해 있었다. 제임스 조이스James Joyce의 소설 『젊은 예술가의 초상』 1장에는 저녁 식사 자리에서 가족들이 정치 지도자인 파넬Parnell을 두고 양쪽으로 갈라서서 분위기가 험악해지자, 식사도 하지 못하고 자리를 뜨는 유 명한 장면이 있다. 이것은 가족끼리도 정치적, 종교적 입장에 따라 식 사도 함께하기 어려울 수 있음을 보여주는 예라 할 수 있다. 신념은 믿을 바가 되지 못하는 사적私的 입장에 불과할 뿐인데 목숨 걸고 피 튀기는 싸움으로 발전된다. 플라톤은 신념을 세상을 파악하는 가장 아래 단계의 '인식認識'으로 보았다.

개인들이 충돌하는 사적 신념에 있어서는 어디까지 서로 관용을 베풀어주어야 하는지 그 한계가 실생활에서는 애매하다. 법에 저촉되 는 행위를 하였을 때는 당연히 처벌을 받아야 한다. 그러나 윤리의 마지노선과 위법 사이를 오가며 너는 틀리고 나는 옳다며 상대방을 극단으로 몰아붙이는 사람들을 어떻게 이해해야 할까? 특히 이데올로기와 문화의 한 극단에 서서 상대방을 배척하는 사람들을 다문화 시대에 어떻게 바라봐야 할까?

성숙하지 못한 사회에서는 신념이 다른 상대편을 보고 삿대질하기 십상이다. 이러한 사회에서는 상대편을 파멸시키기 위해 거짓말을 쉽게 만들어내고 퍼트린다. 지난해 옥스퍼드 사전이 올해의 단어로 선정한 단어 'Post-truth^{탈-진실}'가 그러한 예라 할 수 있다. 'fake-news^{가짜} ^{뉴스}'도 여기에 해당한다. 사실과 관계없는 말을 해놓고 아니면 말고 식이다. 이러한 현상은 너그러움이 부재한 사회의 증표證票다. 박근혜 전 대통령의 구속수감과 함께 우리 사회에 유령처럼 떠돌던 가짜뉴스들도 이제 걷어치우고, 상대방에게 삿대질하던 손도 내려놓고, 상대방을 배려하는 '똘레랑스' 정신으로 우리 사회의 품격을 높였으면 한다.

그러기 위해서는 먼저 사회 지도자들의 노겸勞謙이 필요하며, 프랑스의 철학자 자크 테리다^{Jacques Derrida}가 말하는 상대방에 대한 '환대 hospitality'의 문화가 우리 사회에 스며들어야 할 것이다. 이런 일들에는 많은 시간과 노력이 들지만….

2017. 4. 3.

거리의 인문학과 독서 소모임

　최근 업그레이드된 알파고 2.0은 세계 바둑 랭킹 1위인 커제Ke Jie를 가볍게 제압했다. 알파고를 개발한 데미스 허사비스Demis Hassabis는 이제 바둑과의 대결을 끝내고 과학, 의학 등 범용 인공지능으로 진화시키겠다는 계획을 밝혔다. 더는 인간과 바둑 대결이 무의미해졌다는 이야기일 것이다. 이처럼 4차 산업혁명의 기술 혁신은 종전의 혁명과 비교가 되지 않을 정도로 디지털, 바이오, 금융, 교육 서비스, 사물인터넷 등으로 발 빠른 광폭 행보를 하고 있다.

　인류의 행태行態 패턴도 시대에 따라 변했다. 인류는 문명 초기 많은 양의 정보를 기억에 의존했지만, 문자가 발명되고 나서부터는 기억력이 쇠퇴하기 시작했다. 빨리 배우고, 계산하고, 이해하는 것이 기억력보다 우선했기 때문이다. 그러나 컴퓨터가 출현하고부터는 정보를 검색하는 일이 배우고, 계산하는 것보다 더 우선순위에 둘 일이 되었다. 검색을 통해 남이 못 본 것을 연결하거나, 새로운 것을 상상해내는 창의적 사고가 시대의 요청이 됐다. 물론 다양한 지식이 있어야 다양한 검색도 가능한 일이기는 하다. 지식은 이제 컴퓨터에서 검색하면 된다고 하지만 개인의 지식의 총량이 검색의 다양성을 넓혀준다.

지난주 홍주지역의 '홍주인문학강의'에서 권영민 교수^{전 서울대 국문과} 교수, 현재는 버클리대에서 한국문학 강의 중는 '이상李箱 문학과 새로운 시각의 발견'에서 이상은 동시대의 시인들과 다르게 사물을 바라봤다고 언급했다. 이상의 「오감도鳥瞰圖」는 평지에서 사물을 바라본 모습이 아니라 높은 곳에서 까마귀의 눈으로 세상을 바라본 모습이며, 그의 시에서 이전과는 다르게 숫자와 도형을 사용한 것도 일종의 '창의적 사고'라고 언급했다. 식민지 시대의 가난한 청년^{이상}이 그 시대 서구의 누구와도 견주어 뒤지지 않을 정도로 '다르게 생각하기^{스티브 잡스의 말}', '삐딱하게 바라보기^{슬라보예 지젝의 책 이름}'의 정신을 추구했지만, 동시대의 많은 사람은 이것을 받아들이지 못했다는 것이다. 예술은 근본적으로 '낯설게 하기^{Defamiliarization}'라는 사실을 그는 너무 일찍 시에 구현했던 셈이다.

　　인문학을 한다는 것은 기존의 질서에 의문을 제기하고, 진부해진 자신의 삶에 근원적인 질문을 던지는 것이다. 소크라테스가 '너 자신을 알라'라며 끝없이 질문을 던졌던 것은 대화를 통해 자신의 삶을 성찰하며 타인을 사랑하고 인정하라는 의미였다. 인문주의라는 '휴머니즘^{humanism}'은 인간을 좋아하고 사랑한다는 의미다. 이것의 라틴어 어원인 후마니타스는 사람됨을 뜻한다. 라틴어로 된 책을 읽고 쓸 줄 알아야 사람 노릇 할 수 있었음을 후마니타스는 함의한다. 어원적으로 따져볼 때 고전을 공부하는 것이 인문학이다. 동양에서도 공자, 맹자를 공부하는 것이 인문학 한다는 것을 의미했다. 동·서양의 고전이라는 인문학들도 특수한 문화와 시대를 반영한 것이었지만 역사를 통해 보편적 가치가 인정받고 세계로 전파된 것이다.

듬쑥한 고전을 읽고 또 읽어서, 깊고, 다양한 생각을 가슴 깊이 새겨넣는 것이 인문학을 공부하는 의미일 것이다. 이전과, 남과 다르다는 것을 인식하는 것은 지난 것을 공부하는 것에서 비롯된다. 전통을 아는 일이 진부한 일상을 다르게 바라볼 수 있는 원천이다. 즉, 온고이지신溫故而知新이라 할 수 있다.

그런데 요즘, 길거리에 무늬만 인문학인 강연들이 넘쳐난다. 인문학을 가벼운 상처에 새살을 돋게 하는 '아까징끼' 정도로, 아픈 가슴을 잠시 다독거려 주는 마음 '힐링' 정도로 여기는 사람들이 많다. 관공서마다 열리는 일회성 인문학 강연 플래카드가 거리마다 나부낀다. 일방적으로 듣기만 하는 인문학 강연도 없는 것보다 낫겠지만, 본래 인문학이란 동서양의 고전 급의 책을 읽고 자기 생각을 남과 토론해 보는 것이다. 즉, 남들과 대화를 통해 생각의 근력筋力을 키우는 것이다. 이것이 부재不在한 사회는 이쪽저쪽으로 쉽게 휩쓸리는 냄비현상이 나타나기 쉽다. 네 편 내 편, 좌우로 이분법 화하여 서로를 적으로 몰며 백안시한다.

거리에서 유행하는 인문학 강연들은 시장원리에 맡겨두고, 요즘 새롭게 나타나기 시작하는 인문학 독서 소모임을 지자체들이 많이 지원했으면 싶다. 여기에서 건강한 생각의 근력이 키워진다.

2017. 6. 12.

벤살렘 왕국에서 로토피아로?

과학기술의 발달로, 사람들이 꿈꿔왔던 상상의 세계가 빠른 속도로 현실화하고 있다. 영국의 경험주의 철학자 프랜시스 베이컨Francis Bacon이 상상의 세계로 그려낸 『새로운 아틀란티스』에서는 배가 물속을 다니고, 멀리 떨어져 있는 사람에게 관을 통하여 소리를 전할 수 있고, 새처럼 하늘을 날 수 있는 가상의 세계가 묘사돼 있다. 이 상상의 벤살렘 왕국에서는 식물과 동물의 성장을 일시 정지시키기도 하고 새로운 종을 원하는 대로 만들어내기도 하는 동화 속 도깨비방망이 세계라고 할 수 있다. 이곳에서는 기계가 인간의 노동을 대신해주고, 배양토로 기름진 땅에서 수백 배의 수확을 올리기도 한다. 인간의 이러한 꿈이 현실 세계가 되는 데 400여 년이라는 시간이 필요했다. 그러나 지금, 그보다 더한 환상적·과학적 유토피아로 가는 열차에 가속도가 붙고 있다.

핸들을 잡지 않아도 되는 무인 자동차가 일부 현실화했고, 생각하는 로봇이 등장해 인간이 해내기 어려운 일을 이미 척척 해낸다. 필자는 이런 세상을 로로봇+토피아유토피아=로토피아로 부르고 싶다. 이세돌을 이겨 돌풍을 일으켰던 인공지능AI은 이제 창조적인 일도 충분히 해낼 수 있을 것이라는 믿음을 주고 있다. 소설·신문 기사를 AI

가 쓰기도 하며, 일상의 통·번역도 구글 번역기가 해주고 있다. 이 모든 일은 얼마 전까지만 해도 공상영화에서나 가능한 일들이었다.

이처럼 베이컨이 살았을 때와는 비교가 안 될 정도로 지금은 변화가 빠르고, 넓고, 깊다. 스위스 세계경제포럼의 창립자이자 회장인 클라우스 슈밥Klaus Schwab은 『제4차 산업혁명』에서 세상은 어떻게 변화할 것인지를 예측한다. 인공로봇이 단순 노동을 대신해온 지는 이미 오래됐고, 스스로 학습하고 그에 대처하는 로봇이 개발되고 있으며, 곧 가정마다 인공로봇을 하나씩 구매하게 되리라는 것이다. 외국 여행을 할 때, 이제는 통역에 의존하지 않고 웬만한 일상어는 핸드폰의 번역기에 의존해도 큰 무리가 없어 보인다. 구약성서에는 높고 거대한 바벨탑을 쌓아 하늘에 닿으려 했던 인간의 오만에 분노한 신이 본래 하나였던 인간의 언어를 서로 알아듣지 못하도록 '저주'를 내렸다는 내용이 나온다. 그러나 영국의 SF 작가 더글러스 애덤스Douglas Adams의 『은하수를 여행하는 히치하이커를 위한 안내서』에 나오는 '바벨 피시Babel Fish'처럼 귀에 꽂으면 모든 언어를 모국어로 번역해주는 인공지능을 인간이 만들어내려고, 신에게 도전 중이다.

생명공학의 발전은 인공로봇의 발전 못지않게 눈부시다. 인간게놈프로젝트Human Genome Project를 완성하는 데 10년이 넘는 시간과 27억 달러의 비용을 들였다. 합성생물학Synthetic biology의 발전은 의학 분야뿐만 아니라 농업과 바이오 연료생산에도 해법을 제시한다. 유전자 코드를 조작할 권리가 주어진다면, 특정 유전 특질을 지니거나 특정 질병에 저항력이 있도록 설계된 아이가 태어날 가능성이 있을 것이다.

1932년 올더스 헉슬리Aldous Huxley는 『멋진 신세계』에서 과학기술의 지나친 남용으로 인간성이 파괴되는 끔찍한 세계를 그렸다. 이미 세계는 이런 것을 논의하기 위해 2015년 12월에 '국제인간유전자편집정상회의International Summit on Human Gene Editing'를 개최한 바 있다.

베이컨의 환상적 벤살렘 왕국이 자연 파괴라는 부작용을 낳으며 현실화한 것처럼, 이러한 로토피아가 우리에게 안락한 '저녁이 있는 삶'을 그냥 제공해줄 수 있을지 묻지 않을 수 없다. 헉슬리의 상상처럼 기계문명의 횡포도 생각해볼 수 있다. 미래학자들은 4차 산업혁명의 특징은 빈익빈 부익부의 불평등이 심화할 것으로 예측한다. 몇 년 전만 해도 들어본 적이 없는 '에어비엔비Airbnb', '우버Uber', '알리바바Alibaba' 등과 같은 국제기업들은 막대한 부를 축적해가고 있다. 이것은 승자독식이 심화하리라는 예측을 가능하게 한다.

우리는 베이컨이 꿈꿨던 벤살렘 왕국을 현실화시키면서 20세기를 지나왔다. 유토피아가 디스토피아로, 축복이 재앙이 될 수 있음도 알았다. 지금, 세계가 환상의 로토피아로 함께 달려가지만, 인간의 욕망은 동시에 제어, 관리돼야 함을 지난 인류의 역사는 보여준다. 한 번도 경험해보지 못한 비극의 역사가 시작될 수 있기 때문이다.

2017. 3. 30.

복배수적*의 어려움

    중국은 사드THAAD, 고고도 미사일 방어체계 문제로 한류를 비롯한 경제적 마찰을 남한과 야기하고, 9일에는 군용기를 발진시켜 한국방공식별구역KADIZ을 4~5시간가량 침범한 것으로 알려졌다. 일본은 부산 대사관 앞 소녀상 설치 문제를 놓고 주한 일본대사 나가미네 야스마사를 일시 귀국시키는 등 위안부 소녀상 설치에 대해 대응 강도를 높이고 있다. 이것은 두 나라와 우리 외교가 심각한 사태에 왔음을 예고하는 것이라 할 수 있다. 이러한 조짐은 최순실 국정 농단의 사태로 남한이 국내의 정치적 소용돌이에 빠져들자 더 노골화되고 있다. 중국과 일본 두 나라는 우리의 앞뒤에서 역사적으로 침략을 반복해왔다.

    역사적으로 볼 때 한반도 위기는 동아시아 정세가 요동치거나 한반도의 국내 정치상황이 위기로 치달을 때 고조되었다. 고려시대나 조선시대에 지도자의 리더십이 흔들릴 때마다 중국과 일본의 침략은 늘 있었다. 지금 우리는 박근혜, 최순실, 정유라 같은 이름이 TV를 틀면 들려오고 정치권은 대선, 국정조사, 탄핵이라는 단어로 바쁜 나날을 보내고 있다. 그러나 이러한 국내 정치상황과는 무관하게, 중국이

---

* 腹背受敵: 앞뒤로 적을 만남

G2로 국력이 성장하자 미국과 일본은 중국의 동남해 진출을 억제하고, 북한의 핵은 미국과 일본의 결속을 더욱 가속화하고 있다. 여기에 미국 트럼프 대통령의 등장과 더불어 북한의 핵 문제는 동아시아를 요동치게 할 상수常數로 작용하고 있다.

우리의 역사를 돌아볼 때, 16세기 후반과 17세기 전반 동아시아의 정세와 함께 불안정한 시기였다. 명나라는 북쪽에서 융성하기 시작한 여진족을 막아내기가 힘에 겨웠고, 조선에서 발생한 임진왜란에 군대를 파병하기 위해 많은 세금을 징수해야 했다. 이로 인해 명나라는 국운이 기울기 시작했다. 그 당시 일본은 전국시대의 분열이 끝나고 통일국가로 거듭났다. 힘에 넘치는 일본은 조선에 조공을 요구하고 '정명가도征明假道'를 외치며 중국을 넘보는 계획을 세우고 있었다. 그런데도 조선 조정은 일본이 일으켰던 삼포왜란1510, 을묘왜변1555이 생생한데도 일본에서 일어난 근본적 변화에 관심이 없었다.

1589년 조선 정부는 일본에 사신을 보냈지만 당파성 때문에 이들의 의견은 엇갈렸다. 조정은 일본의 침입을 걱정하기보다는 일본이 실제로 침입했을 때 자신의 당파가 입을 피해를 더 걱정했다. 서애西厓 유성룡은 "과거를 징계해서 장래를 조심하기 위해 쓰인 기록"이라는 『징비록懲毖錄』을 남겼지만, 집권 세력이었던 자신의 당파가 저지른 잘못을 성찰하는 고심의 흔적을 징비록에 남겨놓지 않았다. 명이 쇠퇴하자 1627년인조 5년 만주에 본거를 둔 후금後金, 청(淸)이 조선을 정복해서 배후의 근심을 없애기로 하고 압록강을 건너 의주성으로 쳐들어온 것이 정묘호란이다. 광해군의 적절한 외교정책으로 조선은 후금과 마찰

없이 지냈으나, 인조가 '향명배금向明排金' 정책을 내세우자 후금은 배후를 위협하는 조선을 정복하기로 한 것이다. 1636년인조 14년 후금은 국호를 청으로 바꾸고 중국 중원으로의 진출을 앞두고 조선을 완전히 복속시키고자 했다. 청나라가 다시 한반도에 쳐들어온 것이 병자호란이다. 병자호란 때는 아홉 차례에 걸쳐 한반도가 거침없이 몽골족의 수탈 대상이 됐다. 조정은 주화파主和派와 척화파斥和派로 나뉘어 대립하다가 항전을 결심했지만, 인조는 결국 세자와 함께 남한산성을 나와 청 태종에게 삼배구고두三拜九叩頭의 신례臣禮를 올리고 말았다.

1894년 전라도에서 동학혁명이 발발하자 조정은 이를 막아낼 힘이 없었다. 청나라에 진압을 요청했다. 그러나 일본은 청나라의 한반도 주둔을 빌미로 조선의 요구가 없었는데도 한반도에 군대를 상륙시켰다. 동학혁명의 문제로 두 나라가 한반도에서 싸움을 시작하여 청일전쟁으로 비화하고 말았다. 잘못된 정치로 인하여 결국은 나라를 일본에 빼앗기는 빌미를 제공한 셈이다. 정치 지도자의 무능함과 나약함으로 국제적 환경에 적응하지 못한 작은 나라 조선은 외침들로 참혹한 시련을 겪어야 했다.

중국, 일본, 미국의 공군기가 한반도 주변에 유령처럼 출몰하는 요즘 우리는 어떤 준비를 하고 있는가? 조선처럼 좌우, 보수 진보를 나누며 우리끼리 '박 터지게' 싸움을 하는 것은 아닌가? 역사상 수많은 나라가 나라답지 못할 때 역사 속으로 사라지고 말았다.

2017. 1. 12.

인문학 진흥정책과 독서

고도의 기술발전은 인간소외를 수반했다. 기계가 자동화될수록 사람들은 편리해졌지만, 일자리를 잃은 노동자는 일터를 떠나야 했다. 무인 자동차의 등장은 운전대를 잡지 않고 목적지에 도착하는 여유로움을 주겠지만, 누군가는 일자리에서 쫓겨나야 하는 운명을 맞게 할 것이다. 얼마 전 바둑에서 '알파고'가 이세돌을 이겨 인공지능 시대의 도래를 피부로 느끼게 하더니, 어느 병원에서는 '왓슨'이라는 인공지능 의사에게 관심이 쏠리고 있다는 소식이 전해졌다. 의료진과 왓슨의 처방이 엇갈리면 환자가 왓슨을 선택한다는 것이다. 물건을 사고파는 곳에서도 계산대가 사라지고 무인상점 시대가 열리는 4차 산업혁명 시대가 눈앞에 펼쳐지는 느낌이다.

산업혁명 시대에도 기계가 인간의 노동을 대체하자 일자리를 빼앗긴 노동자들은 기계를 파괴하는 '러다이트 운동Luddite Movement'을 전개했었다. 지금은 더 고도화된 기술문명 속에서 일터를 떠나거나 소외된 인간들은 어떻게 하면 인간답게 살아갈 수 있는지를 인문학에 묻고 있다. 여기에 교육부는 지난 1월 12일 '인문학 진흥 5개년 계획'을 내놓고 초등학교 1, 2학년부터 대학생, 성인까지 생애주기별로 맞추어 인문학 기반을 제공하겠다는 계획을 발표했다.

그러나 그동안 교육부는 대학을 평가하여 하위그룹으로 처지는 대학의 정원을 줄이거나 없애려는 계획을 발표했다. 부산지역의 17개 대학 중 철학과가 남아 있는 대학은 부산대학교의 철학과가 유일하다고 한다. 취업도 잘 안 되고, 대학들의 자체평가에서도 그 학과의 순위가 하위이니 폐과의 길을 걸었을 것이다. 이것은 철학과만의 문제가 아니고 文·史·哲의 학과들도 유사하다. 인문학을 진작시키기 위해 교육부에서 코어사업, 도시인문사업 등을 추진하더니 이제는 박물관, 도서관 등에서 추진하는 인문학 프로그램에도 지원하겠다는 '인문학 진흥 5개년 계획'을 내놓았다.

인문학이 무엇이길래 고도화된 기술발전의 시대에, 사회는 인문학에 길을 묻고, 대학은 인문학을 대학 밖으로 내쫓고 있는가? 인문학은 문학, 역사학, 철학 등이 주를 이룬다. 이러한 분야의 지혜는 서양에서는 플라톤, 동양에서는 공자 이래로 수많은 책으로 전해 내려온다. 생산성을 높이고 눈에 보이는 수익을 창출해야 하는 사회에서는 이런 학문이 덜 필요했을 것이다. 그러나 산업화가 극치에 다다를 때, 다시 돌아갈 곳은 사람에 관한 학문이다. 사람에 관한 학문 중에 꼭 읽으면 좋을 가치 있는 책들일 것이다. 미국에서는 '그레이트 북스 Great Books' 프로그램이라고 하여 대학생들이 꼭 읽어야 할 책을 선정한다. 심지어는 세인트존스 대학교 St. John's University 같은 곳에서는 대학 4년 내내 서양 고전 100권을 학기별로 나누어 가르치고, 토론하여 졸업시키는 대학도 있다. 그런데 그 대학을 졸업한 학생들은 취업률도 높고, 평판도 매우 좋다고 한다.

훌륭한 책을 많이 읽는다는 것은 인류의 지혜가 정제된 언어로 쓰여 있는 것을 받아들인다는 것을 의미한다. 이것은 인류의 재산이라고 할 수 있는 보편적 이성을 흡수하는 것이고, 나 자신의 언어 대신 타인의 언어를 받아들이는 것이다. 이로 인해서 내 생각을 타인과 조절하는 것이고, 세상 이치의 넓고 깊음도 받아들이는 것이다. 그래서 독서하지 않는 자는 우물 안의 개구리처럼 자기들끼리 개굴개굴 청개구리 언어를 반복한다. 젊은 시절 좋은 책을 많이 읽는다는 것은 많은 변화를 예고하는 일이다. 풍부한 어휘력과 훌륭한 글쓰기를 체험하는 것이다. 이와 더불어 말을 조리 있게 하는 신중함도 함께 길러줄 것이다. 연설을 잘했던 미국 오바마 대통령도 독서광으로 알려져 있다.

교육부가 인문학에 길을 묻는다고 하면서 무늬만 인문학인 허접한 사업들에 돈을 펑펑 쓰고 지원해야 할 독서정책에는 인색한 계획을 세우지 않길 기대한다. 그러면 연설문을 스스로 작성하고, 자신의 멋진 글을 인용할 수 있는 여유 있는 지도자, 유머가 넘치는 리더들의 모습을 우리는 만나게 될 것이다.

2017. 1. 23.

촛불 집회의 '가족 로망스'

　세상은 변하고 있다. 엄동설한에도 시민들은 촛불을 들고 대통령의 하야, 즉각 체포를 요구하고 있다. 청와대 100미터 앞까지 몰려간 시민들은 화염병과 몽둥이가 아니라 성숙한 시민의식으로 품격을 잃은 대통령의 퇴진을 요구하고 있다. 이들이 추운 겨울밤 거리로 나선 것은 허접한 모습이면서도 제왕적 권력을 가졌던 대통령, 패거리 지으면서 공천이나 얻으려고 눈치나 살폈던 국회의원들, 권력과 결탁하여 몇 푼의 뒷돈을 주고 많은 이권을 챙기려 했던 기업인들, 그럴듯한 자리를 얻으려고 정치권을 기웃대는 폴리페서들, 그리고 자기의 이익만 추구하는 기성세대를 찬양하기 위해서가 아니라 이들에게 염증을 느끼고, 새로운 시대의 도래를 갈망했기 때문이다. 촛불을 든 시민들은 우리 시대의 구태의연한 '앙시앙 레짐ancien regime'을 퇴출하고, 인간답게 살아보고 싶은 '누보 레짐nouveau regime'을 빌었을 것이다. 박근혜 대통령 퇴진뿐만 아니라, 갈수록 살기가 더 힘들어지는 '헬 조선'의 상황에서 벗어나고 싶은 갈망일 것이다. 이러한 요구가 서양 역사 속에서는 새로운 세상을 만들어냈음을 보여준다.

　프랑스 대혁명이 발생할 무렵, 루이 16세는 백성들의 손가락질 대상이 되었지만, 혁명 당일의 일기장에는 "사냥감을 잡지 못했다. 특별한 일 없음"이라고 적어놓은 것으로 보아 그는 왕으로서 정치 감각도 형편없었음을 보여준다. 오스트리아 출신 왕비 마리 앙투아네트 Marie Antoinette는 국민에게 성적 비하의 대상이 되어 그녀를 우롱하는 대자보가 골목마다 나붙었다. 그 당시 왕은 말 그대로 절대군주였지만, 무능한 지배층을 향한 시민들의 불만은 새로운 시대를 열어가고 있었다. 린 헌트 Lynn Hunt는 이러한 프랑스 대혁명을 '가족 로망스'라는 프로이트의 용어로 새롭게 조명했다.

가족 로망스라는 말은 '못사는 집 애들이 우리 진짜 부모는 사실은 명문 귀족이고, 지금의 부모는 가짜라는 환상을 품는 심리'라는 프로이트의 정신분석 개념이다. 헌트는 프랑스 혁명 과정을 나쁜 아버지였던 국왕을 부정하는 과정으로 설명한다. 그는 정치도 가정과 비슷하게 근본적으로는 가부장적 권위에 기반을 두고 있다고 파악한다. 신하와 왕, 소작인과 지주, 아내와 남편, 아이들과 부모 사이의 관계는 가부장적 권위에 대한 존경과 복종이라는 공통 끈으로 연결되어 있다고 보았다. 단단하게 매여 있었던 끈에 균열이 발생한 것이다.

어쩔 수 없이 끈에 묶여 신음했던 시민들은 이제 자유와 평등과 박애를 요구하였다. 프랑스 혁명이 과격성을 띤 것은 가부장적 권위에 근거한 사회적 질서를 자유롭고 평등한 정치적 합의와 계약 관계로 대체하려는 강렬함에 있었다. "짐이 국가다"라는 루이 14세의 말처럼 국민은 이제 왕을 위해서 있는 존재가 아니라, 국가가 나를 위해서 있는 존재로 생각하게 된 것이다. 장 자크 루소 Jean-Jacques Rousseau도 국가는 계약에 의해서 존재하는 것이라는 사상을 피력하여 프랑스 대혁명의 사상적 기초를 놓아주었다. 거리로 나온 시민들은 새로운 세상을 꿈꾸었지만, 그 이후의 정치는 시민들의 희망대로 흘러가지 못했다. 프랑스 대혁명이 발발한 1789년부터 1814년까지 프랑스는 절대왕정 → 입헌군주정 → 공화정 → 공포정치 → 반동정부 → 군사 쿠데타 → 제정 → 왕정복고라는 급격한 정치체제를 경험해야 했다. 이것은 지금 우리의 정치권처럼 그 당시 정치인들이 처한 정치 공학적 셈법에 따라 정치를 저울질하였기 때문이다.

지금 박근혜 대통령의 퇴진을 부르짖는 많은 목소리는 단순히 박근혜 대통령만의 퇴진을 의미하지 않는다. 이미 우리의 삶을 옥죄어 매었던 단단한 사슬들, 즉 허접한 정치, 권력과 결탁한 일부 기업, 복지부동하며 눈치만 살피는 일부 공무원, 무한경쟁으로 삶을 피폐하게 만드는 경제시스템, 나만을 위하여 양심을 쉽게 팔아버리는 기성세대 등등의 퇴출을 위하여 촛불을 밝히고 있는 것이다. 이들의 퇴출이 새로운 세상을 약속하는 것은 아니지만, 현실의 허접함이 변하지 않고서는 새로운 세상을 꿈꿔볼 수도 없다.

"모든 혁명은 하나의 지배집단을 다른 지배집단으로 대치하려는 의식적 노력이었다"라는 허버트 마르쿠제Herbert Marcuse의 말이 의미 있는 울림으로 다가온다.

2016. 12. 12.

허접한 정당정치의 아포리아*

　박근혜 대통령의 퇴진을 요구하는 집회가 서울뿐만 아니라, 여당의 전통적 텃밭인 대구·경북에서도 지난 5일 열렸다. 박 대통령이 이른바 '최순실 게이트'와 관련된 담화를 발표했음에도 불구하고 여론은 더욱 격해지는 모양새다. 박 대통령의 지지도가 5%도 안 된다니 12일 예정된 집회에는 얼마나 더 많은 사람이 참여할지 주목된다. 평소에 정치에 관심이 없어 보였던 사람들도 박 대통령의 정치행태에 분노를 느끼며 집회장을 서성인다. 잘 먹고 잘살게 해달라며 믿고 정권을 맡겼더니 이와는 정반대의 '나쁜 정치' 행태를 일삼았다는 배신감에서 그랬을 것이다. 인간은 사회 속에서 개별화될 수 있는 존재라는 점에서, 정치가 개인의 삶에서도 몹시 중요하다는 아리스토텔레스의 생각은 지금도 유효하다.

　고대 그리스 시대에는 시민들이 직접 정치에 참여하여 의사결정을 하였지만, 복잡 거대해진 현대사회에서는 직업정치인들이 그런 역할을 대신한다. 그러나 고대 그리스 시대에도 자신의 공적 역할을 다하는 시민은 20% 정도에 불과하고, 나머지는 중간에 옆길로 새서 막

---

* aporia: 해결의 방도를 찾을 수 없는 난관이나 논리적 난점

걸리나 한잔하기 일쑤였다. 그래도 열심히 자신의 소임을 다하는 20%
덕분에 나머지 사람들이 개인적 삶을 영위할 수 있었다. 이 20%가 오
늘날의 정치인이라고 할 때 그들의 임무는 막중한 것이다. 그런데 이
들이 패당을 만들어 친박이니 비박이니 무리를 짓고, 소시민의 삶을
위한 정치가 아니라 자신들만의 리그, 패당 정치를 일삼아 지금과 같
은 혼란을 자초했다.

　'소명으로서의 정치'를 강조했던 막스 베버Max Weber는 정치인의
자질을 중요하게 생각했다. 그는 니체의 『차라투스트라는 이렇게 말
했다』에 나오는 "나 개인의 안위가 아니라 누군가 하지 않으면 안 되
는 과업"을 추구하는 일로 정치를 비유했다. 정치인들이 권력 본능,
영웅심과 허영심 같은 것에 무너지지 않도록 자신을 항상 들여다봐야
한다고 역설한 셈이다. "삶의 현실을 있는 그대로 들여다볼 수 있는
훈련된 실력, 그런 삶의 현실을 견뎌낼 수 있는 단련된 능력"을 강조
했다. 이것이 안 될 때 정치인들은 돌변 내지는 타락의 길을 갈 수 있
음을 예견한 셈이다. 박근혜 대통령의 하야를 요구하는 시민들의 성
난 눈빛은 바로 이 지점에서 출발한다.

　흔히들 "그 나라의 정치 수준은 그 나라의 시민 수준이 결정한
다"라고 자신을 힐난하지만, 스웨덴의 경우에서 그러하지 않음을 발
견할 수 있다. 스웨덴은 100년 전까지만 하더라도 유럽에서 학력수준
도 가장 낮고, 과도한 음주문화가 전부였다. 그런 나라를 오늘날과
같이 바꾼 것은 정치의 힘이었다. 정치가 좋아지고 사회가 발전하여
지금의 스웨덴의 시민성을 갖췄다. 정치가 시민성을 견인한 셈이다.

얼마 전 TV에서 방영된 스웨덴의 국회의원들은 자전거를 타고 출·퇴근하며, 지역구민의 손을 잡고 그들의 숙원사업을 풀어나가고 있었다. 선거 때가 되면 표를 달라고 굽실거리다가 선거가 끝나면 곧바로 거들먹거리는 우리나라의 정치인들과 달랐다.

힘없는 보통 사람들의 이익을 대변하기 위해서는 튼튼한 정당이 현대 민주주의에서는 선행되어야 한다. 정당이 튼튼하지 못하면 보통 사람들의 의견을 대변할 수 없다. 정당이 별 볼 일 없으면 국회의원 개인의 역량에 의지하게 되고, 자신을 드러내기 위해서 언론 플레이에 관심을 기울이게 된다. 대통령이 무슨 짓을 해도 다음번에 내가 국회의원 공천을 받는 것 외에는 관심이 없다. 같은 당에서도 정책이 아니라 비박, 친박으로 무리를 지으니 웃기에도 민망하다. 친박의 무리 중에 심지어 나는 친박을 한 적이 없다고 슬쩍 도망가는 '금선탈각 金蟬脫殼'의 쇼를 벌일지도 모른다.

박 대통령의 하야를 외치는 국민은 퇴진만이 아니라 한국사회의 근본적 변화를 요구하고 있다. 이런 요구에 부응하기 전에, 정치인은 수신제가修身齊家하고 호연지기浩然之氣를 길러야 한다. 정당은 강건하게 작동될 수 있도록 다원적 정당체계로 새롭게 태어나야 한다. 그럴 때 우리는 지금과 같은 허접한 대통령과 국회의원을 적어도 만나지 않을 수 있다. 국회의원의 배지를 달기 위해 숨죽이며 권력을 쥔 자의 눈치만 살피다가 정권도 패권도 잃고, 좋은 세상을 만들기는 더 요원하다. 정치인들이 수신제가와 호연지기를 함양하지 않고서는 정권이 바뀌어도 구태정치는 반복될 것이고 세상도 더 나아지지 않을 것이다.

착한 사람이라고 정치를 잘할 수 있는 것도 아니다.

2016. 11. 7.

김정은, 모던 마키아벨리언^{Modern Machiavellian}

북한 외교관 출신인 태영호 영국 주재 북한대사관 공사가 가족과 함께 서울로 망명했다. 장성택 처형 이후 북한 엘리트라고 할 수 있는 외교관들의 망명이 잇따르고 있다. 북한 정권에 대한 염증 내지는 자녀들의 미래에 대한 걱정이 함께 섞여 있을 것이다. 그러나 이러한 탈북 현상을 북한 정권은 아직도 남한의 공작정치 탓으로 돌린다. 겉으로는 남한 탓을 하지만, 외국 주재 북한 외교관들에 대한 감시·감독이 강화되고 있다고 한다. 북한 정권을 선전해야 할 외교관들이 북한 정권 붕괴에 일조하는 셈이다.

이렇게 되는 이유는 삼대^{三代}에 걸쳐 지리멸렬하게 지속되는 독재정권에 대한 염증일 것이다. 남한이나 외국과 비교해 볼 때 절대적 궁핍 속에서 살아가야 하는 북한의 현실을 외교관들은 분명 인식했을 것이다. 또한 자유세계를 경험한 외교관이기 때문에 다시 북한에 돌아가 자녀들과 함께 미래를 설계하기에는 희망이 없었을 것이다. 마키아벨리도 군주가 다스리기 어려운 사람은 자유를 맛본 자들이라고 『군주론』에서 말한다. 자유와 물질적 풍요함이 부족한 곳에서 권력을 유지하는 방법은 철권통치뿐이다.

그러기에 김정은은 국제사회가 비난하는 핵과 미사일 개발에 열을 올리면서 주체사상으로 우리끼리 뭉쳐야 한다고 다그친다. 그렇지 않으면 국가를 유지할 수 없기 때문이다. 국제사회가 아무리 북한 정권과 대화를 하려 해도 그들이 속으로 핵을 포기할 수 없는 이유가 바로 여기에 있다. 김일성과 김정일이 하지 못한 핵폭탄, 수소폭탄을 개발하여 미국과 대치하는 듯한 이미지를 인민에게 보여줌으로써 강력한 군주의 이미지를 김정은은 정권연장에 이용하고 싶을 것이다. 나이 어린 그가 정권을 오래 유지하지 못할 것이라는 예측을 깨고, 아직도 지속하는 것은 핵 문제를 갖고 남한과 국제사회에 벼랑 끝 전술brinkmanship tactics을 하는 덕택이다. 지금은 미국·중국·일본·러시아가 사드 문제로 힘겨루기를 하고 있고, 북한은 여기에 올라타 정권연장의 묘수를 찾아내고 있다. 이러한 일들이 삼대에 걸쳐 일어나고 있으니 배고픈 북한 주민은 탈북을 시도하고 외교관들은 공관을 떠나고 있다.

마키아벨리는 『군주론』에서 인민들에게 사랑보다는 두려움을 느끼게 하는 군주가 국가를 유지하는 데 더 효과적일 수 있다고 말한다. 그러나 이것도 국가를 위해서 꼭 필요하다면 한번 해볼 수 있다는 의미다. 갑자기 정권을 이어받은 김정은은 관후寬厚한 이미지를 연출하다가 장성택을 공개 처형하고부터는 현영철과 같은 원로들을 줄줄이 숙청하고 있다. 후덕한 이미지 연출을 위해서는 막대한 돈이 필요하니 국내외 조직을 통해 금품을 모으는 공포정치가 지속될 것이다. 재미가 들린 듯이 공포정치를 반복한다면 두려움은 증오로 바뀔 것이고, 결국 인민이 군주의 곁을 떠날 것이라고 마키아벨리는 말한다.

북한은 선군정치를 한다. 북한에서 공개되는 사진들은 김정은 옆에 군인의 모습이 보인다. 국가를 지키는 군대가 내 옆에 있다는 자신감을 보여줄 수 있기 때문일 것이다. 그러나 마키아벨리는 귀족계급이 아니라 인민의 신뢰를 얻어야 국가를 유지할 수 있다고 말한다. 인민의 숫자가 많고, 그들은 지배하려는 욕망이 적기 때문이라는 것이다. 그러나 이들과 소통이 안 되고 배고픔이 지속된다면 국가를 유지할 수 없다고 했다. 마키아벨리는 그 당시 프랑스가 좋은 의사소통의 구조를 갖추었다고 칭찬한다. 그들의 이익을 대변하는 제도가 있었기 때문이다.

꼭 국가를 유지하기 위해서라면 수단과 방법을 가리지 않고 짧게 공포정치도 할 수 있다던 마키아벨리의 관점에서 볼 때, 김정은은 너무 멀리 가버렸다. 현대판 슈퍼 마키아벨리언이다. 김정은은 지금 달리고 있는 길이 위험하다는 것을 알기에는 너무 멀리 가버렸다.

2016. 8. 2.

노벨상과 밥 딜런

얼마 전 지인知人이 한 통의 이메일을 보내왔다. 그 내용은 일리노이대학교^{어바나 샴페인} 대학원생^{한국인}이 2016년 일리노이대학교 최우수 음악상을 받았다는 내용이었다. 그런데 그 학생이 음악과 학생이 아니라 전자공학과 학생이라는 점이 눈길을 끌었다. 메일에는 학과 홈페이지에 소개된 학생의 수상 소식과 공연 장면이 첨부되어 있었다. 공연 장면은 음악인지 퍼포먼스인지, 시詩인지 애매했으며, 오히려 이것이 융합되어 하나의 새로운 종합예술을 연출하고 있었다. 공연이 끝나자 청중은 모두 일어나 낯선 장르(?)의 예술에 기립박수를 보내고 있었다.

존 케이지^{John Cage}도 「4' 33"」라는 곡에서 피아노 앞에 앉아 피아노 덮개를 열고 4분 33초 동안 피아노만 응시하다가 한 번도 건반을 두드려보지 않고 퇴장했다. 4분 33초 동안의 기침 소리, 웅성거리는 소리도 음악이 될 수 있다는 것을 보여준 것이다. 백남준도 아무도 거들떠보지 않는 TV 모니터를 이용하여 비디오 아트를 선보이고, 예술이 보여줄 수 있는 그 경계선을 확장하였다. 이들처럼 진정한 예술가는 시대의 최전선에 서서 그 시대정신을 제일 먼저 수용하는 '아방가르드^{avant-garde}'인지도 모른다. 아방가르드는 전쟁에서 최전방의 낌

새를 알아보는 척후병을 의미했다. 이번에 노벨문학상을 받은 밥 딜런Bob Dylan도 새로움을 추구한 뮤지션 겸 시인으로, 진정한 아방가르드로 인정받은 것일까?

밥 딜런은 프랑스 시인 아르튀르 랭보Arthur Rimbaud나 영국 시인 딜런 토머스Dylan Thomas의 영향을 받은 것으로 알려져 있다. 밥 딜런의 원래 이름은 로버트 앨런 짐머맨Robert Allen Zimmerman이었지만, 딜런 토머스에게서 영향을 받아 밥 딜런으로 개명했다. 딜런 토머스는 40세도 안 돼 요절하여 많은 작품을 남기지는 않았지만, 언어적 열정으로 빛나는 그의 시는 아직도 읽히고 있다. 어느 비평가는 딜런 토머스를 "토머스는 자기 손의 피처럼 시를 발견하여 소리 높이 절규한다"라고 평가했다. 프랑스 천재 시인 랭보는 17세에 시를 쓰기 시작하여 20세에 절필한 괴짜 시인이다. 그가 어린 나이에 잠시 시를 썼음에도 불구하고 세계문학사에 우뚝 설 수 있었던 것은 기존의 미의식美意識을 새롭게 바꾸어 놓았기 때문이다. 랭보는 그 이전에 아무도 체험해보지 못했던 근대 도시의 군중의 이미지를 시에 도입하여 이것을 아름다움의 경지로 승화시켰다. 밥 딜런의 후기 가사가 랭보의 영향을 받아 철학적 모호함을 보여준다고 비평가들은 말한다.

시인 로버트 로웰Robert Rowell은 "밥 딜런은 기타라는 목발을 짚고 있어야 하는 시인이다. 음악이 없으면 그의 시는 불구다"라고 말하는데, 이것은 밥 딜런이 '공연되는 시'라는 일리노이 대학원생의 퍼포먼스에도 영향을 미쳤음을 알 수 있다. 밥 딜런의 음악은 국내의 대중음악계에도 많을 영향을 끼친 것으로 알려져 있다.

노벨문학상을 시상하는 스웨덴의 한림원은 밥 딜런이 "위대한 미국의 노래 전통 속에서 새로운 시적 표현을 창조해왔기 때문for having created new poetic expressions within the great American song tradition"이라고 노벨문학상 시상 이유를 밝혔다. 그러나 위대한 미국 노래 전통이라는 것이 무엇을 의미하는 것인지 모호하며, 문학상을 주는 자리이기 때문에 밥 딜런의 가사를 시와 분리해서 생각하는 것도 난센스로 보인다. 최초로 위대한 미국적 시인의 탄생을 알리는 『풀잎』을 휘트먼Walt Whitman이 발표했을 때 에머슨Ralph Waldo Emerson은 휘트먼의 실험적 언어 사용에 경배를 표했다.

최초의 미국적 소설을 쓴 마크 트웨인Mark Twain의 『허클베리핀의 모험』도 미국적인 토속적 언어 실험을 다루고 있어 영국소설과 다르다는 호평을 받았다. 밥 딜런의 노랫말에 이런 문학 전통과 새로운 시도가 있는지 의구심이 들지 않을 수 없다. 한림원 사라 다니우스Sara Danius 사무총장은 "호머와 사포는 노래로 불릴 것을 의도하고 시적인 텍스트를 썼는데, 밥 딜런도 똑같은 길을 걸었다"라고 언급했다. 그러나 『일리아스』와 『오디세이아』는 오랫동안 구전口傳되어 오던 것을 호머가 기록한 것이어서 그녀의 말은 신빙성이 적어 보인다.

밥 딜런의 노벨문학상 수상을 놓고 노벨문학상의 영역 확장이라는 긍정적 측면으로 이해해야 한다고 말하는 이도 있지만, 그 논리는 어딘가 궁색하다. 영국 작가 어빈 웰시Irvine Welsh는 "이번 수상은 노망나 횡설수설하는, 히피의 냄새 나는 전립선에서 짜낸 변변치 못한 노스탤지어에 주는 상this is an ill-conceived nostalgia award wrenched from the rancid prostates of senile, gibbering hippies"이라고 독설을 쏟아냈다.

밥 딜런의 노벨문학상 수상을 놓고 이런 찬반의 논란이 가열되고 있지만 정작 밥 딜런은 일언반구의 반응도 보이지 않고 있다. 그의 홈페이지에는 잠시 '노벨문학상 수상'이라는 글귀가 나타났다가 사라져, 그가 12월 10일 시상식에 나타나지 않을 수도 있음을 시사한다. 스웨덴의 한림원은 '밥 딜런의 문을 두드려Knocking' on Dylan's door' 보았지만, 아직 그의 대답을 듣지 못한 것 같다. 노벨상 위원회를 노심초사하게 하는 그의 신비주의가 노벨상감이다.

밥 딜런이 세계적으로 사랑받았던 노래, 「천국의 문을 두드려요 Knocking' on Heaven's door」를 들으며 그의 반응이 자못 궁금하기만 하다.

2016. 10. 25.

수업평가와 참교육

    대학이나 단체 등에서 강의나 강연이 끝나고 나면 으레 하는 일이 수업평가^{강의평가}다. 주로 강의가 유익했는지, 재미있었는지부터 강사가 첨단기기를 잘 사용했는지, 목소리는 작지 않았는지까지 다양하게 수강자에게 물어본다. 이것은 다음 학기 강의나 강연을 준비하는 강사에게 학생들의 반응을 전달하여 질 높은 강의를 수행하기 위한 과정이라고 할 수 있다. 가르치는 사람도 배우는 사람들의 반응을 어느 정도 느끼고는 있지만, 그들의 마음을 속속들이 들여다보는 일이 강의에 도움이 될 것이다. 참신한 질문과 진솔한 대답이 강사에게 전달되어 효과적인 강의가 이루어질 수 있게 된다면 수업평가는 더할 나위 없이 좋은 일이다.

    수업내용이 쉽지 않을 때, 강사의 효과적 수업방법은 더욱 빛을 발할 수 있다. 수강자들의 시선을 붙잡기 위해 강사들은 다양한 방법을 시도한다. 칠판에 쓰고 받아 적는 고전적 수업방식만으로는 수강자들의 시선을 모으기 어렵다. 수강생들이 첨단기기에 익숙한 세대이기 때문이다. 수강자들에게 외면받는 강의는 지속돼서는 안 된다. 대학에서 학생들의 수업평가가 좋지 않을 때 강사는 교단에서 퇴출당할 위기에 내몰린다. 이쯤 되면 강의실에서 선생이 갑이 아니라 수강생들이 갑의 역할을 하는 셈이다.

수강생들의 선택을 받은 자만이 지자체 및 단체 등의 강연장에
서도 살아남을 수 있다는 사실은 이미 현실이 된 지 오래다. 그러나
대학에서도 이와 같은 평가가 일반화되고 피교육자의 반응을 우선시
할 때, 각 대학의 교육목표를 성취할 수 있는지는 의문으로 남는다.
대학은 각종 단체의 강연처럼 지식 전달만을 목표로 하지 않기 때문
이다. 각 대학은 고유의 창학정신과 교육목적, 목표를 갖고 있다. 지
식을 전달하지만 왜 전달하는지 뚜렷한 목표가 있는 것이다. 홍성역
을 어떻게 가느냐고 물어보았고, 누군가가 그것을 단순히 알려주었을
때 그를 교육자라고 말하지 않는다. 그 이유는 그가 왜 가르치는지
깊이 사유思惟하지 않기 때문이다. 아는 것을 효과적으로 알려주는 것
만이 훌륭한 교육이라고 볼 수 없다. 그러나 요즘 왜 가르치는지보다
는 효과적인 수업방법만이 교육의 알파이자 오메가로 여겨진다. 왜
가르치고 배우는지 교육의 이념이 필요한 시대다.

요즘 각 대학이 교양교육에서 인성교육을 새롭게 부각시키는 것
도 이와 무관하지 않다. 미국 동부 아이비리그 대학들은 서양의 고전
을 읽고 토론하며 글 쓰는 교양교육에 관심을 기울여왔다. 학생들이
좋아하는 흥미 위주의 과목들이 아니라 어떻게 살아야 가치 있는 삶
인지를 철학적으로 묻는 듬쑥한 책을 선택해 가르쳐왔던 것이다. 이
렇게 하는 이유는, 교육이란 피교육자를 역사 속의 한 존재로 성장하
게 하는 일이기 때문이다. 학생들의 눈치를 살피는 지식노동자는 이
런 역할을 하기보다는 교단에서 광대 역할을 하기 쉽다. 강의 평가가

좋지 않으면 조직의 장이 교육자에게 책임을 묻기 때문이다.

　참교육은 사람과 사람이 긴밀하게 만나는 일이다. 그러나 현재의 학교와 같은 공교육에서는 불가능하기 일이기에 학급당 학생 수를 차츰 줄여왔다. 긴밀한 만남은 둘 사이에 이루어지는 육체적 사랑에로스과 같은 것에서 발생하지만, 플라톤은 『향연』에서 아리스토텔레스의 입을 빌려 정신적 사랑도 그것과 크게 다르지 않다고 말한다. 사랑은 원래 한 몸이었던 다른 반쪽을 찾아내어 함께 있으려는 갈망이라고 그 당시 최고의 희곡작가였던 아리스토파네스가 말하자, 플라톤은 소크라테스의 선생 노릇을 하는 여인 디오티마의 입을 빌려 성교를 통한 사랑 이외의 사랑도 가능하다고 설명한다. 바로 교육이다. 교육은 생물학적 짝이 하는 것처럼 자식을 낳아 후세에 남길 수는 없지만, 피교육자의 영혼 속에 아름답고 훌륭하다고 여겨지는 것을 보태어 그 결실이 자식처럼 후세에 전해지도록 하는 것이다.

　플라톤은 '같이 있음', '만남', '성교'를 뜻하는 '시누지아syunousia'라는 말을 교육이라고 생각했다. 교육은 만남을 통해 선생이 아름답고 가치 있다고 여기는 것을 학생에게 전수하는 일이기에 자신의 존재 전체를 걸고 하는 것이다. 선생과 학생의 만남이 관공서의 공무원을 만나 민원을 해결하는 일과 같은 것이라면 그러한 학교는 불행을 약속하는 장소에 불과할 뿐이다.

　그래서 아름답고 훌륭한 삶이 무엇인지를 선생과 학생이 고전을 읽고 토론하며 그것을 독립영화로 함께 만들어보는 고대 그리스의 '파이데이아paideia, 놀이, 교육'와 같은 모임들이 생겨나고 있다. 누가 잘 가르치는지를 수치화하여 평가하고, 허접한 실용 지식 전달에 열을 올려 보았자 우리 삶의 질이 크게 향상되지 않았다는 것을 알고 난 후의 일이다. 이런 모임이 활성화되기를 기대한다.

2016. 8. 18.

브렉시트! 새로운 세계질서를 요구하는 신호탄인가?

영국이 EU에서 탈퇴하자 유럽뿐만 아니라 전 세계가 혼란에 빠졌다. 브렉시트를 단행한 영국도 그 후유증에 시달리기는 마찬가지다. 북아일랜드·스코틀랜드·웨일즈·잉글랜드가 영연방으로 구성된 영국연합왕국United Kingdom은 지난해 스코틀랜드 분리 독립 투표로 한차례 몸살을 앓더니, 브렉시트로 인하여 다시 내부 혼란에 휩싸였다. 아일랜드 일부분을 차지한 북아일랜드도 비슷한 움직임을 보인다. 한때 대영제국을 건설하여 세계를 경영해본 적이 있는 해가 지지 않는 나라가 조그만 국가로, 유럽 한쪽 끝의 섬나라로 전락할 운명에 처해 있다. 왜 이들은 불안정한 상황 속에서 브렉시트를 감행했을까? 설마 그렇게 되랴 하고 브렉시트 찬성에 투표한 영국인들도 있겠지만, 그렇다고 그들의 투표결과를 가난한 계층, 특정 지역민의 일회성 반란 정도로 경시해서는 안 될 것 같다.

영국의 브렉시트를 두고 많은 서방 언론뿐만 아니라 국내 언론도 영국의 선택이 잘못됐음을 지적한다. 그 지적은 영국이 곧 망할 것 같은 수준에 이른다. 그러니 영국인들도 자신의 선택이 잘못되었다며 재투표하자는 쪽으로 일부는 의견을 모으고 있다. 그러나 결과를 되돌릴 가능성은 크지 않다. 영국은 기왕 브렉시트를 하기로 결정했으니 EU라는 커다란 제국에서 떨어져 나와 서서히 그들의 길을 찾아 나서야 할 것이다. 영국이 '마이웨이'를 걸어가면서 일부 서방 언론의 예단처럼 그들의 미래가 밝지 않을 수도 있겠지만 그 두려움을 걷어내야 한다. 영국인들은 작은 섬나라에서 이미 제국을 경영해본 경험이 있지 않은가? 프랑스의 몽테스키외Montesquieu 같은 사상가도 "신앙, 상업, 자유에서 영국인이 최고다"라는 말을 남겼다. 이 말은 영국인의 신념과 촉이 뛰어나다는 의미일 수 있다. 이윤을 극대화하는 무한경쟁의 세계화가 종말을 맞고, 새로운 체제로 탈바꿈하지 않으면 안 된다는 새로운 시대의 도래를 영국인은 촉으로 느끼고 있는 것은 아닐까?

브렉시트로 인하여 영국의 미래는 작은 잉글랜드로 축소될지도 모른다. 그러나 이들의 선택은 고심 끝에 찾아낸 것일 수 있다. 영국의 현직 법무부 장관 마이클 고브Michael Gove는 EU가 내리는 결정에 불만을 터트리면서 전 런던 시장이었던 보리스 존슨Boris Johnson과 함께 브렉시트를 이끌어왔다. 그에 따르면 영국인들은 자기의 삶을 규정하는 법률을 제정하지도 못하고, EU의 결정에 따라야 한다는 것이다. 영국으로 밀려드는 이민자를 제한하지도 못하고, 그들에게 일자리를 내주고 있다는 것이다. EU라는 것이 사람, 자본, 물건이 자연스럽게 오가게 하려는 하나의 공동체라고 볼 때, 밀려드는 이민자를 영국 스스로 막아내기는 어려웠을 것이다. 집을 지을 때 반려 고양이가 새를 쫓지 않게 숲에서 5킬로미터 떨어져 짓도록 하라는 등등의 시시콜콜한 EU의 규제에 그들은 무력감을 느꼈을 것이다. 지나친 이산화탄소

배출 규제는 기업의 생동감을 떨어뜨리게 했는지 모른다. EU의 규제는 그들의 삶을 무력하게 만들고 경제를 퇴조하게 했다. 그러면서도 그들은 독일 다음으로 EU에 많은 돈을 내야만 했다. 영국인들은 유럽 내의 제국과 같은 존재인 EU를 프랑스와 독일이 움직인다고 생각해 온 것이다. 브렉시트에 대한 찬성투표는 영국인들의 지리적, 심리적 소외감이 함께 발동했을 개연성이 크다.

영국이 브렉시트와 같은 결정을 한 것은 이번이 처음은 아니다. 1534년 헨리 8세는 교황청이 자신의 이혼문제에 제동을 걸면서 그를 파문하려고 하자, 그는 교황청에서 탈퇴하여 자신이 수장首長이 되는 수장령을 발표하여 영국에 교회를 새롭게 만들었는데, 그것이 오늘날의 영국 성공회다. 자신이 교황청의 권위를 물리치고 스스로 교회의 장이 되겠다는 선언이었던 셈이다. 그 당시도 그렇게 하지 말자는 의견이 분분했지만, 교황청의 지배에서 벗어난 영국은 오히려 산업혁명의 길로 나아갔다. 그가 교황청을 거부하게 된 요인이 단지 캐서린과 이혼문제에만 있는 것이 아니라 이미 정치적, 경제적으로 교황청과 결별할 준비를 해왔기 때문이다.

이번의 브렉시트 결정도 EU가 더는 영국에 도움이 되지 않는다는 판단에서였다는 생각이 든다. 영국이 이들로부터 떨어져나와 불안한 미래를 맞이할 수도 있지만, 예전처럼 그들은 인류 역사에 새로운 길을 닦아놓을지도 모른다. 무한경쟁으로 피로한 삶에 내몰리고, 양극화가 심화하는 삶 속에서 사람들은 피로한 기색을 내보이기 시작했다. "영국이 먼저Britain first"라는 조 콕스Jo Cox 의원 살해범의 말이나,

"미국이 먼저"라는 트럼프의 말에 점점 더 관심을 기울이는 것도 이러한 현상과 무관하지 않을 것이다.

옛 그리스 에피루스Epirus의 왕 피루스Pyrrhus가 로마를 상대로 여러 차례 승리를 거두었지만, 병력의 3분의 1 이상을 잃을 정도로 희생이 컸기에 승리를 했어도 별로 승리라고 할 수 없는 승리를 거두었다. 즉 승자의 저주일 수도 있다. 영국의 브렉시트가 찬성자들의 '피루스의 승리pyrrhic victory'가 되지 않으려면 영국인들의 지혜가 필요하다. 그들의 지혜는 또 한 번 세계 정치·경제 질서를 바꿔 새로운 시스템을 만들어낼지 모른다.

2016. 6. 30.

어설픈 융합과 어느 인문학자

　화투장을 그려 화가 대접을 톡톡히 받던 가수의 그림이 자기가
그린 것이 아니라 대작代作을 통한 것이라는 사실이 얼마 전 밝혀져
충격을 줬다. 자신의 아이디어를 남에게 줘 주문 제작해도 되는 것
아니냐고 구차한 변명을 해 더욱 대중의 공분公憤을 샀다. 그의 삿된
논리로 볼 때, 일부 예술에서 그렇게 하는 예도 있다고 하지만 자기
의 이름으로 판매하는 그림을 남이 대신 그리도록 하는 행위가 적어
도 떳떳하지는 못했을 것이다. 조영남 자신의 말처럼 화투장을 가지
고 놀다가 망신당한 꼴이 되고 말았다.
　어느 케이블 방송의 「어쩌다 어른」이라는 프로그램의 최진기라
는 유명 강사는 '조선 미술사' 강의에서 다른 작가의 작품을 오원 장
승업의 「군마도」로 잘못 소개했다는 비판을 받고 모든 방송에서 하차
하고 말았다. 관객을 들었다 놓았다 하는 입담으로 대중을 압도했지
만, 실제로 그의 강의는 준비가 치밀하지 못했거나, 전공이 아닌 분야
에 지식이 깊지 못했음을 드러냈다. 전자가 도덕성이 문제였다면 후
자는 과욕이 문제였다.
　요즘 대학에서는 인문학 관련 학과가 줄줄이 폐과되는 운명을
맞고 있는데, 대학 바깥에서는 인문학 관련 강의가 인기를 끌고, 인문

학 장사꾼 같은 사람들이 등장하고 있다. 스티브 잡스 Steve Jobs 영향 때문인지는 몰라도 공학과 경영학 등에서도 인문학적 사고를 요구하는 소위 '융합'이라는 단어가 시대의 요청처럼 번지고 있다. 대학에서는 융합대학원도 있고 융합학과도 생겨났다. 그러나 융합이라는 단어는 두 가지 또는 여러 가지 이질적인 heterogeneous 것을 섞어 물리적으로 결합해놓는 것이 아니라, 두 개의 물질이 화학작용을 통해 또 다른 물질로 거듭남을 의미한다.

융합은 시인이 낯선 것에서 새로운 언어를 찾아내는 '낯설게 하기 Defamiliarization'와 다르지 않다. 이것은 시인이 이제까지 누구도 사용하지 않은 적확한 은유 metaphor를 시詩에 사용하는 일과 같다. 강한 시인 strong poet은 자신의 독창성을 유지하기 위해 앞선 시인의 영향에 놓이지 않기를 원한다. 그러한 시인만이 역사 속에 살아남기 때문이다.

이질적인 생각들을 융합해 영국 문학사에 별처럼 우뚝 솟아 있는 시인이 존 던 John Donne이다. 17세기 가장 존경받던 존슨 박사는 던의 시를 가리켜 "가장 이질적인 개념들을 폭력적으로 한데 묶어 놓고 있다"라고 혹평했다. 존슨이 보기에 시는 기본적으로 사람들의 마음에 감동을 주는 '보편적'인 것들을 다뤄야 하는데 던의 시는 너무 부자연스러운 '특별함'에 치우쳐 있다고 봤던 것이다. 던의 시가 일종의 '조화 속의 부조화'를 추구하고, 서로 닮지 않은 이미지들의 결합 또는 명백히 서로 다른 것들 속에서 초자연적인 것을 찾고 있다고 그는 지적했다.

20세기 시인 겸 비평가였던 엘리엇 T. S. Eliot은 던을 역사 속에서

끄집어내어 20세기 시인들이 본받아야 할 시인으로 치켜세웠다. 엘리엇은 던의 '통합된 감수성unified sensibility'을 그의 시에서 발견한 것이다. 그러나 던은 그 시대에 인정받지 못했던 아웃사이더였다. 그는 자신의 시를 남들에게 줄 때도 원본 이외에는 사본을 만들지 말기를 바랐지만, 그의 시를 읽은 사람들이 종이에 옮겨 적어 지금은 5천여 개의 사본이 발견되었다. 그는 시집이 출간되기를 원하지도 않았다. 그러나 그의 시들은 여러 언어로 번역 출간돼왔고, 며칠 전 국내에서도 새롭게 번역 출간됐다.

오랫동안 대학에서 영문학을 가르쳤던 교수가 휠체어 의지한 채, 그의 시를 비롯한 고전들을 번역 출간해 더욱 화제가 되었다. 저잣거리에서 인문학 장사꾼들의 목소리가 요란하게 들려올수록 사전과 조용히 씨름하는 그와 같은 인문학자의 모습은 더 큰 빛을 발한다. 인문학을 좋아한다는 것은 던의 숨결을 그의 시집에서 느껴보는 일이다. (『던 시선Selected Poems of John Donne』, 김영남 번역, 지식을만드는지식 출판)

2016. 6. 13.

아까시나무꽃과 공상

지난주 연휴 산에 올랐다. 5월의 산속에는 아까시나무를 비롯해, 노린재나무, 층층나무, 조팝나무의 흰 꽃들이 저마다 화사함을 뽐내고 있었다. 아까시나무꽃 아래에는 애기똥풀꽃이 노란 얼굴을 내밀었다. 더 숲속으로 들어가자 하얀 산딸기꽃이 꿀벌을 맞이하여 힘에 겨운 듯 가지를 늘어뜨렸다. 이 결과 여름이 되면 산딸기꽃은 벌과 합작하여 붉은 열매를 마술사처럼 내놓을 것이다. 이름 모를 새들은 집 지을 터를 찾는지 산딸기 넝쿨 주변에서 마냥 부산하기만 하다. 고목나무에 매달려 보금자리를 준비하는 딱따구리 소리는 스님의 목탁 소리를 빼닮았다. 오월의 숲속은 싱그러우면서도 새 생명을 잉태할 준비로 분주하다. 멀리서 숲을 바라볼 때 늘 비슷한 모습이었지만, 가까이 들여다보니 새 생명이 탄생하고, 생을 마감한 생명체는 다시 태어날 생명의 에너지로 환원되고 있었다.

아까시나무꽃에는 벌들이 바삐 드나든다. 잠시 피는 꽃에서 꿀을 얻어내야 겨우내 벌은 생명을 유지할 수 있기 때문이다. 누군가 우리의 삶을 외계에서 바라본다면 이와 크게 다르지 않다고 여길 것이다. 그러나 바쁜 날갯짓을 해야 삶을 영위할 수 있는 꿀벌과는 달리 사람은 휴식이 필요하다. 사람들에게 휴식은 더 좋은 벌꿀을 많이 얻을 수 있는 에너지를 충전할 수 있게 해준다.

　정상을 향하던 발길을 멈추고 잠시 상념想念에 젖어본다. 꿀벌은 이 꽃 저 꽃을 열심히 돌아다니며 벌꿀을 모아오지만, 양봉업자는 꿀벌에게 설탕물을 주고 꿀을 빼앗아간다. 이와 비슷하게, 노동의 대가를 양봉업자처럼 누군가가 중간에서 착취해간다면 우리는 어떻게 할 것인가? 사람들은 사유재산과 생명과 자유를 빼앗기는 것이 두려워 국가를 만들었다고 존 로크John Locke는 『통치론』에서 주장했다. 인간들끼리, 만인에 대한 만인의 투쟁을 할지 모른다는 생각에서 토머스 홉스Thomas Hobbes도 『리바이어던』을 썼다. 국가의 운영은 왕이 아니라 시민들이 낸 세금으로 이루어지는 것이기에, 운영을 맡은 사람들이 제대로 국가를 운영하지 못한다면 한시바삐 갈아치워야 한다는 것이 이들의 생각이었다.

　그러나 국가를 관리하는 사람들과는 또 다른 양봉업자 같은 세력資本家이 나타나 노동자의 노동력을 과잉으로 착취해간다고 생각한 사람이 카를 마르크스Karl Marx다. 이런 자본가들에게 대항하려는 마르크스의 생각을 러시아 혁명을 통해 실험해보았지만 실패했다. 지금은 마르크스를 죽은 개 취급하는 사람도 있다. 함께 일하고 함께 잘살 수 있는 세상이 공산주의라고 그는 말했지만, 그런 세상은 동구권의 실험에서 이미 실패했다고 여기는 것이다. 마르크스는 공산주의가 구소련, 북한 그리고 쿠바 정권과 같은 모습이라고 말한 적이 없다. 그 자신도 공산주의를 이상적으로만 그려보았으니까 말이다. 그러나 그가 말한 세계에서 분명한 것은 양봉업자처럼 꿀 채취에 기여하지 않은 자가 꿀을 많이 가져가게 해서는 안 된다는 것이다.

자본주의의 문제점은 노동자가 열심히 노동할수록 노동자의 삶이 피곤해진다는 것이다. 중간에서 일하지 않고 먹고 노는 계층을 먹여 살려야 하기 때문이다. 힘센 자, 권력을 가진 자, 자산을 가진 자들이 일하지 않고 그 힘으로 꿀을 빼앗아간다. 마르크스가 보기에 이런 착취를 당하는 상황에서 벗어나는 길은 주인에게 애원해서 이 상황이 해결되는 것이 아니라 노예 출신 스파르타쿠스처럼 스스로 노예의 멍에서 벗어나야 한다는 것이다.

2011년 가을, 뉴욕에서 1%의 양봉업자가 99%의 꿀벌의 꿀을 빼앗아간다고 잠시 반란이 있었지만 곧 진정되었다. 마르크스가 좋아했던 스파르타쿠스처럼 스스로 자신의 멍에를 푼다는 것이 얼마나 어려운지를 뉴욕의 상황은 보여준다. 마르크스는 하나의 유령공산주의라는 유령이 유럽을 떠돌고 있다면서, "프롤레타리아여, 단결하라!"라고 『공산당 선언』에 썼지만, 일만 할 수밖에 없는 그들에게 그 말은 공허한 소리였다.

슬라보예 지젝Slavoj Zizek은 1%가 99%를 지배하는 것은 개인의 문제가 아니고 시스템의 문제이니 "사유하라"라고 외친다. 몇 번이고 해운, 조선에 국민의 세금을 수조 원씩 쏟아부어도 부도 사태는 반복되고, 가진 자들의 갑질이 여전한 것은 시스템의 문제라는 것이다. 그러면 어떻게 해야 반복되지 않을까? 이 문제에 쉽게 답할 수 있는 것은 아닐 것이다. 연휴에, 아까시나무꽃이 활짝 피어있는 산속을 돌아다니며 잠시 공상空想에 젖어본다.

2016. 5. 12.

인간을 넘어선 인간의 출현과 윤리학

알파고와의 바둑대결로 이세돌에 대한 인기가 아이돌 못지않다. 어린이 바둑교실에 아이들이 몰려들지만, 알파고로 인한 인공지능^AI 에 대한 세간의 호기심은 '인공지능 공포증'으로 바뀌고 있다. 아직 인공지능다운 인공지능이 출현하지 않았는데도 그에 대한 두려움이 앞서는 것은 인공지능의 궁극적 모습을 그려볼 수 없기 때문일 것이다. 미래에, 인간이 인공지능에 의해 인간 대접을 받지도 못하고, 일자리를 빼앗기지는 않을까 하는 막연한 공포감이 포함돼 있다.

인공지능이 발전한다고 하더라도 경우의 수가 체스보다 훨씬 많은 바둑에서 이세돌을 이길 수 있을까 하는 것이 많은 사람의 생각이었을 터인데, 이세돌이 승리하지 못하는 모습을 보고 충격으로 다가왔다. 인공지능은 체스와 바둑에서 이미 인간지능을 넘어섰고, 앞으로 이것의 발전은 인간의 지능보다 수천 배 넘는 수준으로 발전할 것이라고 구글 엔지니어링 이사인 레이 커즈와일^Raymond Kurzweil은 예측했다.

커즈와일은 인공지능의 분야에서 '수확가속의 법칙^the law of a accelerating returns: 기술의 진화과정이 가속적이며, 그 산물 또한 기하급수적으로 증가한다는 이론'이 적용된다고 하면서, 과학기술은 발전을 거듭하여 거의 무한대로 커질 수 있는 '특이점'이 올 것으로 내다본 것이다. 이 특이점이 지나는 시점에 '강한 인공지능'이 출현하게 되리라는 것이다. 이세돌과 대국을 펼쳤던 인공지능은 아직 '약한 인공지능'의 분류에 속한다는 의미다. 그에 따르면 강한 인공지능은 이성적, 감성적, 도덕적 판단을 하고 인간과 대화를 나눌 수 있는 강한 인공지능이다.

그는 인공지능이 특이점을 지나 강한 인공지능으로 출현하기 위해서는 GNR의 혁명이 필요하다고 『특이점이 온다』에서 주장한다. G는 유전학의 혁명을, N은 나노기술의 혁명을, R은 로봇공학 혁명을 가리킨다. 우리는 유전공학을 발전시켜 이미 게놈 지도를 완성했고, 인공장기와 동물의 장기를 인간에게 융합하는 시도를 하고 있다. 나노기술의 발전은 우리가 사는 세상을 분자 수준에서 재조립함으로써 유전학의 혁명에 박차를 가하고 있다. 인간의 혈관 속에 작은 '나노로봇'을 침투시켜 혈관 질병을 치료할 것으로 보인다. GNR혁명의 마지막 단계인 로봇공학의 혁명은 인간과 비슷하거나 인간을 초월하는 '인공지능의 출현'을 의미한다. "최초의 초인공지능 컴퓨터는 인간이 만든 마지막 발명품이 될 것이다"라는 영국의 수학자 어빙 존 굿[Irving John Good]의 말은 강한 인공지능의 출현을 예측한 것이 아닌가 싶다.

이러한 날이 올 것을 예상한 것은 아니겠지만 니체는 『차라투스트라는 이렇게 말했다』에서 "인간은 동물과 초인 사이에 놓인 밧줄이요, 심연深淵 위로 걸쳐진 밧줄이다"라는 말을 했다. 하등 동물에서 점점 진화해온 인간이 자신들이 추구하는 가치에 맞는 방향으로 과학기술을 조정하여 초월을 이루어낼 것이라고 커즈와일은 니체의 말을 해석한다. 심연이란 기술에 내재한 갖가지 위험을 뜻한다고 볼 때, 인간의 존엄성에 대한 문제는 오히려 인간에게 유리하게 강화될 것으로 내다본다. 그러나 프랜시스 후쿠야마Francis Fukuyama는 『Human Future』에서 유전공학의 발달로 출현하게 될 능력이 향상된 '유전적 귀족계급'과 열등한 인간 부류가 공존하는 암울한 시대를 맞이하게 되리라고 미래에 대한 비판적 견해를 밝혔다.

커즈와일은 영생永生을 꿈꾸며 『영원히 사는 법: 의학혁명까지 살아남기 위해 알아야 할 9가지』, 『환상적인 여행: 영원히 살 수 있을 정도로 수명 연장하기』라는 책을 썼지만, 미셸 푸코Michel Foucault는 『말과 사물』에서 "단언컨대 인간은 바닷가 모래사장에 그려놓은 얼굴처럼 사라질지 모른다"라는 말을 남겼다. 인간은 과학기술을 이용하여 인간생물학적을 넘어선 영생永生하는 인간으로 진화할 수도, SF영화 같은 암울한 세상을 만들 수도 있을 것이다. 이런 세상이 다가올수록 그 시대에 걸맞은 윤리학적 인간이 더욱 요청될 것이다.

2016. 4. 7.

그리스 비극을 읽어야 하는가?

서울대 학생들이 2014, 2015년 상반기에 도서관에서 가장 많이 빌려 봤다는 책이 고대 그리스의 『에우리피데스 비극』이다. 고대 그리스 비극 3대 작가인 아이스킬로스와 소포클레스의 작품도 2년 연속 10위권 이내에 들어있다. 잘 읽지 않으려고 하는 고전이 연속 순위권에 있다니 흥미롭다. 고전 작품이 유익하고 재미있어 빌린 경우도 있겠지만, 서울대에서는 2012년부터 고전 읽기를 강화했고, '삶과 인문학', '고전으로 읽는 인문학' 같은 강좌가 인문대학 신입생 필수과목으로 지정되었기 때문에 그럴 수도 있을 것이다.

그리스 비극tragedy-tragoidia은 슬픈 내용이라기보다는 끔찍하고 잔인한 내용에 더 가깝다. 비극이라는 단어는 고대 그리스의 '염소tragos'에 어원을 두는 것으로 보아 내용이 꼭 슬픈 것과는 무관해 보인다. 소포클레스의 『오이디푸스 왕』도 오이디푸스의 출생 비밀을 밝히면서 오이디푸스가 끔찍하게 파멸해가는 모습을 보여준다. 아들을 낳으면 그 녀석이 자신을 죽일 거라는 신탁을 받은 테베왕 라이오스는 갓 태어난 아들의 발을 꼬챙이로 찔러 시타에론 산에 버리도록 한다. 이 아이를 한 목자牧者가 발견하여 마침 자식이 없던 코린트 왕의 아들로 입양시킨다.

'부은 발'이라는 의미를 가진 오이디푸스는 신탁의 내용처럼 코린트를 떠나 결국 아버지 테베왕 라이오스를 죽이고 어머니와 결혼하면서 그간의 삶의 역정을 밝힌다. 어머니이자 아내인 이오카스테는 스스로 목숨을 끊었고, 오이디푸스는 이오카스테의 브로치로 자신의 두 눈을 찔러 스스로 국외로 추방된다. 이런 막장드라마 같은 내용을 학생들에게, 자식들에게 읽으라고 추천할 필요가 있을까?

아이스킬로스의 『오레스테이아』에서는 정부情夫와 작당하여 전쟁터에서 돌아온 남편을 쳐죽인 아내 클뤼타임네스트라가 등장한다. 에우리피데스의 『메데이아』에서는 변심한 남편에게 복수하기 위해 잔혹하게 자식을 죽이는 어머니 메데이아가 주인공이다. 주인공들이 격정적이고, 무섭고, 거칠고, 극단적이고, 악랄하기까지 하다. 밝고 즐겁게 살기에도 짧은 세상에 이렇게 끔찍하고, 심각하고, 우울하기만 한 그리스 비극을 읽을 필요가 있을까?

이러한 생각에서인지 플라톤은 그의 저서 『국가』에서 이런 비극작품을 읽어서는 안 된다고 단호하게 말한다. 요즘 말로 모방범죄가 발생할지 모르기 때문이다. 이런 비극작품을 만들어내는 사람들은 국가에서 추방해야 한다고 주장한다. 소위 '시인 추방론'이다.

그러나 그의 제자였던 아리스토텔레스의 생각은 달랐다. 『오이디푸스 왕』이 탁월한 비극작품이라며 『시학』에서 많은 지면을 할애割愛하면서 칭찬한다. 그에 따르면 관객은 주인공에게 동화되어 연민과 공포를 느끼게 되고, 연극을 보면서 그들이 갖고 있던 감정이 정화淨化된다는 것이다. 즉 비극을 보고 나면 사람들은 마음이 후련해지는 카타르시스를 느낀다는 것이다.

그리스 비극의 주인공들은 오이디푸스처럼 스스로 몰락의 길을 걸어간다. 이오카스테는 오이디푸스에게 더는 출생의 비밀을 밝히지 말라고 만류하기도 하지만, 그는 집요하게 비밀을 밝혀 스스로 파멸로 빠져든다. 오이디푸스처럼 비극의 주인공들은 전부인 하나를 위해서 하나를 제외한 그 밖의 모든 것을 포기한 사람들의 처절한 모습을 보여준다. 『위대한 개츠비』에서도 개츠비는 데이지와의 사랑에 목숨을 걸고, 하나인 그 사랑을 위하여 그 밖의 삶들을 포기하는 몰락의 에티카를 보여준다. 비극작품은 처절하게 몰락해가는 삶을 극단까지 보여줌으로써 삶의 깊이와 폭을 확장하는 데 공헌한다. 독자가 그런 삶을 굳이 경험할 필요가 없음을 간접적으로 비극작품 속에서 확인할 수 있는 것이다.

이렇게 본다면 플라톤의 입장과 아리스토텔레스의 입장은 아직도 충돌한다. 필자처럼 귀가 얇은 사람이라면 비극을 읽을 필요가 있는지 없는지 알기 위해서라도 먼저 꼼꼼한 독서를 해야 할 것 같다. 프로이트는 『오이디푸스 왕』을 읽고 '오이디푸스 콤플렉스'라는 정신분석학의 핵심이론을 내놓았다.

2016. 2. 15.

국회의원이 뭐길래!

　며칠 뒤 제20대 국회의원을 뽑는 선거가 치러진다. 후보자들 처지에서 보면 유권자들의 표심을 얻기 위해 안간힘을 다할 것이고, 유권자들은 누가 제대로 된 인물인지 유심히 살펴볼 것이다. 후보자들은 모두 자기가 그 지역의 낙후된 경제를 살릴 수 있는 유일한 인물이라고 목청을 높인다. 그러나 우리의 삶은 그들의 주장과는 늘 거리가 멀었다. 삶의 질은 나아지지 않았고, 경제는 항상 위기였다. 잘살게 해주겠다고 외치던 그들의 말은 국회의원이 되기 위한 미사여구에 불과했다. 이번 선거에서 어느 인물을 뽑을 것인지는 그들의 말이 아니라 19대 국회의원들이 살아온 행태^{behavior}에서 그 답을 찾아야 할 것 같다.

　19대 국회는 '국회선진화법'으로 인해 여야가 서로의 발목을 잡은 채 민생법안을 제대로 통과시키지 못해 '식물국회'라는 비판을 받았다. 18대 국회의원들이 서로 단상을 점거하고 볼썽사나운 모습을 보이니 몸싸움이라도 하지 말자고 이 법을 만들었다. 그런 면에서라면 물리적 충돌이 사라졌으니 '타협정치'의 씨앗이 뿌려졌다고 긍정적 평가를 할 수도 있겠다. 그러나 이 법은 국회의장의 직권상정을 천재지변, 전시戰時 등에만 가능하도록 제한했고, 쟁점 법안 통과 기준도 의원 50%

이상 찬성에서 60% 이상 찬성으로 바꿨다. 그래서 현재 여야 의석 분포상 여당은 야당이 반대한 안건을 처리할 수 있는 길이 없다.

19대 국회의원들이 상대방을 탓하며 민생법안을 통과시키지 못하는 사이 글로벌 시장의 환경은 급변해 중국을 비롯한 후발 주자들은 우리의 턱밑까지 추격해왔다. 국회선진화법이 아니더라도 여야가 대화와 타협을 하는 것이 정치의 기본일 터이지만 19대 국회는 이런 일과는 거리가 멀었다. 이런 국회의원들이 받는 세비는 세계 최고 수준이며, 국회의원의 숫자도 인구 대비 미국·일본을 앞지른다. 이들이 다시 국회의원이 되겠다고 거리에서 손을 흔들며 90도로 인사하고 있다.

대통령, 국회의원들을 비롯한 선출직 자리에 있는 사람들은 유권자의 삶을 풍요롭게 해주기 위해 상머슴의 역할을 하겠노라고 선거공약公約을 내놓았지만 공약空約이 되는 경우가 다반사였다. 당선되고 나면 선거 때 내놓은 공약을 잊고, 패거리를 지어 자신들의 이익을 좇는 무리가 된다. 강江도 없는데 다리를 놔주겠노라고 공약을 내놓는 사람이 정치인이라고 누군가는 정치인을 폄하貶下하지만, 정치는 모든 사람이 함께 잘살 수 있도록 사람들 사이의 의견을 조정하고, 이해관계를 둘러싼 다툼을 해결하는 일이다.

그런 일을 하는 사람들은 분명 높은 도덕성이 요청될 것이고, 시대정신zeitgeist도 체득해야 할 것이다. 시대정신이란 우리가 어디에 있고, 어디로 가야 할 것인가를 전망하는 가치집약이다. 그러한 정치인들에게만 국민은 카리스마를 느낄 것이다. 그러나 우리 곁에는 이런 것과는 무관해 보이는 사람들이 표를 구걸하며 거리에서, 식당에서 명함을 돌리며 잠시 허리를 굽신거린다.

셰익스피어의 『맥베스』에서는 맥베스가 던컨 왕을 시해하고 왕이 된 뒤에 양심의 가책으로 괴로워하다 잠을 이루지 못한다. 그의 부인도 왕비가 되기 위해 맥베스보다 더 권력에 대한 집착을 보였지만, 그녀 역시 몽유병 환자가 돼 거리를 떠돌다 객사하고 만다. 왕의 자리에 오르면 모든 것이 내 손 안에 있을 것 같았던 부부는 양심의 갈등을 겪으며 파멸의 길로 빠져든다.

왕비가 죽었다는 소리를 듣고도 맥베스는 놀라지 않으면서 "인생이란 걸어 다니는 그림자에 불과하지. 잠시 무대 위에서 거들먹거리거나 종종거리고 돌아다니지만, 얼마 안 가서 잊고 마는 처량한 배우일 뿐"이라는 대사를 읊조린다. 맥베스는 권력의 정상에서 삶과 권력의 허망함을 느끼며 회한悔恨의 눈물을 짓는다. 그러나 그동안 자기가 국회에서 무엇을 잘못했는지, 맥베스와 같은 자아성찰의 눈물도 없이, 지금 거리에선 오직 금배지를 달아보겠다는 사람들의 욕심이 넘쳐난다.

국회의원이 뭐길래!

2016. 4. 4.

억만장자와 책 읽기

미국의 억만장자 빌 게이츠Bill Gates와 마크 저커버그Mark Zuckerberg
의 공통점 중 하나는 바쁜 일정 속에서도 많은 책을 읽는다는 것이다.
빌 게이츠는 매주 2권 정도의 책을 읽고 독후감을 공개하는 파워 블
로거다. 마크 저커버그도 2015년을 '책의 해'로 정하고 2주에 한 번씩
듬쑥한 책을 소개함으로써 지난해 독서열풍을 이끌었다. 책 읽기는
그들의 삶에 중요한 부분이며 이 습관이 그들을 세계적인 부자로 만
들었는지도 모른다. 그들은 재산 대부분을 사회에 환원하고 있는데,
이 역시 독서가 그들에게 끼친 영향이 아닐까 싶다. 독서를 통한 다
양한 지식축적과 정보수집은 시민으로서, CEO로서 현명하게 판단하
도록 하는 데 큰 도움을 주었을 것이다.

훌륭한 책을 많이 읽어야 한다는 말은 너무 많이 들어온 터라 다
시 발설하기에도 멋쩍게 들린다. 그러나 좋은 책을 지속해서 읽어낸
다는 것은 그리 쉽지 않은 일이다. 서양 고전 중에서 대학교양도서
100선에 빠지지 않고 등장하는 책이 호메로스의 『일리아스』와 『오디
세이아』인데 그것을 끝까지 정독한 사람이 정말 얼마나 될까 하는 의
구심이 든다. 미국 소설가 마크 트웨인Mark Twain은 누구나 읽어야 하지
만 읽지 않은 책이 고전이라고 말한 바 있다. 읽으면 인간의 전인적全

人的이며 조화로운 성장에 큰 도움이 되련만 끝까지 읽어내기가 쉽지 않은 책들이 소위 고전이라는 반열에 올라있다.

미국 컬럼비아 대학에서는 1920년 존 어스킨John Erskine이라는 영문학과 교수가 '명저 읽기Great Books Program'와 총명해지는 방법 사이에 밀접한 관계가 있다고 생각해 학생들에게 서양 고전을 읽도록 독려했다. '교양우등General Honors' 과정은 3·4학년 때 15명을 한 반으로 편성하여, 2명의 서로 다른 견해를 보인 교수와 미리 책을 읽고 온 학생들이 토론하도록 했다. 몇 년 후 마크 반 도렌Mark Van Doren 같은 훌륭한 교수가 나타나 이 과정을 더욱 충실하게 이끌었다. 많은 학생이 컬럼비아 대학을 졸업하고 나서도 이 교수를 잊지 못하고, 그 대학의 가장 훌륭한 교수였다는 글을 여기저기에 발표했다. 많은 돈을 번 학생들은 그를 기억하며 학교에 돈을 기부하기도 했다. 내가 이렇게 많은 돈을 번 것은 컬럼비아 대학 때 키운 독서의 힘 때문이라는 것이다. 이러한 연유에서인지 이 프로그램은 시카고 대학과 세인트존스 대학으로 퍼져나갔고, 이들 대학의 교양과정에서 읽는 책들이 1952년에는 '서구 세계의 명저'라 이름으로 54권이 출판되었다가 1990년 60권으로 새롭게 출간됐다.

'서구 세계의 명저'를 읽게 되면 학생들이 과거의 위대한 정신적 계도啓導와 훈도薰陶로 교양과 덕성을 갖춘 전인적 인간이 될 수 있으리라는 생각을 대학들은 하고 있었다. 학생들이 과거의 멋진 정신과 교류하게 되면 자기완성과 함께 사회와 조화로운 인간이 될 수 있으리라 대학들은 믿은 것이다. 우리가 힘들여 소위 고전을 읽는 이유는 과거사가 오늘날의 문제를 성찰하는 데 적실한 단서와 계시를 주고 빛을 던져줄 수 있다는 믿음 때문이다. 과거의 수많은 책 중에서 오늘날 우리의 고전으로 남아 있는 책들은 그 안에 순도 높은 광맥을 많이 숨겨놓았다. 독자들이 그것을 공들여 파내면 부자가 된다. 자꾸 파내고 싶은 재미도 그 안에 내재해 있다. 이러한 조건을 갖추지 못한 책들은 고전의 반열에 오르지 못했다.

'고전 classic'이라는 어사語辭에는 '계속 읽어왔고, 읽어야 할 가치가 있다고 평가되는 책'이라는 뜻이 함의돼 있다. 고전과 부자를 관련짓기 어려워 보이지만, 로마인들은 돈 많은 최고계급을 클라시시 classici라고 불렀다. 기원전 2세기 로마의 법률가이자 문인인 아울루스 겔리우스 Aulus Gellius가 classici의 형용사 classicus를 여러 저작자에게 비유적으로 적용한 것이 계기가 되어 최고급의 저자와 저작을 가리키게 되었다고 전해진다. 최고의 저자가 일급의 저작물을 가지면서 재산이 많이 있었다는 것은 흥미롭다. 수천 년이 지난 지금도 세계 최고의 억만장자들은 손에서 책을 놓지 않는다. 좋은 책들과 멀어져서는 부자가 되기 어렵다는 것을 세계적인 부자 빌 게이츠와 마크 저커버그는 보여준다.

2016. 1. 28.

'에티카'와 동물의 세계

　사람은 내면에 동물적 수성獸性을 가두고 살아간다. 그것이 밖으로 드러날 때 짐승만도 못한 놈이라는 소리를 듣는다. 동물은 생식 본능, 먹이를 찾는 본능, 생존 본능으로 살아간다. 동물 사이의 투쟁은 이 본능의 충돌이다. 본능에 충실할수록 동물은 더욱 맹수의 위엄을 발한다. 동물은 영육靈肉을 하나로 뭉개서 현존의 조건으로 무지몽매無知蒙昧를 용인하고, 그걸 발판 삼아 동물적 숭고함에 도달한다. 그러기에 동물은 내면의 심연深淵을 갖지 못한다. 동물은 표면이 곧 심연이다. 그러나 인간은 본능을 억압하고 양심을 기르기 시작한 동물이다. 동물 중에서 인간만이 그 감옥에서 빠져나올 수 있는 열쇠를 갖고 있다.

　이런 감옥에서 탈주할 수 있는 열쇠는 '윤리학'이라는 '에티카'다. 에티카를 함양하지 못할 때 인간은 동물의 세계에 머물 수밖에 없다. 이곳에 빠져 사는 인간은 동물원의 동물들을 다 합해놓은 것보다 더 동물적일 수 있다. 니체에 따르면 인간은 변덕스럽고 불안정하며, 자기 자신을 실험기구로 사용해본다는 점에서 동물과 차이가 난다고 『선악의 저편』에서 설명한다. 동물보다 몇 배 더 못한 짐승 같은 삶을 살 수도 있다는 의미로도 해석될 수 있다.

인간의 본능이 충돌하는 세계에서 '에티카 국가'를 만들어보려는 노력이 퇴계退溪의 『성학십도』에 고스란히 드러나 있다. 퇴계는 기쁨, 노여움, 슬픔, 두려움, 사랑, 미움, 욕심이라는 칠정七情을 버리고 사단四端이라는 인, 의, 예, 지로 인간의 본성을 환하게 비춰야 인간다워질 수 있다고 봤다. 성리학을 집대성한 주희는 이러한 것을 "존천리 거인욕存天理 去人慾, 천리를 보존하고 인욕을 버린다"이라고 했다. 천리는 사람이라면 누구나 지켜야 할 공동의 규칙이고, 인욕은 개인의 욕망을 이루기 위해 다른 사람의 바람을 무시하는 욕망을 말한다. 주희의 가르침을 이어받았던 퇴계는 그가 살았던 시대가 동물의 세계에 가까웠는지 조정을 떠나면서 선조 임금에게 『성학십도』를 남겼다.

지금도 정치뿐 아니라 사회라는 광장에서 동물의 세계가 펼쳐진다. 힘의 위계에 따라 서열이 정해지고, 경쟁에서 승리한 자와 권력을 쥔 자들이 특혜를 독점하고, 패배자인 루저loser들은 생존의 영도零度로 내몰린다. 이러한 현상이 심해지는 한국 사회와 동물의 세계가 다르다고 말할 수 있을까? 개인 차원에서도 가진 자가 갖지 못한 자에게, 힘 있는 남자가 힘없는 여자에게, 어른이 아이에게, 선생님이 학생들에게 다양한 폭력을 행사하는 사회가 성숙한 사회일까? 이 글을 쓰는 중에도 선생님이 학생에게 자행한 성폭력 뉴스가 세상을 들끓게 하고 있다. 부산의 모 여자고등학교에서 남자 선생님이 학생들에게 "너희들이 할 수 있는 것은 애 낳는 것밖에 더 있나. 공부 안 하려면 몸이나 팔아라"라는 폭언을 했다고 전해진다. 심지어 선생님이 여학생의 엉덩이, 가슴 등 신체 일부를 만지기도 했다는 보도다. 필자가 사는 고장의 어느 고위직 공무원은 성추행을 저질러 정년을 몇 년 안 남기고 공직을 떠나야만 했다. 우리의 삶에 욕정이 삶의 상수常數로 작용하는 듯싶다.

정부가 나서서 성폭력, 가정폭력, 학교폭력 등을 없애려고 많은 노력을 기울이지만 오히려 폭력은 증가하고 있다. 처벌받는다는 사실을 뻔히 알면서도 폭력을 행사하는 사람은 처벌이 미약하거나 처벌을 피할 수 있는 힘이 있다고 믿거나, 의식이 동물의 세계에 머무는 자이다. 본능에 집착하는 유전자를 갖고 태어난 사람을 변화시키기는 어려운 일이지만, 그래도 이들과 함께 살아가는 일은 이들을 끊임없이 교육하여 '상식Common Sense'과 '에티카'를 함양하는 수밖에 없다. 이것 이외에 할 수 있는 방법은 화학적·물리적 거세castration일 것이다. 에티카의 함양이 거세보다 효과가 작고 느리지만 인간이 선택할 수 있는 제일 나은 방법이다. 처벌이 에티카에 우선하는 사회는 행복한 사회일 수 없다.

인간이 자신의 내면에 숨어 있는 동물적 남성성을 순치馴致시키지 못하면 막돼먹은 '후레자식'이 되기 쉽다. 사회의 성숙도는 사람들이 얼마나 짐승 짓과 멀어져 있느냐에 달려 있다.

2015. 12. 14.

삶 속의 '르상티망'

얼마 전 프랑스의 바타클랑 극장, 축구경기장, 음식점, 그리고 말리의 바마코 호텔에서 테러가 일어나 수백 명이 죽고 다치는 참사가 발생하였다. 이러한 테러가 발생하기 직전에도 베이루트 지역에서 40여 명, 나이지리아에서도 49명이 자살 폭파범의 테러로 인하여 목숨을 잃었다. 이번 테러와 인질극은 알카에다와 이슬람국가 등 극단주의 이슬람 무장단체들과 지하드jihad, 파리 외곽에 사는 일부 이슬람주의자들의 소행으로 밝혀졌다. 이들과 유사한 단체들의 공격은 예전에도 있었고, 앞으로도 자주 발생할 것으로 보인다. 또한 서구의 보복도 반복될 것이다. 그런데도 왜 이들은 알라는 위대하다며 성전聖戰을 외치면서 '악랄한barbarous', '타락한depraved, 서구 신문의 표현' 방법으로 살상을 반복하는 것일까?

이들의 행동에는 근본적으로 분노가 작동한다. 그러나 한나 아렌트Hannah Arendt라는 철학자의 눈빛으로 바라본다면 테러와 폭력에 가담하는 자들은 사유思惟하지 않는 자들이다. 그녀는 아이히만Eichmann, 유대인 대학살의 전범(戰犯) 같이 평범해 보이는 사람들도 최상의 악을 저지를 수 있음을 찾아냈다. 윗사람들이 시키는 대로, 옳고 그름을 따지지 않고, 평범한 사람이 일을 처리해나가게 된다면 그 결과는 최상의 악도 만들어낼 수 있다는 것이다. 아이히만도 나치가 시키는 대로 수백만 명의 유대인을 학살했다. 누구나 아이히만이 될 수 있다. 그렇지 않기 위해서 사람들은 자신의 내면을 들여다봐야 한다.

사유하는 삶이란 자신과의 소리 없는 대화다. 그와는 반대로 혼돈과 공허해진 삶 속에서 자기 울타리에 갇혀 살아가는 자들은 사유하는 삶과 거리가 먼 자들이다. 선과 악의 판단 기준이 세상의 질서와 관계없이 자기 홀로 정한 것이니, 나쁜 짓을 해도 악한 행동을 했는지 인지하기 어렵다. 사람들이 이성을 회복하여 사물과 인간에 대한 공통된 감각, 즉 상식Common Sense이 있을 때 이 세상의 평화공존과 세계시민주의도 가능할 것이라고 아렌트는 『정신의 삶』에서 말한다. 조직의 우두머리가 시키는 대로 테러 같은 폭력을 수행하는 자는 아이히만과 크게 다르지 않을 것이다.

새뮤얼 헌팅턴Samuel Huntington은 『문명의 충돌』에서 크리스트교와 이슬람은 지난 1400여 년 동안 폭력으로 얼룩져왔고, 앞으로도 계속될 것이라고 두 문명의 갈등을 진단했다. 두 공동체는 경쟁관계도 있었지만, 영토·패권·정신을 놓고 십자군 원정이 발생할 정도로 역사적으로 치열한 싸움을 벌여왔다. 이들의 갈등은 두 종교의 본질과 이들 종교에 바탕을 둔 문명의 성격에서 나왔다. 종교와 정치를 통합하고 초월하는 삶의 방식으로서 이슬람교의 가치관, 세속의 영역과 종교의 영역을 분리하는 서구 크리스트교의 가치관은 대립해왔다고 헌팅턴은 판단한다. 그러나 두 교는 일신교로서 자기 외부의 신성神性을 좀처럼 수용하려 들지 않으며, 세계를 우리와 그들이라는 이원적 구도로 파악한다. 이러한 생각 속에서 크리스트교와 이슬람은 정복을 통하여 교세를 넓혀온 역사였기에 '십자군'과 '지하드戰士'는 평행선상에 놓여있는 개념으로 볼 수 있을 것이다.

19세기 후반부터 중동과 아프리카 지역의 가난한 이슬람교도들은 유럽으로 일자리를 찾아 떠났다. 이번에 프랑스 대학살을 연출한 사람 중에는 이런 이민자의 2, 3세가 포함되어 있다. 이들은 파리의 외곽에서 미래에 대한 희망도 없이 마약과 무기 밀매에 손을 대고 IS의 손짓에 쉽게 따라나섰다. 프랑스 출신 세계적인 석학 기 소르망Guy Sorman은 11월 13일 파리연쇄테러의 원인을 "허무주의에 빠진 이슬람 이민자 2, 3세가 목표 의식이 없는 삶 속에서 극단주의에 빠져 저지른 것"이라고 분석했다. 그는 해결책으로 IS 척결과 허무주의자들에 대한 서구의 포용을 권고했다. 기 소르망의 주장처럼 유럽에 흘러들어온 이슬람의 난민들, 그리고 그들의 2, 3세를 서구가 포용해야 한다. 그리고 그들이 올바른 삶을 살 수 있도록 교육도 충분히 해야 한다.

그러나 헌팅턴의 주장처럼, 이슬람 문명권의 낙후된 국가들은 자신들의 수준 높은 문명이 서구에 의해 파괴되고 있다고 믿는다. 자기들의 문명이 지금 비록 쇠퇴하고 있지만, 자기들의 문화는 세계에 전파되어야 한다는 믿음은 변함이 없다. 그래서 이들은 서구문명에 대해 극심한 '르상티망Ressentiment'을 마음속 깊이 가졌는지 모른다. '르상티망'은 철학자 니체의 유명한 말로 약자의 질투와 패배자의 시기심을 가리킨다. 승자를 마음속으로는 인정치 않는 원망怨望의 뜻도 담고 있다. 시기심이 한 인간의 실상을 드러내는 것처럼 르상티망도 한 인간, 국가의 허름한 모습을 드러내 보인다. 사촌이 땅을 사면 배 아프다는 정서와 유사한 것일까? 인간의 무의식에 깊이 깔린 르상티망의 악마성이 제거되지 않을 때 갈등과 불신은 재생산될 수 있다.

개인, 국가 간의 분노와 테러 그리고 살상하게 만드는 르상티망은 키메라Chimera, 그리스 신화에 나오는 기이한 짐승이거나 바실리스크basilisk, 쳐다보거나 입김을 부는 것만으로도 사람을 죽일 수 있다는, 뱀과 같이 생긴 전설상의 괴물일 뿐이다. 마음속의 이러한 괴물이 사라질 때 자연스럽게 개인이나 조직이나 국가의 격은 높아진다.

2015. 11. 26.

개미와 베짱이

영국 스코틀랜드 출신의 앵거스 디턴^{Angus Deaton, 프린스턴대 교수}이 올해 노벨경제학상을 받자 '불평등'이라는 단어가 주목받고 있다. 한 국가가 경제성장을 하다 보면 불평등이 생길 수 있지만, 그것의 긍정적 효과로 인하여 사람들이 과거보다 더 윤택하고 건강한 삶을 살 수 있다고 그는 주장한다. 한 예로 중국과 인도 같은 나라에 불평등이 존재하지만, 십수억 명의 사람이 절대빈곤에서 벗어났다는 것이다. 그러나 그가 그 사람들을 보고 지속해서 불평등을 견뎌내라고 주장하는 것은 아니다. 노벨상을 받고 나서 영국 『파이낸셜타임스』와의 인터뷰에서 "지나친 불평등은 공공서비스를 붕괴시키고, 민주주의를 약화시키는 등 여러 가지 부정적 결과를 초래할 수 있다"라고 말했다.

디턴과 『21세기 자본』의 저자 토마 피케티^{Thomas Piketty, 파리경제대 교수} 뿐만 아니라 역사적으로 많은 사람이 불평등에 관하여 여러 가지 고찰을 해왔다. 인간은 자연 상태에서 근원적 욕망을 채우며 불만 없이 살아왔지만, 사회를 조직하고부터 불평등이 생겨났다고 루소는 『인간 불평등 기원론』에서 설명했다. 그는 사회적 조건^{부, 소유}이 불평등을 야기하였고, 불평등은 투쟁을, 투쟁은 국가를 낳았다고 보았다. 디턴 교수와 같은 스코틀랜드 출신인 애덤 스미스^{Adam Smith}는 『국부론』에서 인간이 평등하게 살아가기 위해서는 생활자원이 풍부해야 한다고 생각했다.

그는 당시의 런던과 파리를 비교하면서, 어느 도시에 사회 정의가 추상같이 세워져 있어도 생활자원이 풍부하지 않으면 범죄가 자주 발생한다는 사실을 발견했다. 그래서 그는 분업과 협업을 통해 생활자원을 풍족하게 생산할 필요가 있음을 생각해냈다. 그렇게 되면 영국의 하인이 아프리카 추장의 삶보다 훨씬 윤택한 삶을 살 수 있으리라고 그는 추정했다. 그러나 카를 마르크스는 애덤 스미스의 생각과는 달리 생활자원이 인간의 욕망을 충족시켜줄 만큼 풍족하게 있다 하더라도 불평등은 존재한다고 보았다. 소수가 생활자원을 독점할 경우를 그는 상정했다. 소수가 생산수단을 독점하고, 화폐자본 축적으로 공동체 구성원의 자립성을 파괴할 때 부자와 가난한 자의 상호의존이 발생하게 된다는 것이다.

자본주의 체제하에서는 나 자신을 위한 노동보다 타인을 위한 노동이 점점 늘어나게 된다. 타인의 노동을 가져가는 자들은 베짱이처럼 일하지 않고, 개미들에게 의존하면서도 그들을 노예처럼 부린다. 이런 상황 속에서 가난한 자들이 열심히 일할수록 베짱이의 배는 불러오고 개미들은 노동의 무게에 허덕인다. 가난한 '노예'는 생활수단을 '주인'에게 의존하고, 부자인 '주인'은 '노예'의 노동에 의존한다. 이 상호의존 관계에서 주인을 주인답게 만드는 것은 노예의 노동이며, 노예를 노예답게 만드는 것은 주인의 강한 내재적 힘이 아니라 주인이 가진 화폐소유라는 힘의 작동에 의해서다.

노예 상태에서 벗어나는 길은 노예가 주인에게 하소연하기보다는 노예 스스로 스파르타쿠스처럼 족쇄를 풀어야 한다고 마르크스는 생각했다. 베짱이가 일하게 만드는 것은 개미의 노동시간을 줄이는 것이다. 많은 쥐가 생존을 위하여 고양이의 목에 어떻게 방울을 달아야 할까 고민하는 곳에는 즐거움과 희망이 없다. 그런 곳을 쥐들은 떠나고 싶어 한다. 지금 우리 사회는 가진 자의 거침없는 갑질, 승자 독식, 구직난과 적은 임금, 흙수저의 대물림이 희망을 빼앗아간다고 젊은이들은 생각한다. 그래서 그들은 이 나라를 '헬 조선', '망한민국', '지옥불 반도'라고 부른다. 그 견해가 옳건 그르건 그들의 태도에 관심을 기울여야 하는 이유는 '헬 조선'도 그들이 살아갈 나라이기 때문이다. 붉은 옷을 입고 '대~한~민~국'을 외치던 이 나라에 무슨 해괴한 일이라도 벌어진 것일까?

많은 사람이 '행복과 불행' 사이에 '과'가 아니라 절벽 같은 '불평등'이 존재한다고 생각하지 않을까? 살기 힘들 때일수록 마르크스의 유령은 하늘을 떠돌게 마련이다.

2015. 10. 19.

아일란 쿠르디 사진과 오리엔탈리즘

터키 휴양지 보드룸Bodrum 해변에서 붉은색 티셔츠와 남색 반바지를 입은 채, 엎드려 잠자는 듯 발견된 시리아의 세 살배기, 아일란 쿠르디 시신이 지구촌을 울렸다. 아일란은 부모를 따라 내전이 5년 동안 지속된 시리아를 떠나 에게해Aegean Sea를 거쳐 유럽으로 가려다 참변을 당한 것이다. 아일란 가족처럼 시리아인이 전쟁과 가난을 피해 조국을 줄줄이 떠나고 있지만, 아직 시리아의 내전은 끝날 기미를 보이지 않는다. 시리아 정부군과 반군 그리고 이슬람국가까지 합세하고 있는 이 나라의 미래는 갈수록 어둡다. 더구나 시리아 정부군에 무기를 공급하지 말라고 오바마 미국 대통령이 러시아에 경고하고 있으니 내전에 외세마저 개입하는 형국이다.

시리아, 이라크를 비롯하여 중동 및 북아프리카 일부 지역에서 우리에게 들려오는 소식은 주로 난민, 테러, 전쟁, 참수斬首 등과 같은 부정적 단어들이다. 특히 IS에 의한 살벌한 참수 장면이 SNS를 통해 생생히 전파되면서 이들에 대한 경계심과 두려움이 그 어느 때보다 강력해졌다. 특히 미국에서 2001년 9·11테러 이후, 공항에서 중동 사람들에 대한 경계는 이들에 대한 두려움을 보여준다. 영국의 캐머런 David Cameron 총리는 프랑스에서 영국으로 들어오는 해저터널 부근의 칼레^{Calais} 지역 난민들에게 'swarms'라는 벌레 떼나 가리킬 때 쓰는 단어를 써서 구설에 오르기도 했지만, 이 단어의 사용이 영국 사람의 속마음을 대변했는지 모른다. 난민 속에 IS와 같은 테러 분자들이 끼어있을지 모른다는 불안감 때문이다. 그러나 아일란의 싸늘한 시신이 찍힌 사진 한 장은 유럽 사람들의 마음을 바꿔놓았다.

얼마 전까지만 해도 난민 유입에 손사래를 치던 독일 메르켈 총리는 "우리에게 온 모든 사람을 인간적이면서도 위엄 있게 대하는 것이 독일의 이미지여야 합니다"라면서 시리아 망명자 모두를 독일에 수용하기로 통 큰 결정을 내렸다. 그녀는 잘못된 역사에 깔끔하게 사과도 했지만, 난민수용 결정에는 더 높은 도덕성을 보여주고 있다. 미국도 시리아 난민 1만 명 이상을 받아들이기로 했고, 이집트도 시리아 난민을 받아들이며 난민 구호기금도 내놓았다. 영국도 수천 명의 난민을 받아들이기로 했다는 소식이다. 유럽 일부 국가들은 밀려드는 많은 난민 때문에 아직 국경을 봉쇄하고 있지만, 인도적 차원에서 난민을 수용할 태세다.

유럽 국가들의 이러한 결정은 비참한 난민들의 모습을 보고 내린 휴머니즘이다. 그러나 유럽인들의 마음속에 그들이 동양^{중동}사람들보다 우월하다는 의식이 있다고 컬럼비아 대학의 저명한 교수였던 에드워드 사이드^{Edward Said, 팔레스타인 출신}는 저서 『오리엔탈리즘』¹⁹⁷⁸에서 지적한 바 있다. 그가 언급한 동양은 주로 지금의 중동을 의미한다. 그는 유럽의 방대한 문헌을 분석하면서 여행기, 학술서적, 혹은 문학작품에 나타난 동양에 대한 서양의 편견, 그 편견이 만들어낸 허구적 지식체계를 오리엔탈리즘이라고 불렀다. 유럽 사람들이 허접하다고 생각한 동양의 실체는 없다는 말이다.

조셉 콘래드Joseph Conrad의 『암흑의 핵심』이라는 소설은 오리엔탈리즘이 내재화된 유럽인들이 암흑의 대륙아프리카에 문명의 햇불을 들고 들어가 어둠을 밝혀주어야 한다는 잘못된 사명감에 사로잡혀 있음을 보여준다. 이런 유럽인들은 교화라는 핑계로 아프리카에서 억압과 지배를 했고, 훈육을 이유로 살인했으며, 무역을 이유로 원주민을 착취했다. 그러나 아프리카에도 가치 있는 문화가 있다는 것을 콘래드가 이해하지 못했다고 사이드는 오히려 그를 비판했다. 사이드가 보기에 아프리카와 중동을 좋아하는 현대의 서구인조차도 콘래드의 눈빛을 벗어나지 못했다고 판단한다.

『오리엔탈리즘』에서 보여준 사이드의 생각이 틀리지 않았음을 입증하는 일은 지금의 아프리카, 시리아를 비롯한 중동동양이 문화적 측면뿐만 아니라 정치적, 경제적으로도 서양에 비교 우위에 있거나 비슷한 위치에 서는 일일 것이다. 정치·경제의 이데올로기와 문화는 별개의 것이 아니기 때문이다. 아일란의 시신이 담긴 사진 한 장과 IS에 의한 생생한 참수 장면이 오늘의 중동 이미지를 결정짓는다. 중동은 이런 이미지에서 벗어나야 한다.

2015. 10. 6.

그리스 비극 문학작품과 그리스의 비극

　　그리스의 유명 관광지 중 하나가 '에피다우로스'라는 원형극장이다. 1만4천 명 이상을 수용할 수 있는 이 노천극장은 지금도 정기적으로 연극이 상연되는데, 그 무대에서 114미터 거리에 있는 객석 끝에서도 배우의 소곤거리는 대사가 들릴 정도라고 한다. 지금으로부터 2400~2500여 년 전 무렵, 고대 그리스인들은 여기에 모여 연극공연을 관람하면서 교양과 지식과 지혜를 넓혀갔다. 고대 그리스의 극장은 단순히 연극을 공연하는 장소라기보다는 학교의 역할도 겸했다.

　　일상뿐 아니라, 디오니소스 축제 같은 때에도 연극 경연대회가 벌어지기도 하였으니 아이스킬로스, 소포클레스, 에우리피데스 같은 고대 그리스 비극작가들의 주옥같은 작품들이 이 시기에 탄생한 것은 자연스러워 보인다. 이들 작품구성이 얼마나 치밀하고 탄탄한지 오늘날 『오이디푸스 왕』, 『안티고네』를 읽어봐도 정서가 크게 움직이는 것을 알 수 있다. 이런 고대 그리스 비극의 전통은 셰익스피어 연극으로 이어졌고, 프로이트는 이 작품을 읽고 '오이디푸스 콤플렉스'를 생각해냈으며, 니체는 『비극의 탄생』을 썼다.

　　고대 그리스 시민들이 극장에 모여 연극을 관람했던 것은 일종의 '카타르시스'를 느끼기 위해서였는데, 카타르시스는 마음속의 우울함, 불안감, 긴장감이 해소되는 것을 의미한다. 나보다 더 잘나 보이는 사람들이 성격적 결함으로 인해 파멸해가는 모습을 보고, 또는 진지하고 잔혹하며 때로는 막장 드라마 같은 주인공들의 삶을 통해 관객은 연민의 눈물을 흘리면서 자기 삶의 모습도 뒤돌아봤다.

비극 공연을 보면서 스스로 정화淨化할 줄 알았던 고대 그리스 사람들의 후손들이 지금 남의 돈을 마구 빌려 쓰고 갚지 못해 유로존의 계륵鷄肋이 되어간다. 그리스 사람들은 400년간 오스만 튀르크의 지배를 받다가 1821년 독립한 이래 거의 100년 이상 디폴트채무불이행를 반복하였고, 돈 갚을 능력조차 제대로 보여주지 못해 채권국들은 더욱더 『베니스의 상인』에 등장하는 샤일록 역할을 하게 될 것 같다. 오랜 식민지 생활이 그리스인의 유전인자마저 바꿔놓은 것일까? 개인이나 기업이나 국가나 스스로 빚을 다스리지 못하면 빚의 다스림을 받는다는 단순한 사실을 지금의 그리스는 확인시켜준다.

왜 그리스인들은 다른 국가의 돈을 갚지 못하는 수치스러움을 시지프스처럼 반복하는 것일까? 그리스가 만성적 디폴트를 반복하는 것은 근본적으로는 능력 이상으로 많은 돈을 빌려 썼던 데 있다. 관광업·해운업·조선업 이외에는 변변한 산업이 없는 그리스는 국가재정이 부족해지자 2001년 일찌감치 유로존에 가입하여 돈을 빌려왔고, 포퓰리즘에 기반하여 돈을 마구 써버렸다. 능력이 안 되는 초등학생이 유로존의 돈깨나 있는 대학생들과 어울리면서 돈을 펑펑 쓴 꼴이다.

빌려온 만큼 세금을 거둬들이면 문제가 없을 터이지만 그리스는 세금을 제대로 징수하지 못했다. 그리스인들은 1,000원의 이익이 발생하면 400원은 공무원에게 뇌물로 바치고 400원은 내가 갖고 200원만 세금을 낸다는 것이다. 부정부패와 도덕적 해이 현상이 심각한 상태로 보인다. 우리는 IMF 때 금 모으기를 하면서 외환위기를 합심하여 넘겼지만, 그리스는 돈을 빌려온 나라로부터 빚을 탕감해보겠다고 큰소리치는 정치인을 총리로 뽑아 협상 전면에 내세웠으니, 이들의 도덕성에 박수를 보내는 유럽은 없을 것이다.

빚을 진 자가 을이 되어 빚을 갚으려고 노력할 때 채무 상환 기한도 연장해주고 원금도 탕감해줄 개연성이 있을 터인데, 그리스의 정치인들이나 국민은 그러한 모습과 거리가 멀다. 그리스가 채무이행 약속을 제대로 보이지 않자, 메르켈 독일 총리는 "그리스는 신뢰라는 화폐를 잃었다"라고 말했다. 그리스를 믿지 못하겠다는 말이다. 그리스는 국가재산을 팔아서라도 빚을 갚겠다고 약속해야 채권자들의 숨소리가 가라앉을 것 같다. 세상에 공짜는 없다. 그리스 국민들이 에피다우로스 극장 무대에 올라 허리띠를 졸라매고 남의 빚을 갚는 연기라도 봐야 채권자들의 분노한 마음이 진정될지 모르겠다. 요즘 빚이 늘어나고 있는 우리나라도 그리스의 경우가 남의 일만 같지는 않다. 포퓰리즘으로 표만 얻으려는 정치는 나라를 몰락의 길로 이끌 것이다. 어렵고 힘들 때 현금을 쥐여주겠다는 정치인은 자신의 입신양명을 위해 나라를 파괴하는 것과 다르지 않다.

1,200조 원이 넘는 우리나라의 가계부채에 세계는 경고음을 보내

고 있는데, 우리나라 일부 정치인, 경제 관료들만 그것을 소음 정도로
생각하는 것은 아닌지….

2015. 7. 6.

영향의 불안과 표절

'하늘 아래 새로운 것은 없다'라는 말은 이 세상에 순수하게 독창적으로 존재하는 것예술품이 없다는 의미로 해석될 수 있을 것이다. 인용부호 없이 인용문만으로 된 책을 쓰고 싶다던 발터 벤야민Walter Benjamin의 말도 이와 무관하지 않다. 인류의 역사가 지속되면서 문화의 층이 두터워졌고, 이에 새로움을 발견해내려는 문화의 창조자들은 선배 시인들의 자장磁場에서 벗어나기 위해 지난至難한 몸짓을 해야만 했다. 내가 힘들게 한 창작 행위도 이미 누군가가 시도했을 가능성이 크다.

해럴드 블룸Harold Bloom이라는 미국 문학비평가의 말을 빌리면 후배 시인은 선배 시인과 아버지와 아들의 관계에 놓이게 되는데, 후배 시인은 강한 아버지를 존경하면서도 그 영향에서 벗어나려 한다는 것이다. 또한 의도적으로 그를 왜곡하고 방어적으로 읽음으로써 자신의 창조성을 부각하려 하는데, 블룸은 이것을 '영향의 불안the anxiety of influence'이라고 불렀다. 동 · 서양의 뛰어난 작가들이 이 영향의 불안에서 자신을 담금질하며 문학사에 훌륭한 작품을 남겨놓았다.

후배 시인이 '강한 시인strong poet'으로 살아남기 위해 선배 작가라는 '문지방'을 넘어 독창성으로 우뚝 서기도 하지만, 많은 작가가 선배 작가의 자장을 맴돌다 흔적 없이 사라지고 만다. 존경하는 선배 작가들의 작품을 노트에 필사하며 그들의 문체와 서사를 모방해 보지만, 자신의 것으로 육화肉化하지 못하고 어설프게, 때로는 비루鄙陋하게 표절한다. 심지어 도용까지 하여 역사에 오명을 남기고 쓸쓸하게 퇴장한다. 앞선 작가의 훌륭한 작품을 금과옥조로 삼아 습작 시절을 누구나 보내지만, 그것을 그대로 가져오는 일은 작가로서 경계해야 할 일이다.

타인의 아이디어를 자기 작품에 그대로 옮겨오는 일은 첫째, 작가의 양심이 견고하지 못한 데서 출발한다. 소설가作家는 늘 새로움을 찾아 떠나는 돈키호테다. 소설novel의 어원적 의미는 '새로움'에 기원을 둔다. 18세기 이전의 로맨스와는 달리 산문이 새로워졌다는 의미에서 붙여진 이름이다. 제임스 조이스James Joyce의 『젊은 예술가의 초상』에서 주인공 스티븐 디덜러스는 바닷가를 거닐다가 학처럼 아름다운 여인을 보고 나도 저렇게 예쁜 여인을 언어로 창조해보겠다고 결심한다. 그리고 소설가가 되기 위해 파리로 떠난다. 소설가는 디덜러스처럼 언어로 새로움을 벼리는 대장장이여야 한다고 생각한다. 남의 훌륭한 문구를 내 것으로 소화하지 못하고 도용하거나 비슷하게 옮기는 사람에게 소설가作家라는 칭호는 적절하지 않다.

표절을 유혹하는 또 하나는 작가를 둘러싼 주변 환경의 구조라고 할 수 있다. 즉 출판사와 평론가들이 작가와 침묵의 카르텔을 형성하여 출판시장의 이득을 취하는 경우다. 한마디로 인세印稅에 눈먼 경우다. 프랑스 시인 보들레르는 창녀가 몸을 팔아 구두를 사는 것과 자신이 멋진 옷을 입고 시장市場에서 사상思想을 팔아 작가가 되는 것이 별반 다르지 않음을 비교한 일이 있는데, 이것은 문학작품의 유통 시장을 두고 한 말이라고 할 수 있다. 요즘 연예기획사가 연예인을 고용하여 상품화하듯, 출판사가 막강한 영향력으로 작가를 거느리다시피 하는 것은 이득을 쉽게 창출하려는 행태와 무관하지 않다. 출판사에 소속되어 있는 평론가들을 동원하여 주례사 비평 같은 허접한 미사여구를 늘어놓고 각종 판촉 행사, 작가와의 대화를 주선하기도 하며, 때로는 의도적으로 책을 단체 구매하여 베스트셀러로 둔갑시키기도 한다.

신경숙 작가의 표절은 상상력의 빈곤, 작가의 양심, 시장의 이득과 관련된 문제라고 볼 수 있다. 독자의 많고 적음이 훌륭한 작가의 징표가 되는 것은 아닐 것이며, 오히려 작가의 양심이 시장과 대칭을 이룰 때 고고한 작가로 남아있을 수 있다.

자신이 넘어진 문학이라는 땅을 짚고 다시 일어나겠다는 신경숙의 말은 앞으로 발표할 그녀의 작품이 대신해줄 것이다. 신경숙은 표절이라는 작가의 윤리를 우리 앞에 펼쳐놓았다. 표절의 근절은 우리 시대가 이루어야 할 도덕적 의무다. 표절은 남의 물건을 훔치는 행위다.

2015. 6. 29.

롤리타, 새 옷으로 갈아입다

    고전 영화들이 요즘 디지털 리마스터링을 거쳐 재개봉되고 있다. 리마스터링을 거친다는 것은 화면의 선명도나 음질, 색상 등이 더욱 좋아진다는 것을 의미한다. 옛날 영화를 볼 때 스크린에 비가 내리는 현상은 이제 추억 속에 남겨두어야 할 것 같다. 새로 단장한 에이드리언 라인Adrian Lyne 감독의 「롤리타1997」도 5월 28일 우리나라에서 재개봉된다.

    영화는 러시아 출신 소설가 블라디미르 나보코프 Vladimir Nabokov의 소설 『롤리타』가 원작이다. 이 소설은 우선 야할 것이라는 선입감이 있지만, 그렇지 않으며 나보코프의 개인적 삶도 그런 것과는 거리가 멀다. 나보코프는 볼셰비키 혁명으로 러시아를 떠나 유럽을 전전하다가 미국에서 『롤리타』라는 소설을 써서 베스트셀러 작가가 된다. 조국을 떠나왔지만 스스로 러시아 문학의 대부인 푸시킨의 뒤를 잇는 러시아 적통嫡統 작가라는 의식이 강했다. 그러나 미국에서 『롤리타』를 써서 대박을 터트리자 찬사 대신 구역질 나는 작품을 썼다는 비난이 쏟아졌고, 이에 자존심에 상처를 입는다.

    그 당시 유명한 문학비평가였던 에드먼드 윌슨Edmund Wilson은 이 소설을 두고 "현실감이 없고", "끔찍스럽거나 비극적이기에는 우스꽝스럽고, 재미있기에는 기분이 안 좋다"라고 평가했다. 이러한 반응은 서둘러 읽으면 많은 사람이 갖게 되는 느낌일 것이다. 어느 비평가는 자신이 "이제까지 읽어본 소설 중에 가장 역겨운 소설"이라는 야유를 퍼붓기도 했다. 이렇게 비난받았던 작품이 현대 영미 소설의 훌륭한 정전canon으로 인정받았고, 『롤리타』를 포함한 나보코프의 다른 작품들도 '박사학위를 받기 위한 텃밭' 역할을 한다. 그 이유는 작품의 다양한 문학성에서 찾을 수 있을 것이다.

『롤리타』의 줄거리는 요즘도 그대로 받아들이기 어려운 내용이다. 의붓아버지와 딸이 애정행각을 벌인다는 표면적 내용 때문이다. 그래서 나이 든 남자가 어린 소녀를 탐하는 현상을 '롤리타 신드롬'이나 '롤리타 콤플렉스'라고 부른다. 소설이 발표되었을 당시 많은 독자가 이 소설의 표면적 줄거리만 받아들이면서, 야한 소설이라고 입소문을 내어 그 덕분에 베스트셀러가 된다. 그래서 나보코프는 『롤리타』의 인세印稅로 스위스의 호반 도시 몽트뢰에 있는 근사한 호텔에서 여생을 보낼 수 있었다. 그러나 나보코프는 많은 독자가 자신의 의도와는 다르게 이 소설을 읽고 비난하자, "롤리타라고 제목이 붙은 책에 관하여"라는 글을 책 뒤에 붙이게 된다. 이런 행위는 마술사가 자신의 마술은 이렇게 구성되어 있다고 알려주는 것과 같다. 나보코프는 소설을 쓸 때 독자와 한판의 체스 게임을 하듯 여기저기 많은 트릭을 숨겨놓았다. 나보코프가 퍼즐을 제대로 맞추지 못한 독자들의 비난에 답답한 나머지 이런 후기를 붙였지만, 이것은 그의 실수가 아니었을까 싶다. 그러나 나보코프가 이 말『롤리타』는 연애이야기가 아니라 개인적으로는 영어로 쓴 소설에 관한 것을 언급해두지 않았더라면 작가의 트릭이 밝혀지지 않았을 수도 있고, 비난은 여전히 계속되었을지 모른다.

영화의 남자주인공 험버트 험버트^{두 번 반복되는 우스꽝스러운 이름}는 프랑스에서 미국으로 이주해오면서 샬로트라는 여인의 집에 하숙하게 되는데, 그녀의 딸 롤리타에게 반하여 하숙을 결정하고 결국 샬로트와 결혼도 하게 된다. 샬로트가 죽자 험버트 험버트는 의붓딸 롤리타와 미국 전역을 떠돌며 애정행각을 벌인다. 롤리타에게 집중하면 할수록 그녀는 그의 손아귀에서 벗어나려 몸부림친다. 결국 롤리타는 다른 남자를 만나 결혼한다. 롤리타를 유괴했던 퀼티를 험버트 험버트는 총으로 쏘아 죽인다. 피 묻은 얼굴로 시골길을 운전하는 험버트 험버트의 모습으로 영화는 시작된다.

에이드리언 라인의 영화 「롤리타」는 나보코프의 언어유희, 한판 게임을 하듯 독자에게 사용한 트릭 등을 놓친 채, 험버트 험버트와 롤리타의 겉치레 애정행각의 관계만을 따라간다. 오히려 1962년 스탠리 큐브릭^{Stanley Kubrick}이 만든 흑백영화 「롤리타」가 오히려 나보코프의 문학성을 잘 살려내었다. 그의 영화는 소설의 뒷부분부터 시작한다. 험버트 험버트는 퀼티와 엎치락뒤치락 격한 싸움을 벌인다. 영화는 소설의 스토리 흐름을 따라가지 않으며, 연대기적 흐름이 아니라 스탠리 큐브릭이 재구성한 또 하나의 미학 세계다. 누군가가 이 소설을 영화로 다시 만든다면 저자의 문학적 마술을 영화 속에 살려낼 수 있기를 기대해본다. 「매디슨 카운티의 다리」처럼 영화가 원작소설보다 더 나은 경우도 많으니까.

2015. 6. 12.

정신적 에로스는 가능한가?

『교수신문』이 지난 4월 초 전국 4년제 대학 전임교수 785명에게 '지금, 대학교수로 살아간다는 것'에 대한 소회所懷를 물어보았더니 80.2%가 "사회적 위상이 낮아지고 있다"라고 답했다고 한다. 이 설문 조사에 답한 교수들은 "대학은 직업인 양성소로 변해가고 있고, 교수 는 지식인이 아닌 지식기사", "교수가 아니라 학생모집을 위한 마케터 나 대학이라는 산업체의 일꾼으로서의 역할이 지나치게 강조되고 있 다", "대학과 지식인의 사명을 포기하면서 위상이 추락했다"라는 반응 을 보였다고 한다.

이러한 반응에는 여러 요인이 있겠지만 교수들은 학생 수 감소 로 촉발된 대학구조조정에서 이유를 찾기도 한다. 올해 고등학교 졸 업자가 63만 명인 데 비해 2023년에는 39만 명으로 급감하는 상황에 서, 대학도 구조조정을 하지 않으면 자연스럽게 축소되거나 폐교될 운명에 처할 가능성이 크기 때문이다. 인구 분포에 따른 미래를 예측 하지 못하고 대학 입학정원을 늘려주거나 새롭게 대학을 인가해준 교 육부의 '눈 멂blindness'은 당연히 비판받아 마땅하다. 그러나 교육부는 대학구조조정이라는 칼자루를 쥐고 단순히 대학입학정원을 줄이려 하고, 대학들은 이 칼끝 앞에서 학과를 통폐합하며 폐교를 면하려고 안간힘을 쓰고 있다.

높은 경쟁력을 갖추지 못한 대학들은 유사 학과를 통폐합하고, 취업이 잘 안 되는 학과를 폐과시켜 소위 잘나가는 학과들로 대학을 꾸려가겠다는 계획을 하고 있다. 이러한 생각은 어려운 상황에서 누구나 손쉽게 할 수 있는 값싼 조치일 것이다. 이렇게 될 때 비인기 학과들은 대학에서 자취를 감추게 될 것이고, 다양한 학문 생태계는 파괴되고 말 것이다. 그 결과 전국 지역대학들은 비슷한 학과들로 구성될 것이고, 폐과 대상이 된 교수들은 대학의 잉여 인간으로 전락하며 생존을 걱정하지 않을 수 없을 것이다. 이 과정에서 일부 대학은 경쟁력을 갖춘다는 명분 아래 타당하지 않은 방법으로 교수를 평가하고 굴욕적인 분위기도 만들어낼 것이다.

시대의 흐름에 따라 교수도 평가해야 하고, 그 결과 훌륭한 교수는 여러 측면에서 좋은 대우를 해주는 것이 요즘 대학들의 추세다. 그러나 평가라는 것은 피평가자가 평가를 받아들일 수 있는 만큼의 타당성이 높을 때 그 정당성이 담보된다. 교육은 사람과 사람이 만나 훌륭하고 아름답고 가치 있는 것을 다음 세대에 전수하는 행위라고 거칠게 정의해본다면, 한 인간을 역사 속의 존재로 자리매김해주는 일이다. 단순히 지식을 타인에게 알려주었다고 해서 그것을 교육했다고 말할 수는 없는 일이다. 달리 말하면, 누군가가 지식과 정보를 단순히 남에게 전수해주었다고 해서 그 사람을 교육자라고 부르기는 어려운 이치와 같다.

플라톤의 『향연』에는 사랑에로스에 대해 돌아가면서 의견을 말하는 대목이 있다. 당시 최고의 희곡작가로 꼽혔던 아리스토파네스 Aristophanes는 사랑을 반쪽 인간이 다른 반쪽 인간을 애타게 찾는 행위 라는 생물학적 정의를 내린다. 소크라테스는 자신의 차례가 되자 아 리스토파네스의 사랑에 대한 정의를 부정하면서 사람들은 자신에게 속한 신체 부위라도 병들어 썩으면 잘라내듯 자기의 반쪽에서도 좋지 않은 것과는 합치려 하지 않는다고 말한다. 그가 보기에 인간의 영혼 은 아름답고 훌륭한 것에 대한 갈망을 지녔는데, 바로 그 갈망이 에 로스라는 것이다. 좀 더 부연하면 인간이 생물학적 에로스 이외의 방 식, 즉 정신적 에로스를 통해 자신의 자아를 확대하고 타인을 통해 그 결실을 보려 한다는 것이다.

플라톤은 소크라테스처럼 실천하는 방법이 교육이라고 말한다. 정신적 에로스를 통해 학생은 선생님의 아름답고 훌륭한 말, 행동, 생 각, 기술 등을 배워 역사 속의 존재로 성장하는 것이다. 그래서 교육 은 사람과 사람이 밀도 높게 만나는 일이다. 그러기에 교육을 통한 만남은 서로의 가슴을 따뜻하게 해주는 선에서 끝나지 않고, 아름답 고 훌륭한 것을 탐구하고 전하기 위해 자신의 존재 전체를 걸고 사랑 해야 하는 것이다. 제도화된 학교 교육에서 이와 같은 교육행위가 실 행되기는 어렵지만, 그 정신만은 잊지 말아야 한다.

대학구조개혁이라는 소용돌이 속에서 교수가 교육자의 위상을 잃 어가며, 단순히 지식을 전달하는 지식기사의 역할에 그친다면 그 사회 는 불행을 약속한 것과 다르지 않다.

2015. 5.

독한 말을 하는 사람들

박○○ (전)중앙대 재단 이사장이 중앙대학교 학사구조 개편에 반대하는 중앙대학교 교수들에게 "목을 쳐달라고 목을 길게 뺐는데 안 쳐주면 예의가 아니다. 가장 피가 많이 나고 고통스러운 방법으로 내가 쳐줄 것"이라는 중동의 IS^{수니파 무장 테러 조직} 같은 섬뜩한 이메일을 보냈다가 사회의 모든 직책에서 사퇴하는 수모를 당했다. 남의 목을 치겠다고 너무 칼을 세게 휘두르다 자신의 목을 친 셈이다.

말 그대로 과유불급過猶不及이다. 그가 중앙대학교를 올바른 방향으로 개혁을 했던 아니든 한 개인의 품성이 천박하기 그지없다. 어느 정당 대변인은 박 이사장에게 "크게 배우는大學 공간이 아니라, 사람을 사람답게 바로잡아주는矯正 공간에 (수감되어) 있어야 할 사람"이라는 논평을 남겼다. 자기 뜻대로 대학 구성원들이 따라오지 않는다고 막말로 협박하는 것은 아무리 그 대학을 살리고자 하는 것이라 하더라도 본질에서 많이 벗어났다. 내뱉는 말이 독하면 그 뜻을 성취하기 어렵다.

그가 내부 구성원들에게 보낸 이메일 중에는 "(교수들을) 악질 노조로 생각하고 대응해야지, (보직교수) 여러분은 아직도 그들을 동료로 생각하고 있다", "그들을 꽃가마에 태워 복귀시키고 편안한 노후를 보내게 해줄 생각은 눈곱만큼도 없음을 중앙대 인사권자로서 분명히 한다"라는 내용도 있다. 중앙대학교 교수들을 어떻게 바라보는지 그의 심중을 읽게 해주는 대목이다. 심지어 대학 직원을 시켜 "환영 3류대성균관대, 경희대, 한양대 학생회 대표단, 3류인 너희 대학이나 개혁해라. 우리는 개혁으로 초일류가 되련다"라는 현수막을 중앙대 총학생회 이름으로 내걸도록 하고, 해당 문구에 장례식 같은 분위기를 연출하라고 지시했다고 한다. 이메일 앞부분에는 "학교에서 안 하면 내가 용역회사 시켜서 합니다"라고 썼다.

그의 정신세계는 조폭의 그것과 크게 다르지 않다. 그는 한때 정부정책이나 빗나간 사회현상 등에 대해 시의적절한 직선적 비판을 날려 '미스터 쓴소리'라는 별명도 들었지만, 이번엔 도를 넘어도 한참 넘었다. 그의 말투에서 교육자의 모습을 찾아보기란 어렵다. 그가 이렇게 격한 언어를 쏟아내는 것은 개인적 성향 외에, 2023년 고등학교를 졸업하는 학생 수가 39만 명올해 63만 명으로 급격히 줄어드는 데도 일부 원인이 있을 것이다. 이사장으로서 대학을 개혁하여 비인기학과, 취업이 잘 안 되는 학과를 폐과하고 대학평가지수를 높여 좋은 대학으로 인정받고 싶었을 것이다.

그러나 학과를 통폐합해 높은 평가를 받겠다는 것은 어려운 현실과 불투명한 미래에 대해 값싸고 손쉬운 대처방안일 것이다. 교육이념과 내용은 제쳐두고 단지 학사구조와 제도를 개편한다고 해서 훌륭한 교육을 하는 대학으로 도약할 수 있는 것은 아니기 때문이다. 대학의 학사구조만 바꿔서 훌륭한 교육이 이루어지겠는가? 교육은 인간과 인간의 만남을 통해서 이루어진다. 사람의 머릿속에 있는 지식을 단순히 타인에게 전수해주었다고^{transfer} 해서 그 사람을 교육했다고 말하기는 어렵다. 교육은 교육자가 피교육자에게 전수하려는 교육내용 이외에도 이제까지 살아오면서 아름답고, 훌륭한 인성적 가치를 밀도 있게 전수하는 행위이기 때문이다.

거창하게 들릴지 모르지만 이런 과정을 통해 교육자는 피교육자를 역사 속의 존재로 자리매김할 수 있도록 피교육자의 자아를 형성해주는 것이다. 그래서 교육이 취업을 위한 수단적 가치만은 아니다. 물론 대학을 졸업하고도 취업을 제대로 하지 못하는 실정이니 이에 전적으로 동의하기 어렵기도 하다. 그러나 니체는 20대 후반에 쓴 『우리 교육기관의 미래』에서, 교육에서 필요한 것은 즉각적이고 과감한 개혁이라면서 당장 국가가 나서서 새로운 제도를 도입하면 된다고 떠드는 사람부터 '좀 천천히' 나서달라고 주문한다.

교육이 인간의 성숙이나 자아실현이 아니라 사회발전을 위해 과감하게 제도를 바꾸면 된다고 목청을 높이는 사람이 니체가 살았던 시대에도 많았던 모양이다. 그것도 상스럽고, 독한 말투로. 그러나 돈과 권력으로 독한 말을 일삼았던 사람들의 미래는 밝지 못했다.

2015. 4.

왜 고전 작품을 읽어야 하나

3월이 되면 대학가는 분주하다. 새내기들이 졸업생의 빈자리를 채우며 대학가는 풋풋한 날갯짓이 시작된다. 누군가는 요란한 음악이 울리는 그룹사운드 동아리 주변을, 토익책을 옆구리에 끼고 외국어 강좌 강의실을, 학구열에 불타서 도서관 미로 속을, 또는 어둠이 내리는 호프집을 두리번거릴 것이다. 대학생활은 나를 찾아 떠나는 여행의 첫걸음이 시작된 것이다. 나는 이때쯤이면 낯선 환경에서 새로운 삶을 시작하는 새내기들에게, 또는 내 멘티들에게 그 무엇보다도 좋은 책을 읽으라고 종종 겁박劫迫한다. 그렇게 강요하는 성급한 마음은 세 가지 이유에서다.

첫째, 좋은 책과의 만남을 통해 지금까지 익숙했던 일상의 언어와 다른 출판 언어를 마음껏 받아들여 보라는 이유에서다. 소위 고전이라고 하는 작품들은 인류의 지혜를 세련된 언어로 지어놓은 궁전宮殿이라고 할 수 있다. 수사修辭가 화려한 궁전에서 마음껏 뛰어놀아 볼 수 있는 것도 젊은 날의 특권이다. '고전클래식'이라는 말은 나라가 어려울 때 부자들이 국가를 방어하기 위해 돈을 내어 사들인 몇 척의 배, 즉 함대艦隊를 의미했다. 이 의미가 변형돼 힘들 때 나를 지켜줄 수 있는 책을 의미한다. 수많은 책 중에서 지금까지 살아남은 동·서양의 고전을 읽음으로써, 갓 대학에 들어온 새내기들은 감수성이 예민한 시기에 세련된 언어와 지혜를 듬뿍 얻을 수 있다.

둘째, 좋은 문학작품을 읽음으로써 마음에 기쁨과 위로를 얻을 수 있기 때문이다. 일찍이 아리스토텔레스도 『시학』에서 문학의 정서적 가치가 무엇인지 카타르시스를 예로 들어 설명한다. 지금도 그리스 시대의 훌륭한 비극을 읽으면 우리의 마음에 파동이 일어남을 느낀다. 좋은 문학작품은 시간이 흘러도 독자에게 아름다운 정서적 가치를 불러일으킨다. 훌륭한 문학작품은 내용뿐만 아니라 형식도 중요한 의미를 지닌다. 오스카 와일드Oscar Wilde가 『도리언 그레이의 초상』에서 자신은 올바른 책이냐, 올바르지 않은 책이냐가 아니라 아름다운 책을 만들기 위해 노력했을 뿐이라고 말했듯이, 러시아 출생의 소설가 블라디미르 나보코프Vladimir Nabokov도 교훈을 전달하는 소설보다는 미학적 즐거움을 주는 소설을 쓰겠노라고 언급한 적이 있다. 제임스 조이스James Joyce의 『율리시즈』도 작품의 미학적 구조뿐만 아니라 언어의 유희를 보여주는 작품이다. 형식의 미학적 즐거움을 젊은이들은 예민한 시기에 독서를 통해 얻을 수 있다.

그러나 내가 학생들에게 좋은 문학작품을 꼭 읽어야 한다고 반쯤 강요하는 이유는 문학의 인식적 가치 때문이다. 좋은 문학작품을 읽고 나면 어떤 삶을 어떻게 살아야겠다고 하는 '에티카윤리학'가 생겨난다. 철학이나 심리학은 보편적 인간에 대한 집합적 명제를 제시하지만, 젊은이들이 이 명제 속에서 나 자신을 발견하기란 그리 쉽지 않다. 반면에 문학은 구체적이고 독특한 인간의 내면세계를 언어로 핍진하게 묘사한다. 남들에게 손가락질받기 쉬운 인물이지만 왜 그런 행동을 해야만 했는지 그 사람만의 내면세계를 문학은 보여준다. 인생은 이렇게 살아야 한다고 철학은 말하지만, 문학은 균열하고 파괴된 인간의 내면세계를 극한 지점까지 몰아가 본다.

전부인 하나를 지키기 위해 그 하나를 제외한 전부를 포기한 인물들의 표정은 패배자의 모습이 아니라 때로는 숭고하기까지 하다. 『위대한 개츠비』에서 주인공 개츠비는 몰락했지만, 몰락의 선택이 단순한 패배가 아니었음을 보여준다. 좋은 문학작품은 올바른 인간-나쁜 인간, 도덕적인 인간-비도덕적인 인간을 섣불리 규정하지 않는다. 선한 인간-사악한 인간이라는 판단을 내리기 전에 인간에 대한 인식을 충실히 파악하려는 것이 훌륭한 작가들의 공통된 태도이다.

좋은 문학작품을 읽는다는 것은 남의 이야기에 애정을 갖고 들어주는 것이다. 어떻게 살아가는 것이 괜찮은 것인가를 스스로 입법하고, 준법하고, 판결하는 사람들을 지켜보는 것이다. 프랑스 작가 조르주 페렉Georges Perec의 소설 『인생 사용법』이라는 책의 제목처럼 소설에서 타자의 인생 사용법을 배우기도 하는 것이다.

젊은 시절 독서를 통해 어떤 삶이 진실하고, 올바르고, 아름다운 삶인가를 고민할 때 허접한 삶의 노예가 아닌 자신의 진정한 주인으로 살아갈 수 있다.

2015. 4.

아버지라는 이름

영화 「국제시장Ode to My Father」이 「아바타」의 기록을 넘어서 역대 박스오피스 2위에 등극했다니 흥행에 성공한 영화로 한국영화사에 기록될 것이다. 이런 흥행대박은 영화의 영어 제목아버지에게 부치는 노래이 함의하는 것처럼 "그때 그 시절 굳세게 살아온" 아버지들에 대한 연민憐憫이 관객들의 마음을 움직여서였을 것이다. 영화에서 피난 시절 아버지를 잃어버린 덕수황정민 분는 아버지가 없더라도 가족을 꼭 지키라는 아버지의 '지상명령'을 따르기 위해 많은 고생을 하다가 노인이 돼서야 아버지의 사진을 들여다보며 다음과 같은 대사를 건넨다. "아버지 내 약속 잘 지켰지예, 이만하면 내 잘 살았지예, 근데 내 진짜 힘들었거든예" 힘든 상황을 겪으면서도 덕수는 지난날 아버지또는 상징적 아버지의 말씀은 어려운 환경에서도 따라야 할 그 무엇이었다. 덕수뿐만 아니라 이 시절을 겪어온 사람들의 공통된 소명일 것이다.

그러나 '영웅' 같았던 아버지는 '경제적 기부자' 또는 '정자 제공자' 정도로 퇴색해갔다. 루이지 조야Luigi Zoja는 『아버지란 무엇인가』에서 인류가 산업혁명을 겪으면서 아버지가 일자리를 찾아 집을 떠나야만 했고, 공장에서 단순 노동자로 전락한 아버지는 자식들에게 점점 낯선 사람이 되어갔다고 설명한다. 자식들의 시야 밖에서 일하는 아버지의 삶이 더는 자식들의 생활과 관련이 없게 됐고, 그러니 자식들을 훈육할 만큼 자식들의 일상도 잘 알지 못하게 됐다. 아버지가 부재不在한 젊은이들은 세상의 중요한 가치와 덕목을 '가정의 아버지'나 사회의 '영적인 아버지'로부터 배우는 것이 아니라, 주로 매스컴이나 동년배의 사람들을 모방하면서 동화되어 간다. 어른이 부재한 자리에 연예인들이 그들의 우상으로 등장한다. 젊은이들이 연예인의 일거수일투족을 따라 하지만 정작 일정한 시기에 이르면 허망함을 느끼게 된다. 위기나 위험에 처했을 때, 실패에 직면했을 때, 비행을 저질렀을 때 손잡아주고, 격려해주고, 야단치는 아버지가 증발하여 더욱 허전한 것이다. 아버지의 빈자리는 정신적 공허함으로 나타난다.

직장에서 밤늦게 들어오거나, 주말밖에 올 수 없는 아버지는 지쳐서 TV를 시청하거나 모자라는 잠을 자야 했다. 어느 초등학교 2학년 어린이가 썼다는 시詩는 시중時中에 화제가 된 적이 있다. 사물과 현상을 있는 그대로 바라보는 아이의 시선에 투영된 아버지의 모습은 충격적이다.

엄마가 있어 좋다.
나를 이해해 주어서
냉장고가 있어서 좋다.
나에게 먹을 것을 주어서
강아지가 있어서 좋다.

나랑 놀아주어서

아빠는 왜 있는지 모르겠다.

　이 시를 쓴 아이의 눈에 비친 아버지의 존재감은 냉장고와 강아지 뒤에 있다.

　훈육의 주체였던 아버지라는 존재가 부재한 사회는 아이들이 성숙한 인격을 갖추지 못한 채 동물적 남성성으로 퇴행케 하는 근본 원인이 될 수 있다. 살인을 했던 유영철, 김길태는 아비 없이 자라난 '후레자식'의 전형적인 작태를 보였다. 화를 참지 못하여 출발하는 비행기를 되돌린 재벌 3세, 야구방망이로 자신의 회사직원을 매질하고 맷값 몇 푼을 던져준 재벌 2세, 아들이 얻어맞았다고 자기 회사 경호원들을 데리고 가 보복 폭행했던 재벌 총수. 모두 막돼먹은 남성성이 드러난 일례라고 볼 수 있다. 앞으로도 이런 기행奇行에 가까운 탈법적 폭력, 파렴치한 행위는 반복될 것이다.

　동물적 남성성 속에 숨겨져 있는 야만성, 또는 막돼먹음이 훈육을 통해 순치馴致돼야 얻을 수 있는 것이 소위 '부성父性'이라 할 수 있다. 사이코패스에게 부성은 없다. 본데없이 자라난 아이들, 즉 프로이트가 언급하는 '아버지라는 이름Name-of-the-father, 도덕, 질서, 관습' 없이 막자란 아이들은 동물적 남성성만 키우고 부성을 획득할 수 있는 경험이 없었다. 이들은 진짜 아버지든, 상징적 아버지든 아비 없이 자란 '후레자식'으로 사회 속에 편입되어 타인을 괴롭힐 것이다.

　사회가 점점 각박해질수록 아버지들은 생존을 위해, 가족을 위해

일에 더욱 몰두해야 한다고 생각한다. 이런 아버지를 시인 김현승은
「아버지의 마음」이라는 시에서

　　아버지의 눈에는 눈물이 보이지 않으나
　　아버지가 마시는 술에는 눈물이 절반이다.
　　아버지는 가장 외로운 사람들이다.

라고 위로한다. 최근 조사에서 시간에 쫓기는 아버지가 자식과 대화
를 나누는 시간이 하루 9분이 채 안 된다고 한다. 심지어 6.9%는 아
예 대화가 없다고 한다. 같이 살아도 서로의 핸드폰을 들여다보며 관
심이 없다. 동거인에 가깝다. 아버지들이 생존하기 위해 눈물이 절반
인 술을 혼자 마시기보다는 가족과 '저녁이 있는 삶'을 택해 가정의
'정신적 중심'으로 다시 서는 세상이 오길 소망한다.

2015. 3. 2.